おっさんずラブ Returns リターンズ

シナリオブック

脚本
徳尾浩司

一迅社

人物相関図

天空不動産

東京第二営業所

春田創一 [田中 圭] 39

係長

「天空不動産」東京第二営業所の係長。牧凌太の夫。係長となり、部下の育成などを担当することに。牧とのイチャイチャ新婚生活を期待していたが、価値観の違いに直面。

本社・ホテルリゾート本部

牧 凌太 [林 遣都] 31

課長

「天空不動産」本社・ホテルリゾート本部の課長。春田創一の夫。優秀がゆえに昇進するものの、会食や出張が多く、激務の日々を送る。嫌いな言葉は公私混同と泥酔。

ばしゃうま クリーンサービス

黒澤武蔵 [吉田鋼太郎] 61

ユニコーン家政夫 兼エリア統括部長

「天空不動産」東京第二営業所の部長だったが、早期退職を経て行方不明に──。と思いきや、春田と牧の新居に"家政夫"として降臨。見事な仕事ぶりにオファーが殺到。

和泉 幸 [井浦 新] 45

中途採用

「天空不動産」東京第二営業所に中途採用で入社した謎の男。入社早々、エクセルも扱えず、ポスティングの手際も悪く、不器用気味。礼儀正しく心優しく、ちょっと天然。

おかかおむすび専門店「おむすびごろりん」

六道菊之助 [三浦翔平] 38

店主

移動式おかかおむすび専門店「おむすびごろりん」の店主。春田と牧の新居の隣で和泉と同居しているが、とにかく謎が多い。女性たちからは「菊様」と呼ばれている。

元恋人（和泉 幸 ― 牧 凌太）
♥（春田創一 ― 牧 凌太）
はるたんラブ（黒澤武蔵 → 春田創一）
父親みたい（春田創一 → 黒澤武蔵）
永遠のライバル（牧 凌太 ― 黒澤武蔵）
同居（和泉 幸 ― 六道菊之助）

西園寺弓道場

栗林蝶子（くりばやしちょうこ）［大塚寧々］56

黒澤の元妻。現在は歌麻呂と結婚して二世帯同居中。弓道場を経営。年の差の壁は乗り越えたが、義母が自分より10歳年下なことに衝撃を受け、嫁姑争いは冷戦状態!?

武川政宗（たけかわまさむね）［眞島秀和］50

部長

「天空不動産」東京第二営業所の部長。主任から部長に昇進。コンプライアンスとハラスメントには人一倍口うるさい。恋活に精力的だが、うまくいかず、完全に恋愛迷子。

居酒屋「わんだほう」

荒井ちず（あらいちず）［内田理央］33

広告会社勤務

春田の幼なじみ。大手広告代理店勤務。スピード婚からの出産、からのスピード離婚を経て、現在はシングルマザー。3歳の息子（吾郎）を育てながら、多忙な日々を送る。

栗林歌麻呂（くりばやしうたまろ）［金子大地］28

「天空不動産」本社・ホテルリゾート本部の社員。通称“マロ”。モンスター新入社員は卒業し、本社に異動してからはわりと出世している。家庭では完全なるスパダリ。

兄妹

荒井鉄平（あらいてっぺい）［児嶋一哉］43

店主

「居酒屋わんだほう」の店主。ちずの兄で、春田にとっても兄貴分。変な居酒屋新メニューと、全く売れないソングも健在。なんだかんだ、春田と牧を温かく見守っている。

荒井舞香（あらいまいか）［伊藤修子］51

「天空不動産」東京第二営業所の社員。鉄平と結婚し、娘（楓香）と息子（銀平）の母となり、現在では賑やかな4人家族に。義理の妹のちずとも仲良し。産休から復職。

CONTENTS

♥シナリオを読む際に♥

本書には、次のようなシナリオならではの表現があります。
「春田M」…人物名の後ろに「M」が付く台詞は、その人物による「モノローグ(独白、心の声)」です。
「春田N」…人物名の後ろに「N」が付く台詞は、その人物による「ナレーション」です。

便宜上、春田と牧の家は『春田宅』、和泉と菊之助の家は『和泉宅』と表記しています。

ドラマ制作メインスタッフ

脚本/徳尾浩司

音楽/河野 伸

エグゼクティブプロデューサー/三輪祐見子(テレビ朝日)

プロデューサー/貴島彩理(テレビ朝日)、神馬由季(アズバーズ)

協力プロデューサー/松野千鶴子(アズバーズ)

監督/瑠東東一郎、山本大輔、Yuki Saito

制作協力/アズバーズ

制作著作/テレビ朝日

主題歌/スキマスイッチ『Lovin' Song』
(AUGUSTA RECORDS/UNIVERSAL SIGMA)

#1

I'll be back!

1　結婚式場・チャペル

扉が開き、まばゆい光が差し込む中、中央を歩いてくる春田創一(39)。
その隣に立ち、腕を組んでともに歩いてくるのは——黒澤武蔵(61)である。
荘厳な音楽が流れる中、参列者の荒井ちず(33)、栗林歌麻呂(28)、
荒井舞香(51)、荒井鉄平(43)、武川政宗(50)、栗林蝶子(56)、春田幸枝(65)、
牧芳郎(64)、牧志乃(61)が祝福の笑顔で見守っている。
祭壇の前に歩いてきた春田と黒澤、そこで待っていたのは——牧凌太(31)である。
春田は黒澤に微笑み、黒澤も春田に微笑み返す。
春田は腕を離そうとするが、黒澤は離さない。

春田「えっ!?」

黒澤「(微笑み、離さない)……」

春田「(離そうとして)いや、ちょ、部長!　部長!」

黒澤「いやだ!」

春田「えっ!?」

黒澤「いーやーだ!!!」

牧師「ソレデハ、誓いのキスをお願いしマス」

春田は黒澤の腕を解いて、牧とキスしようとする。
互いに距離が近づいていく二人。
だが、次の瞬間——。

黒澤「ちょちょちょ！」

と、間に割って入り、牧を押し退けようとする黒澤。

牧「ちょちょ、いやいやいや！」

黒澤と牧が我先にと、春田にキスしようと揉み合う。

牧「ちょっ、なんなんだよ！」

黒澤「すっこんでろ、若造!!」

牧「お前がどっか行けよ、クソじじい!!」

と、結婚証明書の台紙でバンッと黒澤を叩く牧。

黒澤「痛ッ!!　うらぁああっ!!!!」

と、黒澤はフラワーシャワー用の花びらが入った入れ物をまとめて牧に浴びせる。

牧「クソッ……この野郎!!」

と、牧は黒澤を突き飛ばすと、黒澤は牧師を巻き込みながら、ハープの弦の中に豪快に突っ込んでいく。

黒澤「あいったたたっ!!　……くっそぉおおおっ!!」

黒澤は絡まった弦を取りながら立ちあがり、激しく牧と揉み合う。

その間に入って、必死に争いを止める春田。

春田「ちょちょちょっ!!!　二人とも、神様の前でケンカすんのやめてくださ——い!!!」

2　春田宅・リビング（一軒家・朝）

春田「(ハッと目覚める)ハァ、ハァ……え、これが初夢!?」

と、こたつで目覚める春田。

一人で正月を過ごしたようで、空き缶やカップ麺の残骸などがこたつに残っている。

また、シンガポールから送られてきた牧の私物段ボール(『凌太私物⑥』などと書いてある)が積み上がっている。

壁には、2024年のカレンダーが掲げられており、1月4日には『牧8時 成田着』と手書きのメモがあり、グリグリとマルで囲われている。

ふと、目覚まし時計を見ると7時を回っている。

春田「……やべやべやべやべ!! やっべ!!」

春田、スルメが乗っていたプラスチックのトレイに足を取られてツルンと滑り、豪快に尻餅をつく。

春田「あいったぁああっ!!!!(痛くて声が出ない)あぁぁ」

やがて立ち上がり、着替え始める。

3 路上(朝)

全力で走っている、スーツ姿の春田。

春田「(息を切らせて)牧……! 牧!!」

春田N※「春田創一39歳、新年早々、寝坊です!」

× × ×

※ナレーション(以下、N)

駅前に走ってきた春田。
自転車が沢山並んでいる駐輪場。
倒れてくる自転車を必死に支えている男子学生に遭遇する春田。

春田「お、おおおおう、（一緒に支えて）いいよ、行きな！」

学生「あ、ありがとうございます！」

× × ×

汗だくで大通りに出てきた春田。

春田「（時計見て）クッソ、時間ねえ……！」

タクシーを捕まえようと手を挙げる。
タクシーは運良く春田の前で停まるが、その時、大荷物を抱えた妊婦が視界に入って。

春田「あ、あ、どうぞどうぞ!!」

と、タクシーを譲る春田。

4 成田空港・滑走路

着陸する旅客機。

5 同・到着ロビー

春田が空港の入口に息を切らせて入ってくる。

春田「牧……」

スマホを取り出そうと、ポケットに手を入れる春田。

だが、無い！

春田「え、え、えええええ!?　……うわ、スマホ家に忘れた!!」

春田、行き交う人の中から牧を探そうとするが、人が多すぎて自力で見つけるのは難しそうである。

6　同・到着ロビーの一角

空港を出ていく、牧の後ろ姿。

7　天空不動産第二営業所・フロア

春田がフロアにやってくると、社員たちはきびきびと動いていて、活気がある。
フロアはフリーアドレスに変わっているが、武川のデスクは固定されており、卓上に『部長　武川政宗』のプレートがある。
春田「あけおめでーす！」
宮島「あけましておめでとうございまーす」
春田はフロアを見渡すが、牧の姿は見えない。
舞香「おはようございます、春田係長」

春田「あ、舞香さん、牧ってもう(来てますか?)」
舞香「3年半ぶりにシンガポールから帰ってくるのよね、牧くん」
春田「そうですそうです、もう来てます?(と、辺りを見回しながら)」
舞香「新しく家も借りたんですって? ふふふ、やっと一緒に暮らせるのね」
春田「そうそう、そうなんです。どこにいます?」
舞香「知らないわ」
春田「なんなんすかっ! あざっす!」
春田は自分のデスクへ歩いていく。
すると武川がやってきて。
武川「春田、今日は有休取ったんじゃなかったのか?」
春田「はい、サプライズで牧を迎えに空港まで行ったんですけど家にスマホ忘れちゃって、会えなくて……俺がサプライズくらいました」
武川「相変わらずだな、春田」
春田「牧……まだ来てないですか?」
武川「先に本社に寄るって連絡があったよ」
春田「うおお———、マジすか! 行ってきます!」
武川「あ、待て、春田、頼みたいことが——」
武川の声は届かず、フロアを出ていく春田。

8 天空不動産本社・外観(日中)

9　同・ホテルリゾート本部前の廊下（日中）

春田が本社にやってきて、ホテルリゾート本部のフロアをちらちらと覗き見ている。
背後に栗林がやってきて。

栗林「？　あ、春田さんじゃないすか！」
春田「おおう、麻呂！」
栗林「あけおめでーす。なんすか、ヒマなんすか（苦笑）」
春田「ヒマじゃねえわ。牧いる？」
栗林「今さっき、年始回りで取引先に行きましたけど」
春田「はぁ……そっか」
栗林「近いうちにみんなでわんだほうしましょうよ」
春田「おう、そうだなー。お疲れー！」
栗林「ざっす！」
栗林はフロアのほうへ去っていく。
春田「（はぁ、と残念そうに息をついて）……」

10　春田宅・リビング

散らかったリビングに、疲れ果てて帰ってくる春田。
すると、スマホにメッセージが着信する。

春田「（牧かな？　と思うが）……」

見ると、武川から『牧も戻ってきたことだし、久しぶりに黒澤さんも呼んで新年会をしよう。黒澤さんに連絡しておいてもらえないか？　武川』とある。

ふと、棚に飾られている笑顔の天空不動産のメンバー写真（春田、牧、黒澤、武川、栗林、舞香）を見る春田。

春田「……部長」

×　×　×（春田の回想1　Season1　第二話より）

黒澤「お前が俺を、シンデレラにしたんだ」

×　×　×

春田「……」

黒澤へのメッセージ画面を開くと、

『退職して皆に会えなくなると思うと寂しくなりますが、新しいことにチャレンジしていこうと思います。どこかでまた、お会いする時まで』などと書かれている。

日付は2020年9月30日である。

春田「全然会ってないな、部長……今何してんだろ」

春田は、メッセージを打ち始める。

春田「部長、お元気ですか……」

と、その時、メッセージが連続で入ってくる。

春田「!?」

『近くまで来てます』『どこの道を曲がれば？』『あれ、ここどこだろ？』送信元は牧である。

春田「……牧！」

リビングを飛び出す春田。

11 春田宅近くの路上(夕)

辺りを見ながら走ってくる春田。

春田「(息を切らせて)……」

すると視線の先に、スマホを片手に周りを見ている男性がいる。

春田「……牧？　牧――――!?」

振り返ると、それは牧である。

牧「(あっ、と春田を見る)……」

春田「(息を切らせて)朝、空港まで行ったんだけどさー、ギリギリ遅刻して会えなかったわ……」

牧「え……、電話してくれたら」

春田「それがスマホも忘れてさぁ」

牧「(ふっと笑い)何やってんすか」

春田、改めて息を大きく吸い込み……。

春田「牧ぃい……！　お帰りぃいい！」

と、両手を広げながら近づいていく春田。

牧「ただいま……」

と、照れながら春田に近づいていくと、ガバッと抱き寄せられる。

牧「ちょっ、痛い痛い痛い……！」

春田「牧ぃいいい!!!」

春田N「こうして、俺と牧の最高にハッピーな新婚生活は、無事に幕を開けた――かと思われた」

笑顔が溢(あふ)れる春田と牧。

12 路上（夜）

暗闇の中、スーツ姿の黒澤がスマホを見ている。

黒澤「……」

春田から『部長、お元気ですか!? 久しぶりにお会いしたいです！ お返事待ってまーす！』とある。

既読にならないよう、長押しで見ている。

やがて、最強コブラドリンクを飲み干す黒澤。

黒澤「(険しい表情で)……」

春田N「彼が、俺たちの前に現れるまでは――」

13 2018年版『おっさんずラブ』ダイジェスト

メインタイトル

『おっさんずラブリターンズ　第一話　I'll be back!』

14　春田宅・表（日替わり・朝）

15　同・洗面所

並んで歯磨きをしている春田と牧。

春田「モゴモゴ（今日って帰り遅いの？）」
牧「モゴモゴ（今んとこ予定ないです）」
春田「モゴモゴ（牧の唐揚げ食べたい）」
牧「モゴモゴ（あげもんめんどくせえ）」
春田「モゴモゴ（あ、初詣行かない？）」
牧「モゴモゴ（めんどくせえ）」

16　路上～バス停

春田と牧が通勤で歩いている。

春田「ううう、寒っみ……」
牧「マフラーしないんですか？」
春田「去年の忘年会でなくしちゃってさー」

牧「酔っ払って?」

春田「そう……」

牧「もう係長なんだから、しっかりして(笑)」

春田「そんな俺にも部下ができるんだってー……不安だわ」

牧「春田さん、面倒見いいじゃないすか。俺が新人で入ってきた時も、営業虎の巻とか作ってくれたし」

春田「ああ、あったねー」

牧「字は汚すぎたけど」

春田「うるせえわ」

牧「ポスティングのやり方も、ちゃんと覚えてますよ」

春田「上から順番に——」

牧「折れないように軽く入れる」

春田「そう(笑)」

自然に手を繋いで歩く二人。

春田は、牧の手を自分のポケットに入れる。

春田と牧の背後に忍び寄る人影(実は和泉である)。

人影「……」

17 天空不動産第二営業所・フロア

武川がデスクで、アプリの画面を操作している。

武川　「(無表情で)……」

どんどんスワイプしていき、いらない、いらない、いらない、いいね、いいね……

MATCHING！　と表示される。

武川　「(おっ!?)……」

そこに春田が通りかかって。

春田　「おざ――っす！　おざまーっす！」

武川　「(立ちあがって)あ、春田」

春田　「おざまーっす！」

武川　「黒澤さんに連絡、取ってくれたか？」

春田　「あ、はい」

と、スマホを見ると、春田が送ったメッセージに返事は来ていない。

春田　「あー、まだ返信ないっすね……」

武川　「そうか……お元気ならいいんだが」

舞香　「心配ね。早期退職されてから誰も会ってないんでしょ？」

春田　「そうっすね……」

舞香　「まさか、もうこの世に……あぁぁあ!!」

武川　「不謹慎なことを言うな。春田、新しい部下を紹介する」

と、歩いていく武川。

春田　「は、はい！」

武川は春田のデスクに近いところへやってくると、ＰＣの前で固まっている男性の後ろ姿がある。

武川「中途採用で入った和泉くんだ」
春田「……」
男がゆっくりと振り返る。
それはまるでスローな世界で……。
振り返った男性は、和泉幸(45)である。
和泉「……」
春田「……」
和泉「あっ……(何か言おうとするが)」
武川「係長の春田」
春田「春田です、どうもー」
和泉「(我に返り)あ、よろしく……お願いします」
ぺこりと頭を下げる和泉。
武川「和泉はお前の下につけるから、ウチの細かい業務を教えてやってくれ」
春田「あ、はい……」
去っていく武川。
春田、自分の席に座る。
春田「(ふう、と息をつく)……」
和泉「(春田をじっと見ている)……」

春田「……？　どうかしました？」
和泉「春田さん。過去に戻りたい時は、どうすれば……」
春田「え？」
和泉「（PCを指して）あ、これです」
春田はPC画面を覗き込んで。
春田「ああ、一つ戻りたい時はね、コントロール、Z」
和泉「なるほど……（操作しながら）人生もコントロールZ、できたらいいのに」
春田「えっ？（笑）」
和泉「あの……同じことを繰り返したい時は、どうすれば……」
と、春田を見つめる和泉。
春田「あ、それは、コントロール、C」

18　天空不動産本社・会議室

会議室で、海外支社のチームとリモート会議をしている、牧、栗林、他社員たち。
牧「（英語で）今回、ホテルリゾート本部に異動してきました。プロジェクトリーダーの牧です。よろしくお願いします」
支社の社員Ａ「（中国語で）孫です。さきほどお送りしたプロジェクトシートはご覧になって頂けましたか？」
牧「……え？　えっと……（なんて？　と、戸惑う）」

栗林「(中国語で)受領しています。画面共有で出しますねー」
と、画面にプロジェクトシートなる資料を映し出す。
牧「(すげえ)……」

19 マンション空き家(日中)

マンションの賃貸物件を案内している和泉。そこに春田も先輩として、ついてきている。
客の女性「ちょっと暗いかな……お兄さんだったら、ここ住みたいと思います?」
和泉「いや……微妙、ですね」
春田「なんでだよ! (客の女性に)もし、日当たりが気になるようでしたら、他にも角部屋の空きがございまして――」

20 とあるマンション・エントランス

大量のチラシを紙袋に入れて両手で持っている春田と、ポスティングしている和泉。
和泉「(慎重に、ゆっくり)……」
春田「パパッといきましょう、パパッと」
和泉「はい……」
無理に速度を上げるが、うまく入らない和泉。
和泉「あ……」

春田「あぁあぁ……もう！」
春田が落ちたチラシを拾い上げると、和泉は春田を見つめ、涙をこぼしている……。
和泉「……」
春田「え、え、和泉さんどうしました？」
和泉「いや、ちょっと目に……ゴミが」
春田M[※]「えっ、なんで泣いてんの？　パワハラだった!?　パワハラ春田!?」

21　路上（夕）

帰り道の春田と和泉、歩いている。
春田「和泉さんって、前は何のお仕事されてたんですか？」
和泉「あまり人に言えない……仕事です」
春田「……あ、なんかすみません」
和泉「いえいえ」
春田「そういやご近所ですよね？　お家ってどこですか？」
ふと、分かれ道で立ち止まる和泉。
和泉「では私、一本電話していくので……」
春田「いや嘘でしょ（笑）　どこに電話するんすか」
和泉「（笑顔でごまかし）明日も、よろしく、お願いします」
と、頭を下げて去っていく和泉。

※モノローグ（以下、M）

春田「(不思議な人だなぁ、と思う)……」

その時、スマホにメッセージが届く。

春田「?」

見ると、牧から『ごめんなさい、会食が入ったので夕飯は一緒に食べられません(ごめんなさいの絵文字)』とある。

春田「おう……」

22 春田宅・リビング(以下、点描風に)

カップラーメンを一人で食べている春田。

春田「(寂しそうに)も～、一人と変わんねえじゃん……」

× × ×(時間経過)

疲れて、帰宅してきた牧。

牧「ただいま……」

散らかったリビングのこたつで眠っている春田。

洗い物の溜まったシンク、干しっぱなしの洗濯物、差しっぱなしの充電器プラグなどを見て。

牧「(ふう、と溜め息)……」

× × ×(日替わり・夜)

ソファで眠っている春田。

牧は、ダイニングテーブルでＰＣを開いている。
春田が目を覚まして。

春田「あ、牧帰ってたんだ？」

牧「……あ、はい」

春田「ちょっとゲームしない？　サッカーの対戦」

牧「すみません、明日までにこれ、やんなきゃいけなくて」

春田「(寂しい)……そっか」

×　　×　　×(日替わり・夜)

牧はワイシャツ姿のまま、食器を洗っている。
そこに風呂上がりの春田がやってきて。

春田「ねえ牧ぃ、こないだ本棚欲しいって言ってたじゃん？　今度の日曜日、デートがてら、どっか見に行く？」

牧「あ……日曜日は中国語のレッスン入れちゃったんですよね……すみません」

春田「え、中国語やってんの!?」

×　　×　　×(日替わり・夜)

春田はキッチンを散らかしながら、オムライスを二人分作っている。
卵に穴がいくつも開いていて、もはや王蟲ライスである。

春田「(達成感)できた……」

その時、スマホにメッセージが届く。
牧から『すみません、会議で遅くなります』とある。

春田「んぁあああ、なんだよ！」

23　わんだほう・表（夜）

24　同・中

店主の鉄平が厨房、春田はカウンターにいる。
厨房の内側には鉄平、舞香、楓香（3）、銀平（2）の家族写真が貼ってある。

春田「鉄平兄、今日の日替わりって何？」
鉄平「日替わりは、にしんとみかんのミックスチャーハン」
と、ミニ黒板を見せる鉄平。
春田「じゃあ、ソース焼きそば」
鉄平「おい、頼まねえなら毎回聞くな」
春田「いや、だってチャーハンにみかんはおかしいでしょ」
鉄平「どこが。酢豚にパイナップルみたいなもんだろ……」
そこに吾郎（3）を抱えて、店の奥から（仕事帰りの）ちずが現れる。
ちず「あ、春田じゃん。いらっしゃい」
春田「おう、お――吾郎ちゃんでかくなったなー」
吾郎「はるたもな！」
春田「なんでだよ！（と、頭をわしゃわしゃする）」

ちず　「仕事で遅くなる時、たまに兄貴に見てもらってんの」
春田　「へえ〜……ちずもママか〜」
ちず　「ねえねえ、牧くん帰ってきたんでしょ？　どうなのよ？　ラブラブ？」
春田　「いやー、本社に戻ってきたばっかだからやっぱ忙しいみたいだなー。全然時間合わねえの」
ちず　「そっか……しかも課長さんだもんね。そりゃ、係長の春田よりは１００倍忙しいか」
春田　「うるせえよ。ホントはもっと一緒にメシ食ったり、ゲームしたりさ、休みの日は買い物行けんのかなーって思ってたけど……やれ残業だの、語学の勉強だの……」
ちず　「しょうがないよ、30代って責任あることも任されるし、仕事が楽しくなってくる時期じゃん？」
春田　「（むぅ……）だけどさぁ、なんか思ってた新婚生活と違うっていうかさぁああ……」
ちず　「あのね、そーゆうときにダル絡みしてくる旦那、最悪だから。気をつけな」

25　路上（夜）

ほろ酔いで家に向かって歩いている春田。
春田　「（ぶつぶつと）さすがに休みの日ぐらいはさぁ……デートしてさあ……」
その時、スーツ姿の中年男性とすれ違う。
春田　「……部長!?」
と、振り返る春田。

春田「部長!!　黒澤部長!」

中年男性は立ち止まり、ゆっくりと振り返る。

だが、髪型だけが黒澤に似ている全く別人である。

男性「……はい?」

春田「あ、いや、すみません、間違えました!」

頭を下げ、再び歩き出す春田。

26　春田宅・リビング(夜)

春田が帰宅すると、オムライスが二つともテーブルに置いたままである。

春田「(残念な気持ちに)……」

牧が掃除機をかけている。

春田「あれ、今日遅いんじゃなかった?」

掃除機を止めて。

牧「……さっき帰ってきました」

春田「あ……そうなんだ」

牧「春田さんは?」

春田「ああ……わんだほう行ってきた」

牧「……飲んできたんすね」

再び掃除機をかける。

春田「……牧、あのさ」
掃除機の音で春田の声が通らない。
春田「牧！」
牧「(掃除機止めて)……なんですか」
春田「メシは？」
牧「会社のコンビニで」
春田「……いや、いらないんだったら早く連絡しろよ……」
オムライスを冷蔵庫にしまう春田。
牧「……すみません」
春田「仕事忙しいのは分かるけどさ、一人暮らしじゃねんだからたまにはメシだって一緒に食いたいし、何気ないこと話したり、休みの日だって出かけたいじゃん」
牧「……」
春田「聞いてる？」
牧「今、そういう余裕なくて……時間なくて……すみません」
春田「時間は作るもんだろ？」
牧の中で、静かに何かが切れました。
牧「……」
ガシャンッと大きな音を立て、掃除機を片付ける牧。
春田「(音に驚いて)!?」
牧「(はぁ、と大きな溜め息をつく)……」

春田「……え、何、何？」

牧「春田さんが散らかすのを片付けてるうちに、毎日終わるんですよ。掃除だって洗濯だって、家事をちゃんとやってくれたら、その分、俺にも時間ができるんですよ！」

春田「お、俺だって、ゴミ出しとか手伝ってんじゃん」

牧「ゴミ出しっていうのは、家のゴミ箱から集めるところからゴミ出しなんですよ。春田さん最後に外持っていくだけですよね!?　っていうかまず、手伝うっていう概念がおかしいでしょ、対等なのに」

春田「ええっ……」

さらに牧は、ラベルの剥がしていない、ちょっと飲み物が残ったペットボトルを見せて。

牧「ペットボトルだってこのまま捨てるし、分別も適当だし、俺、全部やり直してるんですからね!?」

春田「……え、なんでそんな怒んの!?　俺だって苦手な家事やってんだからさ、ちょっとぐらい褒めてくれたってよくない!?」

牧「なんだそれ！　褒めるとこなんか一つもねえわ!!」

春田「(めっちゃ怒るやん)……」

ピンポン、と玄関のチャイムが鳴る。

怖くて後ずさりしながら、玄関のほうへ行く春田。

27 同・玄関

春田が玄関を開けると、ちずが立っていて。

春田「……ちず!?」

ちず「もー、店にスマホ忘れてたよ」

と、春田のスマホを渡すちず。

春田「おお、おう、ありがとう」

ちず「じゃ、おやすみ～！」

春田「あ、ちず、ちず(ちょっと上がっていけよ)」

ちず「は?」

春田「(牧と今、すげえ、ケンカしてっから)」

と、口パクと身振りで伝えようとする春田。

ちず「いや、何!?　全然分かんない」

28　同・リビング(時間経過)

春田、牧、ちずがテーブルを囲み話している。

ちず「お互いの言い分は、うん、分かった」

春田「どうよ」

ちず「私は、牧くん派」

春田「なんでだよ！」

ちず「まあ付き合ってる時は楽しいだけでいいけどさ、一緒に暮らしていくって、やっぱ大

牧　変なことじゃん?」
春田「そうなんです、そこを分かりあいたいっていうか」
牧「分かるけど、それじゃ全然楽しくないじゃん。俺はもっと明るい家にしたい」
ちず「(ちずに)これが一生続くと思ったら……」
春田「絶望するよね」
ちず「おい!」
春田「まあ、ぶっちゃけそんなに価値観が合わないなら、無理して一緒に暮らす必要はないと思うけどね、私は」
ちず「はぁ?」
春田「だって春田と暮らしても一ミリもメリットないじゃん」
ちず「いや、メリットとかデメリットとか、そういうことじゃないだろ?」
春田「仕事から疲れて帰ってきてんのに、なんで春田の面倒まで見なきゃいけないのってなるじゃん」
ちず　ちずと牧が無言でハイタッチする。
春田「ハイタッチするな!」
ちず「まあ、一番の問題は牧くんの家事の負担が大きすぎるってことだよね……」
牧「まあ、そうですね……」
ちず「じゃあ、いっそのこと家事はプロにお願いしたらいいんじゃない?」
春田「……プロ?」
牧「家事代行ってことですか?」

ちず「そう。私も週二で使ってるけど超便利だよ。基本的に自分たちがいない時間に掃除とか料理とかしてもらって、疲れて帰ってきたら、美味しいご飯を食べるだけ。自分の時間も増えるし、ＱＯＬ爆上がりだよ」
春田「へえ……」
ちず「しょうもないことで衝突するぐらいなら、時間をお金で買うのもありだと思うけどね、私は」
牧「でも俺、結構、要求高いっすよ……」
ちず「私が使ってるとこは優秀な人ばっかりだよ。資格たくさん持ってる人とか、世界で活躍してたとか、中にはニャオミ・キャンベルの家で働いてた人もいるんだって！」
春田「ニャオミ・キャンベル!?」
牧「……え、料金って……」
ちず「全然手頃だよ。しかも今ならお年玉キャンペーンで一か月30パーオフ」
牧「そっか……」
ちず「どう、やってみる？　お友達紹介したら私が3回タダになるんだよね」
春田「それが目的かよ！」
ちず「ふふふ……バレた？」

29　同・表（日替わり・日中）

春田Ｎ「こうして、家事代行サービスを試してみることになり、次の日曜日、初回の日がやってきた」

30　同・リビング（日中）

リビングで、ビジネス書を読んでいる牧。
春田は、そわそわしている。

春田「何か緊張するよな……何してたらいいんだろ」

牧「普通にしてたらいいんですよ」

ピンポン、とチャイムが鳴る。

春田「来た。え、どうしよ。牧、牧、出て！」

牧「なんでだよ（苦笑）」

やれやれ、と牧が立ちあがって玄関のほうへ。
春田もついていく。

31　同・玄関

牧が玄関のドアを開ける。

牧「……!?」

まばゆい光の中から現れたのは——黒澤である。
それはスローな世界で……。

黒澤「……」
春田「……！」
牧「……!?」
黒澤「こんにちは。ばしゃうまクリーンサービスの黒澤と申します」
牧「チェンジで」
と、ドアを閉めようとする牧。
黒澤「ちょちょちょっ!!（と、足で止めて開ける）」
牧「え、なんで!?」
春田「ぶ、部長！　どうしたんすか!!?」

32　同・リビング

春田と牧に名刺を差し出す黒澤。
黒澤「改めまして、私、ばしゃうまクリーンサービスの黒澤と申します」
春田「（読んで）ユニコーン家政夫・兼エリア統括部長……えっ、こっちでも部長さんなんですか？」
牧「ま、どうぞ」
と、椅子に促す牧。
黒澤「失礼いたします」
と、厳かな姿勢を崩さない黒澤。

三人がテーブルについて。

春田「部長……めちゃくちゃお久しぶりですよね、お元気だったんですか!?」

黒澤「ええ、お陰様で……さっそくですが、プランのご説明をさせていただいても宜しいでしょうか」

と、パンフレットを取り出して広げる黒澤。

春田「……え、なんでそんなヨソヨソしいんすか(苦笑)」

パンフレットには家政夫のランク付けが書いてあり、上からユニコーン☆☆☆☆☆、サラブレッド☆☆☆、馬車馬☆☆、馬☆、とある。

牧「ユニコーン家政夫って……(名刺と見比べて)」

春田「うわ、部長！　最高ランクじゃないすか……！」

黒澤「恐縮でございます。このお宅の広さですと……そうですね、週三回、二時間ずつの『流鏑馬(やぶさめ)プラン』か、週五回の『ペガサスプラン』がお勧めですが」

牧「週一ってのはないんですか？」

黒澤「週一回の『ポニープラン』ですとぉ……なかなか効果を実感していただけないかもしれませんね……」

牧「じゃあ週二？」

黒澤「週二ぃ……」

春田「じゃあ、週三でお願いします」

黒澤「週三回の流鏑馬プランで、承知いたしました」

牧「あの……」

黒澤「はい」

牧「部長がずっと、ウチの家事をやるってことですか?」

黒澤「……と、申しますと」

牧「いや……さすがに、元上司に家事をしてもらうのは、こっちも気をつかうというか……」

黒澤「(手帳を見ながら)あー……私は次回以降ちょっと難しいかもしれませんので、担当者に変更がある場合は改めてご連絡いたします」

春田「え～～、部長やってくださいよぉー!」

牧「(春田をキッと睨む)……」

黒澤「それでは時間もございませんので、初回お試し特典として、さっそく作業させて頂いてもよろしいですか?」

春田「あ、いきなり」

× × ×(以下、点描で)

バスタブの中をゴシゴシ洗っている黒澤。

それを見ている春田と牧。

× × ×

掃除機をかけている黒澤。

床にあるものを片付けている牧と、

掃除機をよけている春田。

× × ×

キッチンで手際よく料理している黒澤。

春田に味見を勧める黒澤。

黒澤「どうでしょうか……」

春田「うんまっ!! ほひみっふ!(星3つ)」

黒澤「(微笑み)星3つ、ありがとうございます」

牧「……」

牧はソファで本を読んでいるが、なんだかキッチンが騒がしくて気になる。

× × ×

黒澤「本日の作業は終了です。家の鍵をお預かりしてもよろしいでしょうか」

春田「あ、はい」

牧「えっ!?」

黒澤「基本的にはお二人がご不在の時に作業をさせていただきますので、担当の者と厳重に管理させていただきます」

牧「……ええ……」

春田「はい、これが鍵です」

黒澤「確かに、お預かりいたします。それでは、本日は黒澤武蔵が担当いたしました。失礼いたします」

春田「あざっした!!」

牧「……」

黒澤、リビングを出ていく。

ダイニングには花が生けてある。

春田「うわ、見て、花まで生けてある！　やっぱプロってすげえなぁ……な！」
テレビのリモコンや本の位置を元に戻している牧。
牧「(ふう、と溜め息)……」
春田「え、なんかダメだった？」
牧「いや、まあ……そもそも他人が家に入ってくるのが、好きじゃないんで……ま、今回だけなら」
春田「ええ、俺たちの部長じゃん……なんでそんなこと言うの」
牧「星3つ！　じゃないっすよ」
春田「え、なになに、何怒ってんの？」
牧「すいません、何でもないです」
春田「……あ、そうだ」

33　同・表(夕)

追いかけて、表に出てくる春田。

春田「部長！」
黒澤「(振り向いて)……はい」
春田「久々に部長の顔見たらなんかホッとしたっていうか……今日は、ありがとうございました！」
黒澤「(小さく礼をする)恐縮でございます」

春田「あの、新年会のメール見てくれました!?」
黒澤「あ、ああ……」
春田「みんなも会いたがってたんで。お忙しいとは思いますけど……」
黒澤「……前向きに検討いたします。それでは」
と、頭を下げて歩いていく黒澤。
春田は、その後ろ姿を見ている。
春田「部長……(ちょっと寂しい)」
一方の黒澤、耐えている顔で。
黒澤「(はぅうぅっ!!!)……」

34 天空不動産第二営業所・フロア(日替わり・日中)

春田は、表計算ソフトの使い方を和泉に教えている。
春田「このセルをつかんでズズッと……ほら、つかんで」
和泉「……つかむ」
と、マウスをグッとつかむ和泉。
春田「いや、だからそうじゃないって!」
と、思わず声を荒らげてしまう春田。
和泉「す、すみません……ちょっと」
と、突然席を立って去っていく和泉。

春田「和泉さん……!?」
　そこに武川がやってきて。
武川「春田係長、メシ行こうか」
春田「……は、はい」

35　同・お手洗い

　バシャバシャと顔を洗っている和泉。
　顔を上げて、鏡を見る和泉。
和泉「(苦悶の表情で)……」
武川の声「パワハラって言われるぞ、あれは」

36　同・屋上

　春田と武川がパンを食べながら話している。
春田「ええ、あれでパワハラですか……」
武川「どうせ新婚生活がうまくいかなくて、イライラしてたんだろう」
春田「そうっすね……なんっつーか、思ってたのと違うなってのはあります」
武川「牧も仕事で一杯一杯だからな」
春田「……でも、家事はプロにお任せすることにしたんで、だいぶラクになるとは思いますけど」

武川「ほう……それはいい選択だな」

春田「牧はなんか、まだ文句言ってんすけど……」

武川「部屋は綺麗になったんだろ？」

春田「実はその、ウチに来た家政夫さんっていうのが……黒澤部長だったんです」

武川、思わず（カップの）コーヒーを噴き出す。

武川「はぁあ!?」

春田「いや、俺も最初は信じられなかったんですけど、今は家政夫の仕事をされてて……しかもユニコーンって肩書きになってて」

武川「この数年の間に、部長からユニコーンに……理解が追いつかんな。それで、また牧とモメてるのか」

春田「（溜め息）はぁ……結婚ってなんなんすかね？」

武川「春田」

春田「はい」

武川「結婚生活っていうのはな、長い会話なんだよ」

春田「長い会話……どういう意味っすか？」

武川「知らん。ニーチェが言ってた」

春田「ニーチェ！」

37　天空不動産本社近くの路上（日中）

キッチンカー『おむすびごろりん』の列に並んでいる牧と栗林。

栗林「家事代行、サイコーじゃないっすか」

牧「いやいや、でも部長だから」

栗林「……嫌なんすか？」

牧「嫌っていうか……昔のことがあるし……」

栗林「へー、牧さんも嫉妬するんすね」

牧「いや、そんなんじゃない。そもそも、他人が家に入ってくるのも嫌だし……」

栗林「ホームパーティやろうぜフォー！　とか」

牧「すげえやだ（笑）」

栗林「そうなんすね」

牧「麻呂んとこは家事とか、どうしてんの？」

栗林「ウチも分担してやってますよ。俺結構、トイレ掃除とか風呂掃除とか好きなんすよね」

牧「それでうまくいってんだ？」

栗林「いやー、自分の代わりにやってもらうこともあるんで、そーいう時は、蝶子のいちばん好きな花を買って、ありがとうって言って渡します」

38　西園寺弓道場・表（栗林の回想・夕）

弓道教室に通う子どもたちを見送っている蝶子。

子どもたち「先生さよならー！」

蝶子「さようならー、気をつけてね」
蝶子、道場に入ろうとするが、ふと花束を抱えた栗林が立っていることに気づく。
蝶子「……麻呂！」
栗林「はい、蝶子」
と、花束を渡す栗林。
蝶子「えー、綺麗！　どうしたの⁉」
栗林「その笑顔が見たかったから。こないだはありがとね」

39　天空不動産本社近くの路上（日中）

牧「……やるじゃん」
栗林「感謝の気持ちは、ちゃんと表現しないと伝わんないっすから」
牧「……」
二人に列の順番が回ってくる。
菊之助の声「いらっしゃいませ」
キッチンカー『おむすびごろりん』店主の顔が見える。
それはまるでスローな世界で……。
爽やかな笑顔の六道菊之助（38）だ。
菊之助「ご注文どうぞ」
メニューは、おかかおむすびのみ、サイズはショート、トール、グランデが選べる。

トッピングはＡＳＫと書いてある。

牧「おかか以外は無いんですか？」

菊之助「はい、当店おかかのみでやらせて頂いてます」

牧「そんなことあります？」

栗林「グランデをお一つ」

菊之助「グランデを一つ」

牧「トッピングはＡＳＫって……何があるんですか」

菊之助「お尋ねいただきありがとうございます。トッピングは、おかかです」

牧「……じゃあトールを一つ」

菊之助「トールを一つ、ありがとうございます」

40　春田宅・玄関（夜）

41　同・リビング（夜）

春田が入ってくると、夕食の支度をしている黒澤。

春田「……あれ、えっ!? 部長!?」

黒澤「本日担当いたします、黒澤武蔵でございます。よろしくお願いいたします」

春田「ええ部長、お忙しいのに、ありがとうございます!!」

黒澤「夕食は長崎県産ぶりの照り焼き、有機野菜とちくわのきんぴら、京豆腐とキノコのべっこうあんかけ、高橋さんちの人参と枝豆・ひじきの和え物でございます」
と、料理を並べている黒澤。
達筆で書かれたお品書きもある。

春田「すげえいい匂い……うまそう！」

黒澤「(微笑み)ありがとうございます」
その時、春田のスマホにメッセージが届く。
見ると、牧から『帰りは遅くなります』とある。

春田「……おおう」
テーブルを見ると二人分の食事が並んでいる。

黒澤「それでは、本日の作業は以上になります。失礼します」
と、カバンを持って出ていこうとする黒澤。

春田「あ、部長」

黒澤「(振り返って)はい、何でしょうか」

春田「今日なんか牧が遅くなるみたいなんで……良かったら、一緒に食べませんか？」

黒澤「！　……これはお客様のためにお作りしたものですから、私が頂くわけにはいきません」

春田「でも、もったいないし」

黒澤「いやいや……(帰ろうとする)」

春田「(止めて)えー、食べましょうよ、部長〜!!」

黒澤「いやいやいや(帰ろうとする)」

春田「(止めて)いいじゃないすか、部長！」

黒澤「(抵抗しながら抱き合う)ちょ、お、お客様!」
春田「ちょ、あ、部長!」

42　街のどこか(夜)

牧は街のどこかで立ち止まり、電話をしている。
牧「(電話で)はい、今から会社戻るんで、決裁しますね」
電話を切って、歩き出そうとする牧。
だがふとショーウィンドウで、何かを見かける。
牧「……」

43　春田宅・リビング

夕飯を食べている春田。
黒澤は持参した弁当を食べている。
春田「部長は退職されてから、ずっとこのお仕事なんですか?」
黒澤「いえ、色々やりました。ある時は水族館でペンギンのお世話を——」
×　×　×(黒澤の回想フラッシュ1)
ペンギンにエサをやる黒澤。
黒澤「ペン太! (エサを食べたので)よしよしよしよし!」

× × ×（黒澤の回想フラッシュ2）

黒澤「ある時はプラネタリウムで解説を――」

プラネタリウムでナレーションする黒澤。

黒澤「オリオンは右手に大きな棍棒を持ち……」

× × ×（黒澤の回想フラッシュ3）

黒澤「ある時はイギリスでクリケットの審判員を――」

青空の下で、クリケットの審判員をする黒澤。

黒澤「バウンダリー4！」

× × ×

黒澤「紆余曲折ありまして、この仕事に出会いました」

春田「すげえ……でもなんで早期退職しちゃったんですか？　俺、めちゃくちゃ寂しかったっすよ……」

黒澤「（少し悲しげに）……」

春田「部長？」

黒澤「皆さんはお元気ですか」

春田「はい、武川さんも部長になられて忙しそうですし、舞香さんも麻呂も元気です。ただ狸穴（まみあな）さんは脱サラして漁師になって、ジャスは子どもが五人産まれて育休中です」

黒澤「それは良かったです」

二人、黙々と食べている。

春田「あの……一つ聞いていいですか？」

黒澤「私に答えられることであれば」
春田「部長が蝶子さんと新婚の時って、どんな感じでした?」
黒澤「……若い頃はケンカばかりでしたね。好きな食べ物から趣味から、何もかも違いましたから」
春田「へえ、部長もそうだったんですか」
黒澤「でも、違くていいんです。自分と違うからこそ、広がる世界もありますから」
春田「……ああ」
黒澤「日々お互いを知り、許し合い、認め合う。そうしてだんだん、家族になっていく。新婚生活というのは、家族になるための入口なのかもしれませんね」
春田「家族になるための、入口……」
黒澤「おかわりは如何ですか?」
と、手を出す黒澤。
春田「あ、お願いひまふ!」
と、茶碗を渡すわんぱく春田。

44 同・玄関

玄関先に立つ黒澤。
黒澤「……それでは、本日はこれで失礼します」
春田「あ、部長。外寒いんで、これ使ってください」

と、春田はイヤーマフラーを黒澤に被せようとする。
それはまるでスローな世界で……。

黒澤「！（上目使いで）……」

春田「……」

黒澤「（被せてもらい）……あ」

春田「ん？」

黒澤「あったかい……」

春田「良かった……じゃあまた明後日、お願いします」

黒澤「……失礼いたします」

春田「お疲れ様でした」

黒澤は玄関を出ていく。

春田「……」

45　商店街・路上（夜）

シャッターの降りた商店街を歩いている黒澤。
イヤーマフラーに手を当てて。

×　　×　　×（黒澤の回想フラッシュ）

春田が隣に立ち、つまみ食いして。

春田「うんまっ!!　ほひみっふ！（星３つ）」

春田　×　　×　　×（黒澤の回想フラッシュ）
「あ、部長。外寒いんで、これ使ってください」
と、春田はイヤーマフラーを黒澤に被せようとする。
×　　×　　×（黒澤の回想フラッシュ）

春田　「でもなんで早期退職しちゃったんですか？」
×　　×　　×

黒澤　「そんなの……君を忘れるために決まってる……君の幸せを願って離れたのに……なぜだ、なぜまた俺を呼び寄せた……はる……ダメだ、ダメだ……はる、はる……あぁああああ!!」

そばにあったポリバケツのフタを取り、中に顔を突っ込んで。

黒澤　「はるたぁあああああん!!!!」
顔を上げて、ハァハァと息を切らせる黒澤。
ポリバケツにフタをして、想いを閉じ込める。

黒澤　「（切ない）……」

46　天空不動産本社・廊下

牧のスマホが着信する。
以下、春田宅のリビングと適宜カットバックで。

牧　「ああ、すみません……今日も遅くて」

春田「仕事なんだからしょうがねえよ」

牧「……」

春田「あのさ、牧が頑張ってること、世界で一番、俺が知ってっから」

牧「……春田さん」

春田「だから牧のことめちゃくちゃ応援してるけど……無理はすんなよ、マジで」

牧「……はい」

春田「それだけ伝えたくて。仕事の邪魔してごめんな」

牧「……ありがとうございます」

春田「じゃあな」

牧「はい」

春田宅リビングのテレビでは『都内では今晩から明日にかけて氷点下に下がり、所によって雪が降るでしょう』とニュースが流れている。

春田「……」

春田はカイロをいくつか持って、リビングを出る。

47 大通り（夜）

大通りに出てきた春田。

地下鉄の駅に入っていく春田。

春田「……」

春田の吐く息は白い。

48　天空不動産本社・廊下（夜）

牧「お先に失礼します」
と、フロアを出て歩いていく牧。

49　同・表（夜）

雪が舞い散る中、牧が会社から出てくる。
牧「（空を見て、雪か、と）……」
牧は手で雪を確かめると、歩道を歩き始める。
すると、正面から春田がやってきて。
春田「牧――!!」
牧「……?（と、目線を上げる）」
雪の舞い散る路上。
春田は、牧に向かって全力で走っていく。
やがて、抱き合う二人。
春田「……」
牧「え、なんなんすか」

春田「……寒いから、カイロ持ってきた」

と、カイロで牧の頬を挟んで、タコにする春田。

牧「(タコにされたまま)……それだけのために?」

春田「うん」

牧「あ、そうだ、俺も……!」

と、持っていた包みを渡す牧。

春田「え、え、何?」

牧「開けてください」

春田「ええっ!? いいの!? マジ!?」

春田、包み紙を開けると赤いマフラーが出てくる。

春田「うおおおおっ!! マフラーじゃん!! やったぁ!!」

牧「……もう、飲み会でなくさないでくださいね」

春田「おおお、超嬉しい!! ありがとう、牧!! 牧!」

牧が、春田にマフラーを巻いてあげる。

春田がせわしなく動くので。

牧「ほら、動くな!」

春田「おおお、すげえ、あったけえ!」

牧「……春田さん」

春田「ん?」

牧「初詣行きましょうよ」

春田「えっ、今から!?」
牧「今から」
春田「おう、行くぞ行くー!!」
牧「(微笑み)やっと合いましたね、意見」
春田「だなー!」
と、歩いていく春田と牧。

50 神社・境内(夜)

鈴を鳴らして、手を合わせる春田と牧。
春田「……」
牧「……」

51 同・参道(夜)

手を繋いで歩いている春田と牧。
春田「何、お願いした?」
牧「ん？ ……健康です」
春田「まあ、健康は大事だよな」
牧「春田さんは?」

春田「世界平和?」
牧「スケールでか」
春田「あとは……」
春田、大きな階段を上がっていき、振り返る。
牧「……!?」
春田「大好きな牧と、幸せな家族に、なれますように――!!」
と、絶叫する春田。
牧「……いや、近所迷惑……」
春田「牧もやれよ」
牧「やだよ!」
春田「やれよ、凌太!」
牧「るせえ、創一!」
と、背を向けて歩いていく牧。
春田「(しょんぼり)……」
春田、とぼとぼと階段を降り始める。
すると、牧は春田のほうを振り向いて。
牧「俺も一緒だよ――!!!!!」
春田「……んだよ(微笑み)」
春田は牧を追いかけて走っていき、やがて手を繋いで歩いていく二人。

52　春田宅・表（日替わり・朝）

春田「行ってきまーす！」
　と、出てくる春田。

53　春田宅近くの路上（朝）

　春田が鼻歌交じりに路上に出てくると、隣の家の玄関前で倒れている男性がいる。
春田「⁉　……えっ⁉　……え、えっ⁉　血⁉」
　駆け寄っていくと、腹部の辺りから血を流している男性は――和泉である。
春田「い、和泉さん！　どうしました⁉」
和泉「……ううっ……大、丈夫です」
春田「いや、全然大丈夫じゃないでしょ！　うわうわうわ、救急車……救急車！」
　と、スマホを取り出す春田。
　すると玄関ドアが開き、菊之助が出てきて。
菊之助「どうしたんですか？」
春田「あ、あの、血だらけで……！」
菊之助「あ、あらら……大丈夫です」
　と、菊之助は和泉をひょいと軽く抱きかかえて。
菊之助「……すみません、お騒がせしました！　どうか、これは見なかったことに」

と、家の中へ入っていく菊之助。
そして、玄関の扉が閉まる。

春田　「(唖然)……えっ!?」
春田M「神様……事件です!」

第二話へ続く

渡る世間に武蔵あり

1　春田宅・表（朝）

眠っている春田。

2　同・寝室

牧が起こしにきて、カーテンをシャーッと開ける。
牧「遅刻しますよ、起きて」
春田「ううう……ん……」
と、朝日がまぶしくて布団を被る春田。
牧「ほら、片付かないからさっさと起きる！」
と、布団をはぎ取ろうとする牧。
だが、牧は逆に手を引っ張られて、布団の中に引き込まれる。
牧「うわぁあっ、ちょっ!!　何やってんすか、ちょっ!!」
春田「牧ぃい……！」
牧「こらっ！」
布団の中でもぞもぞと暴れる二人。

3　同・キッチン

目玉焼きを焼いているエプロン姿の牧。

その背後にやってきて、牧の肩に顎を乗っける春田。
さながら、でっかいピカチュウである。

春田「俺、半熟がいい」

牧「分かってます、ちょっと、邪魔！」

春田「固めの半熟ー」

牧「分かったから、離れろ！」

4 同・ダイニング

仲良く朝食をとっている二人。

春田「俺、今日朝イチで会議だから先に出るわ」

牧「分かりました。帰りは？」

春田「いつも通り。牧は？」

牧「今んとこ、いつも通りです」

春田「あ、そうそう、母ちゃんからメール来てたんだけどさ、今度、新居を見にウチに来たいんだって」

牧「あ……そうなんですか」

春田「俺たちのこと何も話してないからさあ、結婚したってちゃんと言わないとな」

牧「あー、いつらっしゃるんですか？」

春田「まだ返してない。今週末でいい？」

牧　「え、今週末!?　……あ、まあ、はい……」
春田　「これ、ちょうだい～」
と、最後一個のおかずに箸を伸ばし、もぐもぐと幸せそうに食べる春田。
牧　「(考えている)……」

5　同・表～和泉宅前(朝)

春田　「行ってきまーす」
と、鼻歌交じりに玄関を出てくる春田。
和泉宅の前を通り過ぎると『うううううっ』……とうなり声が聞こえてくる。
春田　「……えっ!?」
と、和泉宅の敷地をおそるおそる覗くと、和泉が玄関前に血を流して倒れているのが見える。
春田　「!?　……えっ!?　……え、えっ!?　血!?」
春田が和泉に駆け寄っていき。
春田　「ちょっ、和泉さん!　どうしました!?」
和泉　「……ううっ……大、丈夫です」
春田　「いや、全然大丈夫じゃないでしょ!　うわうわうわ、救急車……救急車!」
と、スマホを取り出す春田。
すると玄関ドアが開き、菊之助が出てきて。

菊之助「どうしたんですか?」
春田「あ、あの、血だらけで……!」
菊之助「あ、あら……大丈夫です」
　と、菊之助は和泉をひょいと軽く抱きかかえて。
菊之助「……すみません、お騒がせしました！　どうか、これは見なかったことに」
　と、家の中へ入っていく菊之助。
　玄関のドアが閉まる。
春田「(唖然)……えっ!?　大、丈夫じゃなくね……!?」

6　天空不動産第二営業所・フロア(朝)

　朝のミーティングをしている天空不動産の面々。
　そんな中、さきほどの出来事で動揺している春田。
春田「(頭を抱え)……」
春田M「つーか、さっきのは何?」
武川「このままでは、年度末決算で第一営業所に大きく水をあけられる。そこで、なんとか週末の新築フェアで巻き返しを図りたい！」
　春田がふと見ると、和泉のデスクは空席である。
春田「……」
春田M「和泉さん、血だらけだったよね?　しかも、え、ウチの隣に住んでたの!?　で、後から出てきた人は誰!?　え、分かんない、春田全然分っかんない！」
武川「じゃあ、そういうことで今日もよろしく」
社員一同「はい！」
と、各々持ち場へ戻っていく。
春田「んぁ———（と、頭を抱えている）」
武川「春田」
春田「は、はい！」
武川「和泉が来てないが、何か聞いてるか？」
春田「あ、いや……なんか家を出たら、和泉さん血だらけで倒れてて……」
武川「えっ!?」
春田「実はウチの隣に住んでたみたいなんですけど、救急車呼ぼうとしたら中から別の人が出てきて、大丈夫大丈夫って……」
武川「情報量が多すぎて全然分からん」
春田「すみません……俺もよく状況分かってなくて」
そこに舞香がやってきて。
舞香「和泉くんはさっき、風邪でお休みすると連絡がありました」
春田「ええっ……全然風邪って感じじゃなかったですけど……」
舞香「まさか春田係長のパワハラが原因でメンタル崩壊!?」
春田「いやいや……」
×　×　×（春田の回想　第一話）

春田「いや、だからそうじゃないって！」
と、思わず声を荒らげてしまう春田。

和泉「す、すみません……ちょっと」
と、突然席を立って去っていく和泉。

×　×　×

春田「いや、そんなんじゃ、ええええ――!?（パワハラ!?）」

武川「行くぞ、春田」
と、去っていく武川。

春田「は、はい、どこにですか!?」

武川「（振り返って）11時から本社でコンプライアンス研修。係長も対象だ」

春田「は、はい！」
と、慌てて武川についていく春田。

7　天空不動産本社・表（日中）

8　同・セミナールーム

講師がスクリーンに資料を映し出して、講義している。
研修を受けている管理職、及びそれに準ずる社員たち。
後部座席に春田、武川がいて、武川はスマホをいじっている。

スクリーンには『パワハラが起きやすい事例① 部下を指導中、思わずイライラして声を荒らげた』と、表示されている。

春田「(スクリーンを見て)マジか……」

武川のスマホから『MATCHING!』とかわいい音声が流れる。

武川「悪い(と、音を消す)」

と、手元でアプリを操作している武川。

春田「……」

武川「……俺はここ(スマホ)に、真実の愛があると思ってる」

春田「そういうの、危なくないんですか?」

武川「俺は信頼できる人としかメッセージを交換しないようにしてる」

春田「へぇ〜」

武川「午後から会議があって外出できないんだが、代わりにコンビニでプリペイドカードを買っといてもらえないか?」

春田「えっ? いいすけど、なんでですか?」

武川「(スマホを見せて)プリペイドカードの番号を送ってくれって言われてる」

アプリのメッセージ画面には、『アメージングカード50000円の番号を送ってください♪』とある。

春田「え、これ詐欺じゃないですか?」

武川「送らないと会えないんだ」

春田「だから詐欺ですってば」

武川「……（大きい声が出て）えええっ!?」

春田「（シッ！　と合図する）……」

周りの社員たちが武川のほうを見る。
ふと、春田の視線の先に牧がいる。

牧「……」

春田「……（手を振る）」

牧「（そっけなく、視線外す）……」

9　同・廊下（時間経過・昼休み）

休憩に入り、セミナールームから社員たちが出てくる。
牧のところへ、嬉しそうに春田がやってきて。

春田「うぉおーい、手振ったのに無視かよ……」

牧「就業時間内なんで」

春田「いいじゃん、ちょっとぐらい……」

牧「俺の嫌いな言葉知ってるでしょ」

春田・牧「公私混同」

春田「知ってるけどさぁああ〜」

牧「お義母さん……いつ来るって連絡ありました？」

春田「いや、まだだけど……」

牧　「こっちも色々と準備があるんで、早めにお願いします」
春田「準備って、そんなちゃんとしなくても、ウチの母ちゃんだから(笑)」
牧　「いや、俺にとってはお姑さんですから」
春田「しゅうとめ～？　……まあ、一応そうか」
牧　「結婚のことだって、ちゃんと説明したいし」
春田「まあ……結婚式やるの？　ぐらいは聞いてくるかもな～」
牧　「俺はしたくないです」
春田「え？」
牧　「だって人前でケーキ入刀とかキスとか、なんか晒し者みたいじゃないすか……恥ずかしいし」
春田「……そうかなぁ。俺は結構楽しいと思うけどなー」
牧のスマホに電話がかかってくる。
牧　「すみません、行きます」
春田「お、おう……」
去っていく牧。
ぽつんと廊下に残されている春田。
春田「(不安になり)……え、しないの？」
春田N「神様、そもそも俺たちにとって結婚とは、一体何なのでしょうか？」

メインタイトル
『おっさんずラブ リターンズ　第二話　渡る世間に武蔵あり』

10　わんだほう・表(夜)

11　同・中

新年会に春田、牧、ちず、舞香、栗林、蝶子、武川がいる。
牧がグラス片手に立ちあがって挨拶している。

牧「えーっと、久しぶりに東京本社のホテルリゾート本部に戻ってきました。営業所にも頻繁に顔を出すと思うので、よろしくお願いします」
栗林「よっ！　出世頭！」
春田「牧課長！」
舞香「あれ、黒澤元部長は!?」
武川「えー、黒澤さんは今日、仕事で来れないそうだ……じゃあ、みんなグラスを持ったか？　……はい、わんだほう！」
一同「わんだほう！」

×　×　×

一同、楽しげに飲んでいる。

×　×　×

鉄平がオリジナルソング『新年会だよ全員集合』を歌っている。

鉄平「♪酒を飲んだら無礼講　こいつもあいつも　クソバカ野郎と言ってやれ　社長だろうが部長だろうが　殴って構わねえ〜♪」

×　×　×

そして、春田とちずが話している。

ちず「結婚ねえ……」

春田「俺たちの場合どっかに届けを出したわけでもないし、結婚式もしてないからさ……考えたら、ふわっとしてんだよな」

ちず「まあ、法的な根拠はないもんね……でもさ、そういうのちゃんとやっても別れる時は別れるよ」

春田「(わざと)あ……なんか古傷をえぐってごめん」

ちず「いいよ別に」

春田「ちずはなんで別れたんだっけ?」

ちず「えぐるじゃん。妊娠中にがっつり浮気されたんだよ」

春田「ああ……」

そこに牧がちずの酒を持ってやってきて。

牧「ちずさん、はい、レモンサワー」

ちず「あ、牧くんサンキュー!　結婚ご愁傷様〜!」

と、乾杯する牧とちず。

春田「なんだよそれ(笑)」

ちず「今は何が大変？」

牧「大変っていうか……今度、お義母さんが来るっていうんで、どうしようかなあって」

春田「なんかずっと気にしてんだよ」

ちず「姑問題だね……分かるよ。友達もみんな悩んでる」

牧「ちずさんはどうだったんですか？」

ちず「ウチはねえ、幸運なことに向こうの両親とめちゃくちゃ仲良しだったんだよね」

春田・牧「へえ〜〜……」

ちず「旦那は世の中のクソを全部かき集めたような人だったけど、向こうの親とは今でも家族っていうか、なんなら旦那だけいらなかったって感じ」

春田「すげえなそれ……」

その時、カウンターで栗林と蝶子がモメている声が聞こえてくる。

栗林「俺はもう限界なの！」

蝶子「限界って、こっちが限界だよ！　見て見ぬフリしてんのはどっちよ！」

栗林「はぁ!?　なに、俺のせいなのぉ!?」

そこに武川と舞香が二人の間に割って入り……。

武川「どうした？」

舞香「まあまあ、二人とも落ち着いて！」

武川「冷静になれ、麻呂」

栗林「俺は最初から冷静っすよ」

蝶子「……帰りますね、すいません」

と、立ちあがり出ていく蝶子。

春田「え、えええ、おおおい、二人ともどうした……？」

栗林「（不機嫌で）……」

12　春田宅・リビング（夜）

黒澤がリビングの掃除をしている。
黒澤は春田のシャツを拾い上げて。

黒澤「……」

×　×　×（黒澤の回想フラッシュ1）

玄関のドアが開くと、まばゆい光の中から現れたのは——黒澤である。

黒澤「……」

春田「……！」

×　×　×（黒澤の回想フラッシュ2）

春田「あ、部長。外寒いんで、これ使ってください」

と、春田はイヤーマフラーを部長の頭に被せる。

黒澤「！（上目使いで）……」

×　×　×

黒澤M「この胸のざわつき……モヤモヤ……この気持ちの正体は一体、何なのだろうか」

×　×　×

バスタブを掃除している黒澤。

黒澤M「恋？　……いや、違う。私は春田と牧、二人の幸せを心から願っている。今さら横恋慕しようなどという気持ちは、微塵もない」

×　×　×

野菜をみじん切りしている黒澤。

黒澤M「愛？　……確かに大きな意味では愛なのかもしれないが、じゃあ、なぜにモヤモヤするのか……」

×　×　×

黒澤M「分からない……私は黒澤武蔵が……」

パツン、と花の茎をハサミで切る黒澤。

黒澤「……分からない」

ガチャッと玄関の扉が開く音がする。

黒澤、ハッとしてエプロンを脱ぐ。

13　同・玄関

春田、牧、栗林が帰ってくる。

それを玄関先で黒澤が出迎える。

黒澤「お帰りなさいませ」

春田「あ、部長！」

牧　「……え？」
栗林　「うおお、部長じゃないっすかー!!　お久しぶりです!!　マジ会いたかったっすよ!!」
黒澤　「(栗林に)お元気そうで何よりです。(春田と牧に)本日は黒澤武蔵が担当いたしました。それでは失礼します」
　と、一礼して帰ろうとする黒澤。
春田　「(黒澤を掴んで)ままま、部長部長！　ちょっとぐらいいいじゃないすか」
栗林　「(黒澤を掴んで)ちょっと俺の話聞いてくださいよ！」
黒澤　「いやいや……」
栗林　「一杯ぐらいいいじゃないすかー！」
黒澤　「いやいやいや……」
春田　「まあまあ、一杯だけ！」
黒澤　「いやいやいやいや！」

14　同・リビング

　春田、牧、栗林が酒を飲んでいる。
　黒澤はキッチンでおつまみを用意していて。
栗林　「最近、家を二世帯にしたんすよ」
春田　「へえ……二世帯っていうのは、麻呂蝶子さん夫婦と……」
栗林　「俺のおふくろっすね。三人で暮らしてんすよ」

春田　「それが、あんまりうまくいってないんだ？」
栗林　「渡鬼（わたおに）っすよマジで」
牧　「渡鬼……？」
春田　「渡る世間は……鬼ばかり」
栗林　「蝶子とおふくろは無言で目も合わさないし、すんげえ家の中ギクシャクしてて、二人とも俺を介してしか話さないんすよ。それバリ、キツくないっすか!?」
牧　「何が原因なの？」
栗林　「分かんないっす……ジェネギャっすかね？」
牧　「ジェネレーションギャップ？」
栗林　「ウチのおふくろと蝶子って、10コ離れてんすけど……おふくろが10コ若いんすよ」
春田　「ええっ!?」
牧　「あ、お姑さんが10コ下なんだ」
春田　「なんで一緒に暮らすことになったんだよ」
栗林　「まあ、今までずっとおふくろと二人暮らしだったし、急に一人にするのは可哀想じゃないすか」
春田　「そっか……」
栗林　「俺も蝶子も日中仕事でいないから、その間に家事とかやってくれたら、俺も蝶子もハッピーかなって思ったんですよね」
牧　「安直だな……」
そこに、黒澤が酒のつまみを運んできて。

黒澤「ピンチョスでございます」
春田「うんまそ！　部長も一緒に飲みましょうよ」
黒澤「……いえ、私は業務中ですので」
栗林「蝶子が部長と一緒だった時って、嫁姑問題はどうだったんすか？」
黒澤、お盆を胸に抱えて正座し、回顧する。
黒澤「そうですね……蝶子さんと私の母は年に数回顔を合わせる程度でしたので……その時は特に、目立った問題はなかったように存じます」
栗林「いや、もっと砕けていいっすよ、部長(笑)」
牧「姑か……俺も春田さんのお母さんに挨拶するって考えただけで、胃が痛いから」
春田「そうなの？」
牧「パートナーが理解してくんないのもストレスになるし」
春田「(ドキッとする)……」
栗林「最近、蝶子は夜も遅いし金遣いも荒いし、すぐ部屋にこもるんすよ」
牧「たぶんそれストレスだね。お姑さんと顔を合わせたくないんじゃない？」
栗林「そっちか……浮気してんのかと思ってました」
黒澤、お盆を胸に抱えて正座している。
黒澤「蝶子さんに限って、そのようなことはないと存じます」
栗林「だから、なんなんすかそのキャラ！」
牧「まあ……蝶子さんには麻呂しかいないんだから、味方になってあげないと」
春田「そうだなー」

栗林「分かってますよ……分かってますけど……今日泊めてもらっていいっすか？」

牧「いや、帰んなよ（苦笑）」

春田「そうそう、ケンカのままは良くないから」

黒澤「お布団、ご用意いたしますか？」

牧「いや、いいからあなたも帰って」

黒澤「……かしこまりました」

15 路上〜マンション（数日後・夕）

チラシのポスティングをするため、歩いている春田と和泉。
和泉は脇腹を押さえながら歩いている。

春田「和泉さん……ホントに復帰して大丈夫なんすか？」

和泉「あ、もう……すっかり」

春田「……何があったか、聞いてもいいすか？　お隣さんだったこともびっくりだし、刺されてましたよね……」

和泉「（春田の顔を見て）……」

春田「……？」

和泉「（にこっと微笑み）……」

春田「いや、ごまかせてないから（苦笑）。あと残りは俺やっとくんで、和泉さん今日は直帰でいいっすよ」

和泉　「いや、そんなわけには……やります」
春田　「いいってマジで、それより早く治して」
　と、和泉が持っているチラシの束を受け取ろうとして、手と手が触れる。
和泉　「（ハッとして）……」
春田　「……？」
　和泉は、春田を見つめたまま、息苦しくなる。
和泉　「（ハァハァ、と）……」
春田　「……和泉さん!?」
和泉　「（落ち着き）大丈夫です……では、お願いします」
　と、頭を下げて、去っていく和泉。
春田　「（不思議な人だなぁと思い）……」
　その時、スマホにメッセージが届く。
　春田の母・幸枝（さちえ）から『今週の土曜日、お昼頃に行くねー』とある。
春田　「……」

16　商店街（夕）

　商店街で買い物をしている春田に、牧とのメッセージのやり取りが表示される
（ちょっと前にやり取りをしていたということ）。
春田　『母ちゃん土曜日に来るって』

牧　『スリッパと、コロコロするやつと、重曹を買っておいてもらえますか？』

春田　『分かった～』

牧　『あと、お義母さんに嫌いな食材とか聞いといてもらえますか？』

春田　『俺の母ちゃんなんでも食うよ』

牧　『当てにならない！　ちゃんと聞いて！』

春田　「もぉ……ホント心配性だよな」

その時、視線の先に和泉が歩いているのが見える。

春田　「……え、和泉さん？」

思わず、追いかけていく春田。

春田　「和泉さ――――ん！」

17　路上～西園寺弓道場・前（夕）

春田が追いかけて角を曲がってくるが、和泉の姿を見失う。

春田　「（息を切らせて）……」

やがて弓道場の前で立ち止まり、看板を見る。

春田　「……弓道場？」

18　西園寺弓道場・中

春田が、おそるおそる弓道場に入ってくる。

春田「ごめんくださーい……」

誰もいないので、そのまま出ていこうとする春田。

その背中に声がかかる。

蝶子の声「春田くん？」

春田「!?」

振り向くと、そこに立っていたのは弓道着姿の蝶子である。

春田「え、蝶子さん!?　……なんで!?」

蝶子「びっくりした？　私、今、弓道教室やってるんだ～」

春田「あ、そうなんすね！　たまたまそこ、通りかかって……」

蝶子「こないだは飲み会で見苦しいところを見せてごめんね」

春田「いえ、全然……あれから仲直り、できました？」

蝶子「うーん(笑)……なんか難しいよね、家族って」

春田「……そうっすね」

蝶子「好きな人だけならいいけど、全然知らない他人も一緒に暮らすとか、うまくいくほうが珍しいと思う」

春田「……お姑さんですか」

蝶子「あー、もうその単語聞いただけでじんましん出ちゃう。私、これから行くとこあるんだけど……春田くん、弓道やるの？」

春田「いや、俺は……。和泉さんって、ご存じですか？」

蝶子「あ、和泉くん、来てるよ」
春田「そうなんですか」
蝶子「(時計見て)ごめん！　じゃあ私行くね」
春田「あ、はい。お疲れ様です」
と、蝶子は去っていく。
春田「……」
春田、弓道場の中へ進んでいく。
すると、弓を構えて的を狙っている和泉がいる。
和泉「(集中している)……」
春田「……」
和泉、狙いを定めて弓を引くと、スパーン！　と的の真ん中に矢が刺さる。
春田「(すごい)……！」
和泉「(精悍な顔つきで、的を見つめている)……」
次の瞬間、ゆっくりと脇腹を手で押さえ、痛みに耐える和泉。
春田「……」

19　春田宅・リビング〜キッチン(夜)

牧が帰宅すると、黒澤が花を生けている。
牧「……お疲れ様です」

黒澤「はる……お帰りなさいませ」

牧「あれ……今日も部長、なんですか？」

黒澤「本日担当いたします、黒澤武蔵でございます」

と、頭を下げる黒澤。

牧「あのー、部長って、他にも担当を抱えててお忙しいんじゃなかったでしたっけ……」

黒澤「本日は当日キャンセルが出た関係で、私が急遽、担当させて頂くことになりました」

牧「……まあ、はい、よろしくお願いします」

黒澤「あのぉ……非常に申し上げにくいのですが……」

牧「はい」

黒澤「できれば私が伺わない日も、適度にお掃除していただけると助かるのですが」

牧「してますよ」

黒澤、サッと指でほこりを取って。

黒澤「なかなか、細かいところまでは難しいですよね」

牧「！　……」

黒澤「私がきちんとフォローいたしますので、ご安心ください」

ムッとくる牧。

キッチンにやってくる二人。

牧「あのすいません……料理なんですけど……ちょっと味付けが濃いんですよね」

黒澤「(微笑み)失礼しました。以前、春田さんのお好みを伺った際に、ちょうど良いとのことでしたので」

牧　「いや、春田さんは部長に気をつかってるだけじゃないですか？　健康のためには薄味がいいんですけど」

黒澤　「なるほど、薄味を心がけますね。ただ……」

牧　「なんですか」

黒澤、ダストボックスのペダルを踏んで開けて。

黒澤　「生ゴミを偶然拝見したところ、私が伺わない日はずいぶん簡単に食事を済ませているように見受けられたのですが……」

と、インスタント食品の袋を取り出す。

牧　「そうですね、互いに忙しいんで」

黒澤　「(目を細め、成分表示を見て)塩分5グラム……あーちょっと多いですねえ……しかもこれだけだとビタミンも取れない」

牧　「(腹立つ)……」

黒澤　「できれば一汁三菜を心がけて頂きたく……存じます」

牧　「(腹立つ)……!!」

牧、不意にお玉を持ち、振り上げる！

次の瞬間、黒澤は鍋のふたを盾のように構える！

黒澤　「!?　な、なんですか!?」

牧　「……味見ですよ」

と、鍋に作ってある味噌汁をお玉ですくって味見する牧。

牧　「あーやっぱ、しょっぱいですね」

黒澤「……なんですと⁉」
と、不意に麺棒を振り上げる！
次の瞬間、牧はザルを持って頭を守ろうとする！
牧「……なんすか！」
黒澤「……蕎麦を打とうかと思いまして――」
牧がキッチンに手をついている、その上から麺棒をゴリゴリっと滑らせる黒澤。
牧「ちょちょっ、痛ッ‼」
黒澤「ああ、すみません、老眼で蕎麦と見間違えました」
牧「(クソッ)……ジャンケンポン！」
牧はグーを出し、黒澤が遅れてチョキを出す。
黒澤「あぁっ……」
黒澤、慌ててザルを手に取ろうとするがもたついて。
牧はお玉を取ってパコンと黒澤を叩く。
黒澤「痛ッ‼　ちょっ、何をするんだ！」
牧「すみません。つい、童心に返ってしまって」
そこに、春田が帰宅する。
春田「ただいまー……」
サッと、調理器具を元の位置に置く牧と黒澤。
牧「……お帰りなさい」
黒澤「お帰りなさいませ」

春田「あ、部長いらしてたんですね！　(ダイニングの夕飯を見て)おお、うまそー！　(牧に)うまそうじゃない?」

黒澤「……(そっけなく)そうですね」

牧「それでは、私はこれで失礼いたします」

春田「ああ……お疲れ様でした！」

黒澤は去っていく。

牧「(不機嫌で)……」

春田「あ、重曹とコロコロするやつと……スリッパ、買ってきたよ」

牧「(不機嫌で)……」

春田「……ん、どうした?」

20　路上(夜)

厳しい表情で歩いている黒澤。

黒澤「……」

黒澤M「黒澤武蔵の胸のうち、いとモヤモヤするなり……さらに言へば、いとムカムカするなり……。どうして牧には、つい厳しい言葉をかけたくなるのだろう……嗚呼、この感情に名前をつけるとしたら……何なのだろうか！(立ち止まって)クソッ、クソッ、クソッ……!!」

と、地団駄を踏む黒澤。

黒澤「……(遠くに向けて)何なんだろうかぁああ!!」
わおーん……と、犬の遠吠えが返ってくる。

21 春田宅・リビング(夜)

春田と牧が話している。

牧「家事は俺が全部やるんで……やっぱ家政夫さんを使うの、やめません?」

春田「えっ……なんで?」

牧「やっぱ他人に家に入られるのは抵抗あるし、料理の味付けも、整理の仕方も好みじゃないんです」

春田「……え、それは部長だから?」

牧「それもあります」

春田「……俺はさ、やっぱ部長に来てもらって色々すげえラクになったと思うし、話も聞いてくれるからさ、なんか安心するんだよね」

牧「解約してもいいですか」

春田「いやいやだからさ、牧はもっと部長と仲良くしてほしいんだよ」

牧「……え、なんで」

春田「俺にとっちゃ父親みたいなとこあるから、部長って」

牧「はぁ?」

春田「なんだろ、迷った時にはビシッと正しい方向を教えてくれるっていうか」

牧「え、春田さんはどっちの味方なんすか？」
春田「どっちの味方とかないし。俺は中立だから」
牧「(溜め息)俺は今、春田さんのお義母さんにどうやって説明したらいいかな、とか、何を作ったらいいかなとか、そういうので頭がいっぱいなんですよ。なのに、なんで部長と仲良くしなきゃいけないんですか！」
春田「……えええ……」

22 モデルルーム近くの路上(日替わり・日中)

昼休み、おむすびキッチンカーに並んでいる春田と舞香。
舞香「私は自慢じゃございませんけど、お姑さんとは仲が良いほうだと思います」
春田「へえ、イジメられたりとかしなかったんですか」
舞香「最初のうちはありました。でも変な顔してリアクションしてたら、じきになくなりました」
春田「(指で家具をぬぐう仕草をして)え、まだここに埃が残ってるわよ、とか言われたら？」
舞香「(変な顔で)は〜い、うっけたまわりました〜♪」
春田「腹立つな……それ、舞香さんにしかできない技っすね」
春田に注文の順番が回ってくる。
菊之助「ご注文どうぞー」
春田「えっと……」

ふと、菊之助の顔を見る春田。

春田「え!?」

×　×　×（春田の回想フラッシュ）

玄関ドアが開き、菊之助が出てきて。

菊之助「どうしたんですか？」

春田「あ、あの、血だらけで……！」

菊之助「あ、あらら……大丈夫です」

と、菊之助は和泉をひょいと軽く抱きかかえて。

×　×　×

春田「あれ？　あ、お隣の……」

菊之助「（気づいて）あ……その節はご心配をおかけしました」

春田「あの……和泉さん、何があったんですか？」

菊之助「（微笑み）今日は何にいたしましょう？」

春田「言えないんだ……えっと、おかかのトール？　を一つ」

菊之助「おかかのトール、ありがとうございます」

舞香「お知り合い？」

春田「ウチのお隣さんで……（菊之助に）和泉さんと一緒にお住まいなんですか？」

菊之助「今日はサービスでグランデサイズをご用意しました」

と、巨大おむすびを春田に渡す菊之助。

春田「……口止め」

菊之助「またよろしくお願いしますね！」
春田「は、はぁ……」
舞香「春田くん、あれ蝶子さんじゃない？」
と、指した先には、遠くに蝶子が歩いているのが見える。
春田「……あっ！」
×　×　×（春田の回想フラッシュ1）
栗林「最近は夜も遅いし、金遣いも荒いし──」
×　×　×（春田の回想フラッシュ2）
蝶子「私、これから行くとこあるんだけど……」
×　×　×
春田「舞香さん、どうぞ、これ食べてください！」
と、グランデサイズのおむすびを舞香に渡して、走り出す春田。
舞香「えええっ!?」

23　路上〜繁華街

春田が全力で追いかけていくと、蝶子は建物の地下へ降りていく。
春田「（息を切らせて）……蝶子さん!!　蝶子さーん!!」
蝶子「（立ち止まり、振り返る）……春田くん？」
建物の表に出された立て看板を見ると、『ベトナム発の新星アイドル☆

春田 「……フォー・チミン？」

4チミン（フォー）単独ライブ！　～ホーチミンより愛を込めて～』とある。

24　喫茶店・店内

春田と蝶子が話している。

テーブルに4チミンの推しグッズが並べられている。

春田 「推し活、ですか」

蝶子 「そう。私、4チミンに会ってる時が唯一、現実を忘れられる瞬間なの。踊りも歌も全然うまくないのに最高なのよ、4チミン」

春田 「最近、帰りが遅いっていうのは……」

蝶子 「ライブがあると全通するから」

春田 「お金をよく使うって……」

蝶子 「グッズと配信に重課金しちゃうのよ」

春田 「……お姑さんとうまくいってないってのは、その……麻呂から聞いてました」

蝶子 「だってお義母さん10コも下なんだよ。向こうも私にどう接していいか分かんないみたいだし」

春田 「ですよね……」

蝶子 「なのに麻呂はさ、自分の親なんだから仲良くしてよってしか言わないし、酷くない？」

春田 「……」

春田　×　　×　　×（春田の回想フラッシュ）
「もっと部長と仲良くしてほしいんだよ」
牧　「……」
春田　「俺にとっちゃ父親みたいなとこあるから、部長って」
×　　×　　×
春田　「俺も牧に、同じこと言っちゃいました」
蝶子　「麻呂にとっては大事な親かもしんないけどさ、私にとっては他人なのよ。その前提を分かってほしいの」
春田　「そうっすよね……」
蝶子　「なのに、なんか中立っていうのも腹立つし。いや、夫ならこっちの味方しろよって思わない？」
×　　×　　×（春田の回想フラッシュ）
牧　「え、春田さんはどっちの味方なんすか？」
春田　「どっちの味方とかないし。俺は中立だから」
×　　×　　×
春田　「うわああ……耳が痛いっす」
蝶子　「たとえ世界中が敵にまわっても俺は味方だよとか、結婚する時のあの宣言は何って感じじゃん」
春田　「は、はい……なんか、俺もすいません」
蝶子　「二人で新しい家庭を作ろうねって言ってたのに、気づいたら私だけアウェイっておかしくない？」
春田　「はい、おかしいです。俺からも、すいませんでした！」

25　春田宅・リビング（夜）

春田が帰宅すると、牧が大掃除のごとく隅々まで掃除している。

春田　「ただいま……」
牧　「春田さん（コロコロするやつを渡して）これやってください」
春田　「お、おおう、何してんの？」
牧　「明日ですよね、お義母さん来るの」
春田　「うん、昼頃な」
牧　「苦手な食材聞いてくれました？」
春田　「ああ、なんか鶏肉がダメだって」
牧　「ほらぁー！　メインの食材がダメじゃないすか！」
春田　「母ちゃんが鶏肉ダメとか知らなかったわ」
牧　「いや、あっぶな！　メニューに唐揚げ入れるとこでしたよ」
春田　「別に、唐揚げぐらいあってもいいと思うけど」
牧　「よくないでしょ！　嫌いなもの出すって、それ宣戦布告ですから」
春田　「そこまで気つかう必要あるかなあ……母ちゃんだぜ？」
牧　「俺……春田さんのお母さんには、ちゃんと説明しなきゃいけないんで」

×　　×　　×（牧の回想　Season1より）

幸枝「一人息子だから、甘やかしすぎたのよね……本当にこのままじゃ結婚できないと思うのよ」

牧「……まあ、そうですね」

幸枝「牧くんだっけ？」

牧「はい、牧です」

幸枝「あなたがいたら安心だわ。ずっと創一の友達でいてね」

と、牧の手を握り締める幸枝。

×　　×　　×

牧「春田さん、あれから特に何も言ってないんですよね？」

春田「まあ、うん……」

牧「なのに、こうやって暮らしてるって聞いたら普通はびっくりしますよ。ましてや、結婚してるなんて知ったらどんな反応されるか……」

春田「そっか……そう言われたら不安になってきたわ」

牧「でしょ？　だからせめて部屋は綺麗にしなきゃとか、服だって何が親ウケするのかなとか、料理は何がいいかなとか、ちゃんと準備しなきゃいけないんですよ」

春田「俺、そういうの何も分かってなかったわ……ごめん」

牧「……」

春田「……ごめんな」

牧「反省はいいから、手を動かす！」

春田「はい！」

と、ソファをコロコロする春田。

春田のスマホにメッセージが入ってくる。

春田の『昼、何が食いたい？』に対して、幸枝『え、何でもいいよ。和食とか？』と返信がある。

春田「母ちゃん、和食がいいって！」

牧「（手を止めて）和食ぅう!?（ハードル高え！）」

26 同・キッチン（時間経過・夜中）

レシピ本を見ながら煮魚を作っている牧。

スプーンで煮汁の味見をして、首を傾げている。

牧「ん……煮魚、むず」

春田「いや、マジで母ちゃんの言う和食なんて、焼きそばとかうどんとかだから」

牧「基本、息子の意見はトラップだと思ってるんで」

春田「いやいや……（苦笑）」

再び味見をして、納得のいかない表情の牧。

牧「ああ……ダメだ。これじゃ出せない」

春田「嘘でしょ!?　絶対それでいいから！」

牧「あとは天ぷらか……肉じゃがか……ん……」

春田「煮魚でいいって」
牧「これは完全に試験ですから」
春田「そんなことないって(笑)マジで」
牧「(レシピをめくり)まだ天ぷらのほうが勝算あるかな……」
春田「(心配で)……」

27 同・表(日替わり・朝)

28 同・リビング

眠そうにリビングへやってくる春田。
牧は換気扇の掃除などを始めようとしている。
春田「……おはよう」
牧「あれ、換気扇……綺麗になってる」
春田「部長がやってくれたんじゃない?」
牧「じゃあ、トイレ掃除するか……」
春田「俺、やろうか? 牧は料理するっしょ」
牧「いや、俺やります……ちゃんと綺麗にしときたいんで」
その時、立ちくらみを起こして一瞬、その場にしゃがむ。
春田「牧?」

牧　「……大丈夫、貧血です」
春田　「昨日、あんま寝てないっしょ」
牧　「あ、そうだ、お米……炊かないと」
ふらふらと立ちあがる牧。
それを優しく支える春田。
春田　「やるやる、俺がやるからいったん横になれって」
牧　「……」

×　×　×

ソファで横になっている牧。
春田は、キッチンで焼きそばを作ろうとしている。
牧　「ちゃんと襟付きのシャツ出してるんで、それに着替えてくださいね……」
春田　「分かってるって。それよりやべえ、麺がフライパンに全部くっついた!!」
牧　「もう……俺、あとでやりますから……」
春田　「牧、やべえ!!　焼きそばが焦げそばになった!」
牧　「(絶望)……」
その時、ピンポンとチャイムが鳴る。
牧　「えっ……!?」
春田　「……え、ちょっ、早くない!?」
時計を見ると、まだ10時過ぎである。

29　同・玄関

春田が玄関を開けると、黒澤が立っている。

黒澤「ばしゃうまクリーンサービスの黒澤です」

春田「あれ、部長……今日土曜日っすよ……?」

黒澤「すみません、お借りしていたイヤーマフラーをクリーニングに出していたものですから。仕事の前に、お返しにきました」

と、イヤーマフラーを渡す黒澤。

春田「そんな……わざわざ、ありがとうございます」

黒澤「お休みのところ大変申し訳ございません。失礼します」

と、踵（きびす）を返して帰ろうとする黒澤。

春田「あ、部長待って!」

と、黒澤の腕を掴む。

黒澤「(目をつぶり、小声で)……ダメだって……」

春田「あの、お願いがあるんです」

黒澤「(目をつぶり、小声で)お願いなんて、ダメだって……」

春田「ウチの母がもうすぐ来るんすけど、和食を作りたくて……でも、その……」

黒澤、振り返った顔は精悍な表情で。

黒澤「……やりましょう」

30　同・キッチン

手際よく卯の花、里芋と蓮根のそぼろ煮を作っている黒澤。

黒澤「(集中している)……」

それを近くで感心して見ている春田。

ソファに横になりながら、気休めに床をコロコロとしている牧。

黒澤「春田さん、味見をお願いします」

春田「はい」

と、春田はそぼろ煮の味見をする。

春田「ん〜〜！　うま!!　部長すげえ!!」

黒澤「お母さまのお好みに合いそうですか」

春田「いや、十分すぎますよ。めちゃめちゃうまいです!!」

黒澤「良かった。それでは、私はこれで失礼します」

と、エプロンを外す黒澤。

春田「もう帰っちゃうんですか!?」

黒澤「次の予定がありますので……申し訳ございません」

と、去っていく黒澤。

牧「……」

牧は一人、フラフラと立ってキッチンへいく。

鍋にできたそぼろ煮を味見する。

牧「……」

牧 ×　×　×（牧の回想）

牧「あのすいません……料理なんですけど……ちょっと味付けが濃いんですよね」

牧 ×　×　×

牧「（小さく頷き）……ちゃんと、薄味」

続いて、卯の花を一口。

牧「（こちらもうまい）……うま」

そこにやってくる春田。

春田「勝手なことしてごめんな……どうしても、牧に負担かけたくなくてさ」

牧「……俺、こんなうまく作れないっすよ」

春田「……」

牧「なのにこれを出したらお義母さん、勘違いしないですかね」

春田「その時は、正直に言うよ。部長が作ったって」

牧「……まあ、そうですね」

春田「それはそれで説明めんどくせーけどな（笑）」

牧「春田さん、早くそれに着替えて」

春田「あ、うん……」

31 握手会会場・表（日中）

表の看板に『4チミン　握手会会場』とある。

蝶子「いいよ、ついてこなくて」

栗林「俺も、見てみたいの。何がそんなに蝶子を夢中にさせてんのかなーって」

蝶子「嫉妬じゃん(笑)」

栗林「ちげーし」

32　同・会場

ハオ、カイン、トゥアン、Fがそれぞれのレーンで握手している。

若者に交じって、ハオの握手レーンに並んでいる栗林と蝶子。

ハオ「皆さーん、ありがとうございまーす」

栗林「え、何……握手にこんな並ぶの?」

蝶子「そう。CD10枚買ったから20秒話せるんだ」

栗林「はぁ!?　それもう浮気じゃん!」

蝶子「うるさいなー、推しとリアコは違うの!」

栗林「リアコ?　リアコって何!?　ねえ!」

ふと、隣のレーンを見る蝶子。

蝶子「……えっ!?」

栗林「(栗林も見る)……!?」

33　春田宅・ダイニング（日中）

春田と幸枝がテーブルについて、幸枝は食べている。
部長の作った和食が彩り豊かに並んでいる。

幸枝「（食べて）んん、すごいじゃない、どっちが作ったの？　（春田に）あんたが作るわけないか！」

春田「ひでえ」

牧「実は、ほとんど知り合いの方に作っていただいて」

と、牧は自分が作った小鉢を持ってくる。

幸枝「そうなの！　（黒澤の料理を食べて）うん、すっごいおいしい！」

牧「（ホッとして）良かった……」

幸枝「ホントはATARUクンも来たがってたんだけど、仕事が入っちゃって」

春田「そっか……あのさ母ちゃん」

その時、幸枝のスマホにATARUからメッセージが届く。

幸枝「あ、ATARUクンだ」

春田「……」

牧「……」

幸枝「ごめん、何？」

春田「俺たち、四年前に結婚したんだ」

幸枝「ええっ……結婚？」

牧　「そうは言っても、法的な根拠はないし、口約束みたいなことなんですけど」
幸枝　「ええ……ちょっと分かんないけど、あ、そう」
春田　「その……、友達じゃないよっていう」
幸枝　「ATARUクンのお友達にもそういうカップルいるけど、あ、そっか……そうだったんだね」
牧　「今まで、ちゃんとご説明できなくて……すみませんでした」
幸枝　「いや、別にいいんだけど、そっか……あんたたち、式とかはどうするの？」
春田　「結婚式は……（牧のほうを見る）」
牧　「……」
その時、幸枝のスマホにATARUからメッセージが来る。
幸枝　「あ、ごめん」
春田　「今のところ……式はやんないかな」
牧　「……」
幸枝　「うん、そうなのね」
春田　「まだ、式のことは牧の両親にも話してないんだけど」
その時、幸枝のスマホにATARUからの連続でメッセージが来る。
春田　「ちょ、ATARUくん、ちょっと送りすぎじゃない？」
幸枝　「ごめん、すごい束縛してくるのATARUクン」
牧　「アタルくんっていうのは……」
春田　「彼氏。再婚はしてないんだよね？」

幸枝「うん、今のところはお互い自由でいようって話してる。あああもうしつこい！」
その時、幸枝のもとにATARUからメッセージが連続で入ってくる。
以下、音が全然鳴り止まない。
幸枝「全然自由じゃないわ(笑)　ごめん、そろそろ行くね」
春田と牧も立ちあがって。
牧「よろしくお願いします」
春田「今度、そっちにも遊びにいくわ」
幸枝「そうね。ATARUクン紹介しないと」
春田「どんな感じの人かまったく想像つかないんだけど」
幸枝「そうねえ……ワイルドボーイよ」
春田「ワイルドボーイ……」
幸枝「じゃあね！」
と、幸枝は出ていく。
春田・牧「……」
すると、幸枝が戻ってきて。
幸枝「あ、言い忘れちゃったけど、結婚おめでとう。二人とも、末永くお幸せにね！」
春田「母ちゃん……」
牧「……」
幸枝「今度2・2でデートしようよ！」
春田「いや、いいよ」

牧　「（必死で）いや、是非、２・２デート！」
幸枝　「（笑顔でグー！）じゃあ、決まりね！」
　通知が再び連続で鳴り始める。
幸枝　「じゃあ、また！」
　と、去っていく幸枝。
春田　「……」
牧　「俺たちのこと……認めてくれたってことですよね？」
春田　「……たぶんな」
　牧がテーブルを見ると、牧の作った一品が綺麗に食べられている。
牧　「（ほっこり）……」

34　天空不動産本社・廊下（日中）

　会議終わりで廊下を歩いている牧。
　そこに、栗林が通りかかって。
栗林　「牧さーん！」
牧　「……なんか表情が明るいじゃん」
栗林　「分かります？　ちょっと家の空気良くなったんすよ！」
牧　「蝶子さんがアイドルにハマってるってのは聞いたけど」
栗林　「そうそう、あの話に続きがあって……」

×　×　×（栗林のイメージ回想）

ハオ、カイン、トゥアン、Fがそれぞれのレーンで握手している。

若者に交じって、ハオの握手レーンに並んでいる栗林と蝶子。

ふと、隣のレーンを見る蝶子。

蝶子　「……えっ!?」

その視線の先には、同じく変装した市がいる（市はトゥアン推しである）。

蝶子　「お義母さん……!?」

栗林　「おふくろ……！」

市　「え、麻呂……蝶子さん!!」

×　×　×

栗林　「二人とも偶然4チミン推しだったんすよ。そもそも何だよ4チミンって（笑）」

牧　「へえー！　そんな偶然あるんだ!?」

栗林　「そう、それまでお互い空気みたいだったのに、一瞬でマブダチっすよ」

牧　「へえ……趣味が同じって強いね」

栗林　「強い強い、最強っす」

牧　「じゃあ、もう解決したんだ？」

栗林　「つーか、今度は俺が一人なんすよ」

牧　「……そうなんだ（苦笑）」

栗林　「そっちは部長、どんな感じなんすか」

牧　「まあ……なんかピンチの時に、わざわざ駆け付けてくれる実家の母親みたいだなって、思った」
栗林「え、どういうことすか?」
牧「いや、俺も分かんない(苦笑)」

35　路上~橋(日中)

仕事の荷物を抱えて歩いている黒澤。
推しグッズを抱えて歩いてくる蝶子と鉢合わせする。

黒澤「!　蝶子?　……さん?」
蝶子「あ、あなた……わ――、元気だった!?」
黒澤「ああ……蝶子も元気そうだな」
蝶子「ふふふ~、毎日楽しいからね~!」
黒澤「それは素晴らしい」
蝶子「ねえ、今家政夫さんやってるんでしょ!?　風の便りですごい引っ張りだこって聞いたよ!?」
黒澤「ああ……まあ、お陰様で……」
蝶子「……」
黒澤「……」
蝶子「ん、何か悩んでることでもあるの?」
黒澤「ふふ、相変わらず蝶子にはごまかしがきかないな」

蝶子「何年夫婦やってたと思ってんの(笑)　どうした?」
黒澤「……俺は今、春田と牧の幸せを心から願っている。この気持ちに嘘はない」
蝶子「うん」
黒澤「だが、牧凌太。彼にはどうしても対抗心のようなものが芽生えてしまう。どちらがより深く春田を愛しているのか、試したくなってしまうんだ」
蝶子「……うん」
黒澤「だが、牧がうまくできても気に食わないし、意地悪な気持ちがむくむくと湧きあがってくるんだよ」
蝶子「(ふっと笑う)……」
黒澤「笑いごとじゃない、俺は真剣なんだ」
蝶子「あなたね」
黒澤「……?」
蝶子「それ、姑だから」
黒澤「!?　……しゅうと……め?」
蝶子「そう。息子を愛しすぎて、そのパートナーに意地悪したくなるんでしょ?　それ、姑の感情」
黒澤「(衝撃)なんと……そうだったのか……俺のポジションに名前を付けるとしたら……」
蝶子「……」
黒澤「しゅうとめ!!」

36　路上（夜）

一人、歩いている牧。立ち止まって。

牧「……」

×　×　×（牧の回想フラッシュ）

幸枝「いや、別にいいんだけど、そっか……あんたたち、式とかはどうするの？」

春田「結婚式は……（牧のほうを見る）」

×　×　×

牧「（ふう、と息をついて）……」

再び歩き始める。

37　春田宅・表（日替わり・朝）

38　同・リビング

朝食をとっている春田と牧。

春田「俺……牧のお父さんお母さんにも会いたいわ」

牧「え、いいですよ別に……」

春田「やっぱちゃんと挨拶してさ、向こうのお義父さんお義母さんとも家族になりたい」

牧「（苦笑）春田さんってそういうとこ、変に律儀ですよね」

春田　「変にってなんだよ(笑)」
牧　「結婚式もやりたいとか……」
春田　「まあ……それは、一生に一回だしな」
牧　「(はぁ、と溜め息)……やります?」
春田　「……え、やりたくないいんじゃないの?」
牧　「二人で決めることだから。春田さんがどうしてもやりたいって言うなら……まあ、考えてもいいかなって……」
春田　「え、マジで?　えええ、マジ!?」
牧　「でも、めちゃくちゃ決めること多いですよ。ただでさえ忙しいのに、ちゃんと準備できます?」
春田　「できるできるぅ!」
牧　「クロスの色はどうするとか、花はどうするとか、何でもいいとか言ったら殺しますよ」
春田　「おお、おう、言わない言わない!　っしゃああ、やったあぁあ!」

39　同・表(朝)

春田、生ゴミを集積所に置く。
春田　「(空を見上げ)……いい天気だなぁ」
と、伸びをする春田。
その時、隣の敷地内から再びうめき声が聞こえる。

春田「えっ!?」
春田、思わず何事かと和泉宅を覗く。
すると、またもや玄関先で血だらけになって倒れている和泉。今度は肩である。

春田「ええっ、デジャヴ！　……大丈夫ですか、和泉さん！　和泉さん!?」
春田はスマホを取り出し、救急車を呼ぼうとする。
その手を和泉に掴まれる春田。

春田「……えっ!?」
和泉「救急車は……ダメだ」
春田「いや、でも……！」
和泉「……※と……公安なんだ」
春田「……えっ？　公安？　え、え、どゆこと？」
和泉は、朦朧とした表情で春田を見つめる。

和泉「……お前……」
春田「……はい？」
和泉「……生きてたのか」
春田「え、なんすか、和泉さん、どうしたんすか!?　え、ちょっ、絶対、救急車呼んだほうが（いいっすよ）!!」
次の瞬間、和泉は春田の唇を、唇で塞ぐ。

春田「!?」
和泉「（離して、春田を見つめ）……」

春田「……!?」

和泉「……相変わらずうるせえ唇だな」

そして力尽き、目を閉じて気を失う和泉。

春田「……えええ?」

そこに黒澤が通りかかり、目撃する。

黒澤「(叫びそうになり、口元を押さえて)んん——!!!!」

春田M「神様……うるせえ唇とは、一体どんな唇なのでしょうか!?」

第三話へ続く

#3

昼顔の二人

1　路上（日替わり・朝）

黒澤は勤務に向かうため自転車に乗っている。
偶然にも春田の自宅前を通りかかり、停まって表札を見る黒澤。

黒澤「なるほど、この気持ちの正体は姑……つまり春田家の姑……なるほど合点（がってん）！　であればこれからは親のような気持ちで愛息子（まなご）・はるたんを愛して見守っていけば良いということか……黒澤武蔵、納得！」

黒澤、清々しい気持ちで自転車を漕ぎ出そうとする。
だがその時、隣の家から『和泉さん……和泉さん……!?』と声が聞こえてくる。

黒澤「……はるたん!?」

黒澤は自転車を降りて、隣の家を覗きにいく。
すると、目の前に飛び込んできたのは、春田と和泉がまさに、キスをしている光景である。

黒澤「えっ……」

春田「!?」

和泉「（離して、春田を見つめ）……」

春田「……!?」

和泉「……相変わらずうるせえ唇だな」

そして力尽き、目を閉じて気を失う和泉。

春田「……えええ?」

そこに黒澤が通りかかり、状況を目撃する。

黒澤「(叫びそうになり、口元を押さえて)んん——!!!!」

春田「(和泉を揺らして)えっ、和泉さん!?　ちょっと!?」

和泉「(応答がない)……」

するとまた家の中から菊之助が出てきて。

菊之助「あ、春田さん、度々すみません。あの、これはホントに大したことないんで気にしないでください」

春田「いや、気になりますよ!」

菊之助「ほら、行きますよ」

と、和泉を抱き起こし、肩を組むように家の中へ入っていく。

黒澤「まさか……はるたんが不倫……!?」

そんな黒澤に気づかず、春田は一人動揺して。

春田「……ええっ、えええっ!!!」

春田N「神様……僕はいったい、なぜ血まみれの部下に、キスをされたのでしょうか」

メインタイトル

『おっさんずラブ リターンズ　第三話　昼顔の二人』

2　天空不動産第二営業所・フロア(朝)

フロア内で朝ミーティングをしているメンバーたち。
落ち着かない様子の春田。

春田「……」

春田M「え、あのキスは何？　うるせえ唇って何!?」

舞香「あけぼのビルの水漏れの件は、昨日床の張り替え工事が完了しました」

一方の武川もどこか気がそぞろである。

武川「……」

舞香「武川部長？」

武川「（我に返り）ああ……瀬川くん、報告してくれ」

舞香「たった今、報告いたしました」

武川「そうだった。他に、誰かあるか？」

宮島「あ、和泉さんは本日、肩こりが酷いそうでお休みです」

春田「えっ？」

春田M「いやいや、肩こりとかそんなレベルじゃないでしょ！　血流してたし！」

×　×　×（春田の回想フラッシュ）

和泉「……※と……公安なんだ」

×　×　×

春田M「公安!?　え、公安って何だ!?」

×　×　×

春田はデスクに戻り、ＰＣで『公安』と検索すると、公安警察が出てくる。

春田「公安警察……？　いや、ええ!?　中途採用でウチに来てるじゃん……え、警察って、どゆこと？」

3　墓地（日中）

菊之助が墓石に水を掛け、花を取り替えている。
和泉は何もせず、墓石の前に立ってボーッと何かを考えている。

菊之助「余計なこと……しゃべってないですよね？」
和泉「……え？」
菊之助「お隣さんに、俺たちのこと」
和泉「いや……何も」
菊之助「そろそろ、前を向いてもいいんじゃないですか？」
和泉「……向いてるよ」

菊之助、墓石の前で手を合わせる。
和泉は手を合わせず、墓石から目を逸らしている。

和泉「……」

4　春田宅・リビング（日中）

黒澤は動揺したまま皿を洗っている。

黒澤「今朝のあれは何だったんだ……」

×　×　×（黒澤の回想フラッシュ）

和泉に唇を奪われる春田。

×　×　×

黒澤「はるたんがなぜ牧以外の男性とキッスを……なぜ!?　……やはり、不倫!?　……昼顔不倫!?」

その瞬間、皿が手から滑り落ちて、割れる。

黒澤「はぅあっ!!」

5　同・寝室

掃除機をかけ終えた黒澤。

黒澤「こんなこと、もし牧が知ったらどうする……俺はどうしたらいい!?　見て見ぬふり!?　忖度(そんたく)!?　いや、そんなことは……!」

掃除機を持ち上げた瞬間にパカッとフタを開けてしまい、床にゴミが散乱する。

黒澤「はうぁあっ!!」

6　同・リビング

黒澤が、リビングの壁に『みんな見てるぞ!』の犯罪防止ステッカーを貼っている。

黒澤「これで、なんとか浮気の抑止に繋がれば……いや、不自然か。やめよう」
と、剥がす黒澤。

7 同・トイレ

トイレの壁に『いつも幸せなご家庭を見せて頂き、ありがとうございます　黒澤』
と、張り紙を貼っている黒澤。

黒澤「……コンビニのトイレみたいだ。やめよう」
と、剥がす黒澤。

黒澤「嗚呼、はるたん……俺は一体、どうしたらいいんだ！」
ずるずるとその場にしゃがみ込む黒澤。

黒澤「……」

×　×　×（黒澤の回想フラッシュ）
血塗れの和泉と春田が見つめ合っている。
×　×　×

黒澤「（ハッとして）お隣に潜入して、あの殿方に真意を問いただすのが早いか……よし！」
と、厳しい表情になる黒澤。

8 天空不動産本社・休憩スペース

牧がおむすびを食べながら、スマホを見て休憩している。

牧「……」

『天空のマサムネ』というアカウントで『恋の終わりは唐突だ。絶望の谷底からどんなに叫ぼうとも、誰にも聞こえやしない』とある。

牧「武川さん……(心配そうに)」

武川の声「おう、牧！」

振り向くと、武川が明るく歩いてくる。

牧「あっ、武川さん！(スマホをしまう)会議ですか？」

武川「ああ、午後から部長会議があってな。昼メシでも食いに行くか！」

牧「ごめんなさい、今食ってます」

と、おむすびを見せる牧。

武川「あははははは、そうか！　そうだな！　あ、いい日本酒が手に入ったんだが、持っていかないか？」

牧「あ、は、はあ」

武川「じゃあ今日、家に取りに来いよ(笑顔で)」

牧「えっ……家、ですか？」

武川「8時以降は家にいると思う。じゃあ、また後で」

と、颯爽(さっそう)と去っていく武川。

牧「(えっ、と思う)……」

9　モデルルーム会場・表（夕）

帰っていく客たちに、挨拶をしている春田。

春田「ありがとうございましたー、またお越しくださいませ！」

客を見送った後、看板などを片付け始める。

するとスマホに電話がかかってきて。

春田「もしもし……あ、牧？」

10　天空不動産本社・廊下（夕）

牧が廊下で電話している。以下、モデルルーム会場表の春田と適宜カットバックで。

牧「すみません、今日武川部長と……飲みに行くことになって」

春田「あ、そうなんだ、なんで？」

牧「なんか、落ち込んでるみたいなんですよね……そっちでは様子、変じゃなかったですか？」

春田「ああ……」

×　×　×（春田の回想フラッシュ）

武川「……」

舞香「武川部長？」

武川「（我に返り）ああ……瀬川くん、報告してくれ」

×　×　×

春田「確かに、ボーッとしてる感じだったけど」
牧「つぶやきも結構病んでるんですよね。一応、元上司なんでちょっと話聞いてきます」
春田「おう……分かった。あ、あの、今朝、家の前でさぁ……もしもし？」
電話が切れている。

11　モデルルーム会場・表(夕)

スマホを見つめる春田。
春田「(溜め息)はぁ……俺も病みそう」

12　和泉宅・表(夕)

黒澤がチラシを持って和泉宅の前にやってくる。
黒澤「(様子を窺い)……虎穴に入らずんば虎子を得ず……」
『お年玉企画　ご新規様初回無料キャンペーン！』と、黒澤が付箋で付け足したチラシを、ポストに入れる前に確認し、まさに入れようとしたその時、菊之助が帰宅してきて、鉢合わせする。
菊之助「!?」
黒澤「あっ……初めまして、ばしゃうまクリーンサービスの黒澤と申します」
と、チラシを渡す黒澤。

菊之助「(受け取って)家事代行サービス……？」
黒澤「はい。掃除洗濯お料理など、ご希望に応じて代行させていただきます」
菊之助「ばしゃうま……あ、なんか聞いたことあります。あの、海外セレブも使ってるってい
う……ニャオミ」
黒澤「キャンベル」
菊之助「そう、すごいですよね」
黒澤「(頭を下げて)恐縮でございます。只今、お年玉キャンペーン中ですので何卒、ご検討
くださいませ」
去ろうとする黒澤。
菊之助「あ、お兄さん待って」
黒澤「……お兄さん(と、振り返る)」
菊之助は、クーラーボックスから一つおむすびを取り出して。
菊之助「おむすび一つ……どうですか？」
黒澤「……あ、はい」
菊之助「キッチンカーでおむすび売ってるんですけど、これは試作品で……良かったら、感想
聞かせてください」
黒澤「あ、はい……」
菊之助「じゃあ、こっち(家事代行)も検討しときます」
黒澤「……よろしくお願いします」
と、頭を下げる黒澤。

その間に、菊之助は家に入っていく。

黒澤「（気になる御仁）……」

13　西園寺弓道場・射場（夕）

春田が射場に入ってくると、子どもたちが弓を引いている。

だが、そこに和泉の姿はない。

春田「……」

そこに蝶子がやってきて。

蝶子「あ、春田くんいらっしゃい～」

春田「蝶子さん、どうも」

蝶子「お陰様で、ウチの嫁姑問題は平和を取り戻しました。お騒がせしてごめんね」

春田「あ、良かったです……なんでしたっけ、あのアイドル」

蝶子「4チミンね。春田くんも民（たみ）になる？」

春田「いや、俺は……それより、和泉さんのことなんですけど」

蝶子「和泉くん？　どうした？」

春田「蝶子さんから見て、どういう人ですか？」

蝶子「んー、和泉くんはねえ、子どもたちにも優しいし、お年寄りにも人気だよ」

春田「へえ……そうなんすか」

蝶子「普段はちょっと抜けたところがあるけど、弓はびっくりするほど上手」

春田「へえ……」

蝶子「ああ見えてきっと運動神経いいんだね」

春田「……」

× × ×（春田の回想）

和泉「……公安なんだ」

× × ×

春田「実は今、和泉さんと職場が同じなんですけど——」

蝶子「あ、そうなの!?」

春田「前のお仕事って、何してたか知ってます？」

蝶子「さあ……なんかおむすび屋さんのイケメンと一緒に住んでるらしいけど」

春田「……」

× × ×（春田の回想　第二話）

キッチンカーで遭遇する春田と菊之助。

春田「あれ？　あ、お隣の……」

菊之助「（気づいて）あ……その節はご心配をおかけしました」

× × ×

春田「あ、はい、ウチのお隣さんなんです」

蝶子「あ、そうなの!?　たまにウチにもおむすび売りに来るんだけど、生徒のお母さんから菊様って呼ばれてるよ。菊之助だから、菊様」

春田「菊様……お二人はどういうご関係なんですかね？」

蝶子「んー、菊様は和泉くんにいつも、はい、はいって従ってる感じだったから、勝手に仕事の先輩後輩なのかなって思ってたけど……」
春田「先輩、後輩……」
蝶子「もしくは、年の差カップル？」
春田「……」

14　路上（夜）

黒澤は、自転車をとめてスマホに出ている。
黒澤「明日9時から岸部様のお宅ですね。承知いたしました」
と、スマホを切って、再び自転車をこぐ黒澤。
ふと、牧が歩いているのを見かける。
黒澤「!?　牧凌太……なぜ自宅とは反対方向に？」
牧のあとを慎重につけていく黒澤。

15　武川宅・表（夜）

古民家風の一軒家に明かりが灯っている。
牧が玄関のチャイムを鳴らす。
牧「……」

しばらくして扉がガラガラと開くと、着流し姿の武川が現れる。

武川「……早かったな。まあ、上がれよ」

牧「あ、俺はここで……」

武川「上がれよ」

牧「は、はい」

と、入っていく牧。

それを、離れたところから見ている黒澤。

黒澤「（愕然と）……W（ダブル）昼顔！」

16 同・居間

武川と牧が居間に入ってくる。

牧「……全然変わってないですね」

武川「あえて変えてないんだよ。まあ、適当に座れ」

牧「はい……」

武川「それ、冷やすのか？」

牧「あ、ああ、これ、林檎ゼリー……」

と、袋を武川に渡す。

武川は袋の中身を見て。

武川「俺がいつまでも林檎ゼリー、好きだと思うなよ？」

牧　「あ、もう好きじゃなくなったんですか？」

武川　「……好きだよ」

牧　「なんなんすか（笑）」

武川はなんだか満足そうに笑みを浮かべ、袋を持って台所のほうへ歩いていく。

牧がふと棚の上に目をやると、イルカのキーホルダーが飾ってある。

牧　「……」

ソファに腰かける牧、居心地は良くない。

やがて武川はビールと温かい緑茶、おつまみセット（おでんと枝豆、アボカドトマト、生ハムチーズ）を盆に載せて持ってくる。

武川　「懐かしいだろ」

牧　「え？」

武川　「イルカのキーホルダー」

牧　「あ……はい。八景島に行った時の」

武川　「初めてのデートで、お前遅刻してきたんだよな」

牧　「はい……徹夜で大学のレポート書いてて、寝坊して」

武川　「それのお詫びで買ってくれたんだよな、お揃いで」

牧　「もう捨ててくださいよ、そんなの（苦笑）」

武川　「思い出に罪はないだろ」

と、温かい緑茶を飲む武川。

牧　「……最近、なんかあったんですか？」

武川「え？」
牧「つぶやき、病んでたから」

17　わんだほう・中（夜）

鉄平が接客し、カウンターでは春田とちずが武川のつぶやきを見ながら飲んでいる。
ちず「病んでるね～……『午前三時の孤独が、俺を永遠の闇に引きずり込もうとする』……エモくてキモいわ」
春田「そんで牧は心配だからか知んないけど、武川さんと飲むんだって」
鉄平「なんだ、浮気を疑ってんのか」
春田「いや、そうじゃないんすけど、一応二人は昔付き合ってたわけだし……病んでるからって相手するぅ？　とか、そもそもこんなのチェックしてんのぉ？　とか……」
ちず「気になるんだ？」
春田「元上司だから、とか言ってるけど、ホントは元彼だから行くんじゃねえのぉ？　とか……」
ちず「うざ。嫌なら本人に言えばいいじゃん」
春田「言えねえよ、そんなん。かっこ悪いし、ケンカになるし」
ちず「まだ報告があるだけいいと思うけどね。私だったら相手にいちいち報告なんかしない」
春田「え――」
ちず「その代わり私も気にしないけど。目に見えないものは存在しないのと一緒だから」
春田「ええええ～、俺は全部言ってくんないとやだわ……」

鉄平「ほれ、そんな春田にはモヤモヤ丼!」
と、わたあめをごはんの上に乗っけたモヤモヤ丼を置く鉄平。

春田「何これ……わたあめ?」

鉄平「正解。わたあめの下は酢飯になってる」

春田「マジか……」

そこに楓香、銀平、吾郎がドドドドッとキッズスペースから走ってくる。
三人の子どもを鬼の形相で追いかけてくる舞香。

舞香「早く寝なさい!! フウフウ!! 銀平!! ほら、吾郎ちゃん!!」
舞香とちずが役割をバトンタッチして。

ちず「こら!! 三人とも寝ないとおばけ来るよ!!」

子どもたち「ギャ――――ッ!!!」
と、逃げていく三人。
ちずはまずは吾郎を抱えて、二人を追っていく。

春田「大変だな……」

舞香「(息を切らせて)吾郎がワルなのよ、吾郎が」

春田「ちずに似て生意気っすよね(笑)」

舞香「そう。ウチの子どもたちは普段大人しいんだから」

鉄平「マイマイ。なんか春田が牧のことでモヤモヤしてんだってさ」

舞香「あら、ノロケじゃなくて?」

春田「牧って何考えてんのかなぁって、分かんないこと多くて」

舞香「……なるほどね。でも、夫婦なんてお互い分からないことだらけよ」
春田「そうなんすか……」
舞香「私だって鉄平さんには言えない、墓場まで持っていかなきゃいけない秘密あるし」
春田「ええっ」
鉄平「えええっ、そうなの!? 何、秘密って!?」
舞香「うふふ……」
鉄平「うふふじゃねえよ、気になるじゃん！ 新しい歌作っちゃうよ!?」
舞香「春田くんにだってあるでしょ、牧くんに言えないことの一つや二つ」
春田「……」

× × ×（春田の回想フラッシュ）

和泉は春田の唇を奪う。

春田「!?」
和泉「（離して、春田を見つめ）……」

× × ×

春田「（頭を抱えて）ああ、そうっすね……あああああ！」

18 武川宅・居間（夜）

武川のスマホでアプリのやり取りを見ている牧。

牧「お金取られて……連絡なくなったんですか」

武川「急に冷めたんだろう、恋愛においてはよくあることだ」
牧「いや、これは立派な詐欺ですよ。ちゃんと訴えたほうがいいんじゃないですか?」
武川「いいんだ、俺は一瞬でもそこに、愛があったと信じたい」
牧「……武川さん」
武川「まあ、こんなこと繰り返してもしょうがないっていうのは分かってる。分かってるんだが……」
牧「……恋人がほしいんですか?」
武川「というより、この先の人生、今のままでいいのか、漠然とした不安があるんだ」
牧「漠然とした不安……?」
武川「今は一人でも気楽でいいが、年を取ったら俺のおむつを替えてくれるのは誰なんだとか、最期を看取ってくれるのは誰なんだとか」
牧「ああ……」
武川「恋がしたいというより、老後も一緒に助け合えるような、おむつパートナーがほしいのかもしれない」
牧「おむつパートナー……」

19 和泉宅・リビング(夜)

和泉と菊之助がおむすびを作りながら話している。
菊之助「肩はどうですか」

和泉「ああ、もう大丈夫……(肩を回そうとして)痛ッ……」
菊之助「もう、勝手な行動はやめてください」
和泉「……」
菊之助「今朝のことは恐らく、春田さんともう一人、年配の男性にも目撃されてます」
×　×　×(菊之助の回想フラッシュ)
黒澤「(叫びそうになり、口元を押さえて)ん――!!!!」
×　×　×
和泉「……申し訳ない」
菊之助「その男性は、こんなものを渡してきました」
と、ばしゃうまクリーンサービスのチラシを見せる。
和泉「ばしゃうま……?」
菊之助「家事代行サービスのチラシです。有名なとこですけど」
和泉「ウチに入って、何か調べるつもり……なのか」
菊之助「……その可能性がないとは言えません」
和泉「ん……」
菊之助「お試しで契約して、口止めしときますか」
和泉「……うん」
菊之助「分かりました」
和泉「なぁ、菊……」
菊之助「はい」

和泉「(握りながら)全然、三角にならない」
和泉の握ったおむすびは三角にならない。
菊之助はやってみせて。
菊之助「こうやって片手で厚みを作って、片手で山を作る。転がして山。転がして山」
和泉「チーズ……入れてもいい？」
菊之助「は？」
和泉「あ、いや、いい……(丸くなっていく)」
菊之助「だから、それだと丸くなります」
和泉「ああ……」

20 春田宅・表(夜)

春田が玄関前にやってくるが、鍵が閉まっている。
春田「牧……まだ帰ってないのか」
春田、鍵を取り出して開けようとする。
すると、背後から菊之助がやってくる。
菊之助「春田さん」
春田「(ビクッとして振り返る)……え？」
菊之助「隣の、六道菊之助と申します。おむすび屋の」
春田「あ、ああ……」

菊之助「いつも和泉がお世話になっております」
と、律儀に礼をする菊之助。
春田「いえいえ……」
菊之助「今朝はなんと言いますか、驚かせてしまってすみません」
春田「いや……和泉さん、大丈夫でした？」
菊之助「本当に何もないんです」
春田「なんか、自分は公安だって言ってましたけど……どういう意味ですか？」
菊之助、表情が変わる。
菊之助「……お詫びにこれをお受け取りください」
と、ピクニック用のバスケットを渡す菊之助。
春田「え、え、え、これは……？」
菊之助「今朝見たことは、他言無用でお願いできますか」
春田「えっ……」
菊之助「それでは、失礼します」
と、去っていく菊之助。
春田「……」
春田がバスケットを開けると、ラップに包まれたおむすびがぎっしりと詰まっている。
春田「おむすび……？」
春田がその中の一つのおむすびを取ると、下に一万円札の肖像画が見える。
春田「えええっ!?」

と、春田がおむすびをいくつかよけると、一万円札の束がびっしり敷き詰められていることが分かる。

春田「いやいやいや……ちょっ、き、きく、菊さま――!!!」

と、春田はバスケットを持って表に出る。

21　春田宅近くの路上（夜）

菊之助に追いつく春田。

春田「（息を切らせて）菊之助さん、待って！」

菊之助「（振り返って）……」

春田「（息を切らせて）こ、こんなの受け取れないですよ！」

菊之助「ただのおむすびですが」

春田「いやいやいや、絶対誰にも言わないんで、これは無理です、受け取れないです!!」

と、バスケットを押しつける春田。

菊之助はやれやれ、という感じでバスケットを受け取る。

菊之助「……分かりました」

と、菊之助は一礼して、和泉宅に入っていく。

春田「（びっくりした）……」

春田が振り返ると、ちょうど一台の車が春田宅から少し離れたところに停まる。

春田「（ヘッドライトの明かりに照らされ）……!?」

車の助手席からは牧が出てくる。

春田「(ボソッと)……牧!?」

牧「(運転席の武川に)ありがとうございました。おやすみなさい」

牧は日本酒の箱を持って、春田宅の表へ歩いてくる。

牧「……!」

春田「……お、おお、お帰り」

22 春田宅・リビング(夜)

春田と牧が洗濯物を畳んでいる。

春田「……」

牧「……」

春田「なんで車? 飲みに行ったんじゃないの?」

牧「ああ、どうしても車で送るって……武川さんはずっとお茶を飲んでました」

春田「……そっか」

牧「なんか老後が心配だからおむつパートナーを見つけたいけど、なかなか難しいらしくて」

春田「へえ……」

牧「それで、一緒にラブ・トランジットに出ないかとか言ってきて(笑)」

春田「何それ?」

牧「なんかネットの番組で、昔付き合ってたカップルが参加する恋愛リアリティショーがあるんですよ。いや、俺が出るわけないでしょって（笑）」

春田「……そこでヨリを戻したりするってこと？」

牧「んー、それもあるし、そこで元彼に好きな人ができて、なんか嫉妬してしまうとか、いろんなドラマがあるみたいですね」

春田「ふうん……」

牧「何言ってんだろと思って。それで笑ったのが武川さん、イルカの――」

春田「いや、もう武川さんの話はいいわ（笑）」

牧「ああ……そうっすね（苦笑）」

春田「……」

牧「……あ、何もないですよ、武川さんとは」

春田「俺は別に浮気とは思ってないけど……牧はさ、どっからが浮気だと思う？」

牧「あー、うーん……手を繋ぐとか、キスとか、そういうのはもちろんアウトですけど……」

春田「……」

× × ×（春田の回想フラッシュ）

和泉に唇を奪われる春田。

春田「！」

× × ×

牧「相手に言えないことなら、それは全部浮気なんじゃないですかね」

春田「……」

春田Ｍ「うおおお、言えねえ!!　……ええ!?　あれは浮気なのか!?　……浮ついた気持ちだったのか、春田!?」

牧「……春田さん?」

春田「(動揺し)え、な、何!?」

牧「貸して。全然畳めてない」

と、ぐちゃぐちゃに畳んだTシャツを取る牧。

春田「(動揺し)……」

牧「(そんな春田を変だな、と思い)……」

23 和泉宅・玄関(日替わり・日中)

24 同・リビング~各部屋

菊之助が黒澤を招き入れている。

黒澤はエプロン姿で。

黒澤「この度は、ばしゃうまクリーンサービスをお選びいただき、誠にありがとうございます」

菊之助「本当に初回は無料なんですか?」

黒澤「ええ」

菊之助「では、部屋をご案内いたします」

菊之助が先にクローゼットを開けると、札束が積まれている。

サッと布をかけて閉める。

菊之助「基本的にクローゼットとか、収納は開けないでください」
黒澤　「承知いたしました」

×　×　×

菊之助が床下を開けると、拳銃が出てくる。
奥に押しやって、閉める。

菊之助「キッチンの床下も……大丈夫です」
黒澤　「承知いたしました。換気扇を見てもよろしいでしょうか」
換気扇の隙間に、【極秘】と書かれた公安書類の封筒が見えている。
菊之助「あー、換気扇もちょっと……すみません」
黒澤　「……承知いたしました」
菊之助「浴室も同じです」
黒澤　「失礼ですが一体、何故……」
菊之助「ああ、そこは私がいつも掃除しておりますので」
黒澤　「承知いたしました。お掃除の際は、ソファやテーブルなどの家具は動かしてもよろしいですか?」
菊之助「……ダメです、ね」
黒澤　「お客様、それでは十分なお掃除ができません(悲しみ)」
菊之助「ああ、じゃあ、とりあえず掃除以外のことをお願いしてもいいですか」
黒澤　「承知いたしました。では本日は、お洗濯とお料理にしぼらせていただきます」
菊之助「ありがとうございます」

と、その時、菊之助のスマホが鳴る。

菊之助「(出て、簡単に)分かりました。(電話を切って)すみません、ちょっと仕事でしばらく出ます」

黒澤「承知いたしました」

菊之助は出ていく。

黒澤、顔を上げると厳しい表情に変わっている。

黒澤「果たして秘密を暴くことが、二人の幸せに繋がるのだろうか……でも、見て見ぬふりをするわけには、いかないのです」

25 モデルルーム会場・表(日中)

会場の表に簡易テントが設営してある。

春田と武川が、ちょうど内見の客を送り出したところである。

春田「(はぁ、と溜め息)……」

武川「すまんな、春田」

春田「え?」

武川「この前、牧を借りてしまって。林檎ゼリー、うまかったと伝えといてくれ」

春田「林檎ゼリー……?」

そこに、和泉が両手に袋を提げてやってくる。

和泉「あ、買ってきました……」

舞香「買い出しご苦労さま。(周りに)皆さーん、休憩にしますよ!」

舞香が袋をあけて中身を出すと、牛乳とイチゴジャムコッペパンが大量に入っている。

武川「なんだ、全部甘いパンだな……」

春田「……そうっすね(苦笑)」

和泉「(春田に)あれ、イチゴジャム……好きじゃなかった、ですか?」

春田「お、おう、好き好き、大丈夫」

武川「こんな沢山いらないだろ。張り込みするんじゃないんだから(笑)」

和泉「すみません……(苦笑)」

春田「……張り込み」

×　×　×(春田の回想フラッシュ)

和泉「……公安なんだ」

×　×　×

春田、思わず和泉のほうを見る。

和泉「(真剣に作業している)……」

春田「……」

春田M「公安って何……!?　つーか、あのキス、なんだった?　どういう意味!?　聞きたいけど、聞けねえ……!!」

26　和泉宅・リビング(日中)

黒澤がぶつぶつ言いながら、掃除をしている。

黒澤「クローゼットも床下も引き出しも、全て怪しい……果たして、パンドラの箱を開けるべきか」

引き出しを開けたくなる衝動に駆られる黒澤。

だが、手を止めて。

黒澤「いや……お客様の命令に背いて、今まで築き上げたキャリアを潰すわけにはいかない」

×　×　×

ソファの下を覗き込む黒澤。

黒澤「……!?」

手を伸ばして拾い上げると、それはホテルの領収書と、コンビニの領収書。

黒澤「ホテル二名様？　……コッペパン、牛乳」

×　×　×

ゴミ箱のゴミを袋にまとめている黒澤。

黒澤「……!?」

ゴミの中に手を伸ばして拾い上げると、またも別のホテルの領収書とコンビニの領収書が、いくつも出てくる。

黒澤「ホテル二名様？　……コッペパン、牛乳……なぜだ」

黒澤はスマホを取り出して、領収書の写真を撮り始める。

黒澤「(苦渋)なぜだはるたん……牧凌太という伴侶がいながら……なぜ、ラブホテルに……！」

27　路上(夕)

春田は和泉を尾行している。

春田「(黒澤に合わせて)なぜ……なぜあなたは、俺にキスしたんすか……!!」

和泉、ふと後ろを振り返る。

和泉「!?」

サッと春田は自販機の陰に隠れる。

春田「(息を殺して)……」

和泉「……(気のせいか)」

和泉、再び前を向いて歩き始める。

春田も尾行を再開する。

28　天空不動産本社・廊下〜エレベータホール(夕)

牧、すれ違う同僚に挨拶しながら歩いている。

牧「お疲れ様でした。(別の上司に)お先に失礼します」

エレベータホールにやってくる牧、立ち止まってスマホを見る。

すると、メッセージアプリの通知バッヂの数が155になっている。

牧「えっ……」

メッセージは全て武川からのもので『辛い』『だが、神は乗り越えられない試練を

人間に与えない』『日本酒はどうだった?』『辛いと感じるのも生きている証拠

返信不要』『孤独が自分を強くする』『おーい』『Believe me! and be strong!』

などと延々一人語りをしている。

牧「(ふう、と溜め息をついて)……」

牧は『お茶でもしますか?』とメッセージを打つ。

すると、すぐに既読になる。

牧「……早」

29 西園寺弓道場・表(夕)

30 同・射場

春田が後をつけてやってくると、既に道着に着替えた和泉が弓を構えている。

春田「……」

春田は、邪魔しないように近づいていく。

すると、和泉は春田のほうを見ることなく。

和泉「どうしてずっと尾行を?」

春田「……えっ!? あ、えっと」

スパーンと、的の中央に矢を当てる和泉。

和泉、春田のほうを見て。

和泉「春田さん、弓道に興味あるんですか？」
春田「いや、実は和泉さんに話があって」
和泉「……」

31　路上（夕）

弓道場に向かって歩いている黒澤。
黒澤「ホテル以外にも、弓道に関するレシートが山ほど……」
×　×　×（黒澤の新規回想）
捨てられたレシートの中には、弓、矢、足袋などの領収書も出てくる。
黒澤「（神妙に見つめ）……」
×　×　×
黒澤「弓道場でも人目を忍び、逢瀬を重ねているのかもしれぬ……いや、そんなことあるまい。そんなことあるまいが……」

32　西園寺弓道場・射場

道着に着替えた春田、ぎこちなく弓を持っている。
春田「あの……、あの時、なんで僕にその――」
和泉「構えて」

春田「は、はい。こう……ですか？」
と、構える春田。
和泉「できるだけブレないように、そう」
春田「……あの、僕ってそんなにうるせえ唇(ですかね)……」
和泉「まっすぐ見て」
春田「は、はい！」
和泉が春田の背後に回る。
和泉「(肘や肩を持って)もっと力抜いて」
春田「はい、リラックス」
和泉「そう、この形を覚えて」
春田と和泉が綺麗な構えで、的場のほうを見ている。
そこにやってくる黒澤。
黒澤の角度から見ると、和泉が春田にバックハグしているように見える。
黒澤「!!　(愕然と)……バックハグ！」
黒澤、苦渋に満ちた表情でスマホカメラで二人の写真を撮る。
黒澤「(悲しい)……」
一方の春田と和泉、目が合う。
春田「……」
和泉「……」
次の瞬間、いきなり顔を背ける和泉。

その頬には一筋の涙が。

春田「え、え、ええっ⁉」

和泉「……すみません。帰ります」

と、和泉、立ち去る。

春田「ちょっ、和泉さん……和泉さん！……ええええっ（頭を抱えて）なんなの⁉」

黒澤は春田に見えない位置に隠れている。

黒澤「許されざる恋に、思わず葛藤の涙、か……！」

33　路上（夕）

早足で、春田の家に向かっている黒澤。

黒澤「まずい……まずいぞ……これは完全にクロではないか！」

34　春田宅・リビング（夜）

掃除をしている黒澤。

黒澤M「しかも完全なる、W昼顔……ここで事実を明らかにすれば、二人は離婚してしまうかもしれない……この秘密は、墓場まで持っていくべきか？　どうなんだ、黒澤！」

と、そこに春田が帰ってくる。

春田「ただいま……」

黒澤「……お帰りなさいませ。お風呂が沸いております」
春田「あ、ありがとうございます。牧は……」
黒澤「まだ、お帰りになっておりませんが」
春田「そっすか……」
春田は牧に『今日遅くなるの？』とメッセージを打ち始める。
黒澤「……」
黒澤M「いや、一度はふうふと契り合った二人……たとえ思わぬ恋に落ちてしまったとしても、人として正しい順番があるんじゃないだろうか。そして、どんな結末を迎えようとも、誠意を持って向き合うべきなんじゃないだろうか、なあ、愛息子・はるたんよ！」
春田「部長？」
黒澤「（ビクッとして）あ、いや……一介の家政夫がこんなことを申し上げるのは、誠に差し出がましいことかと存じますが……その……春田さん」
その時、火災報知器が鳴り始める。
春田・黒澤「!?」
春田「……お隣？」

35 和泉宅・前（夜）

玄関ドアに鍵を差し込み、サッと解錠する黒澤。
春田「えっ、なんで鍵持ってんすか!?」

黒澤「……行きましょう!」

36 同・キッチン～リビング

春田「大丈夫ですか!?」
黒澤「火事ですか!? (咳き込み)大丈夫ですか?」
と、キッチンにやってくる春田と黒澤。
煙がもくもくと上がるトースターの前に、和泉と菊之助がいる。
和泉「あ……」
菊之助「あーすみません! 和泉がバゲットを焦がしてしまって……それで、煙探知機が反応してしまいました」
黒澤「えっ……」
春田「あっ……火事じゃないんですね」
和泉「すみません……考えごとをしてて……」
菊之助「この警告音、どうやったら止まるんだ……」
黒澤「あ、元を止めないとダメですね。表を見てきます」
菊之助「お願いします」
と、黒澤はリビングを出ていく。
和泉「(焦げたバゲットを見つめ、考えている)……」
春田「和泉さん……一つ、聞いていいですか?」

和泉「……はい」
春田「あの……昨日の朝、なんで俺にキスしたんすか？」
和泉「……え!?」
菊之助「!?」
春田「ええっ、覚えてないんですか？」
和泉「私が春田さんに、したんですか……キス」
春田「はい。うるせえ唇だって……」
和泉「……うるせえ唇？」
菊之助「うるせえ唇？」
春田「うるせえ唇……」
和泉「たぶん何か……勘違いしたんだと、思います」
春田「……勘違い？」
和泉「……すみません」
菊之助「私からも謝罪します。春田さん、申し訳ない」
と、頭を下げる菊之助。
春田「……」

37　カフェ・表（夜）

カフェから出てくる牧と武川。

武川「はぁ……やっぱりお前といると楽だわ」

牧「まあ、俺も楽ですよ、何でも話せるし」

武川「……付き合ってる時は、そんなこと一度も思わなかった」

牧「ああ……(確かに)」

武川「あの頃はお互い若すぎて、不器用で……傷つけ合ったな」

牧「なんすかそれ(苦笑)」

武川「お前が思い出になる前に、もう一回、笑ってみせろ」

牧「いやですよ(苦笑)……じゃあ俺、こっちなんで」

と、行こうとする牧の腕をそっと掴む。

牧「!?」

武川「……いつでも戻ってこいよ」

牧「え?」

武川「……」

牧「……」

武川「(急に笑顔で)冗談に決まってるだろ」

牧「当たり前でしょ。俺の一番は春田さんですから」

武川「……分かってる」

牧「あ、あと、あんまり病んでるつぶやき、しないほうがいいですよ。もう部長さんなんだから」

武川「誰も俺だって気づかねえよ。匿名でやってんだから」

牧「バレバレですよ。じゃあ」
武川「じゃ、お疲れさん」
牧と武川は歩き始める。
武川はふと後ろを振り返る。だが、牧は振り返ることなく歩いていく。
武川「……」

38 春田宅・リビング(夜)

牧が帰宅する。
牧「ただいまー……」
と、リビングに入ってくる牧。
そこに、春田が出迎える。
春田「牧牧牧……(と、小声気味で)あれ(と指をさす)」
牧「?」
黒澤は仕事を終え、エプロン姿で畳の上で正座して目をつぶっている。
黒澤「……」
牧「(春田に)え、部長何してるんすか?」
春田「なんか俺たちに言いたいことがあるんだって」
牧「……え、なに?」
黒澤「(独り言で)いや、これはやはり、墓場まで持っていくしかない……(春田と牧に)本日の担当は黒澤武蔵でした。失礼します」
スッと立ちあがって、リビングを出ていく。

春田「部長!?」
と、追いかけていく春田。

春田「え、ちょっと急にどうしたんですか、部長(と、肩に手を置く)」

黒澤「(振り払って)おやめください、ああっ！」
黒澤が手に持っていたカバンが落ちて、写真がバラバラッと散乱する。

黒澤「あぁあぁ……！　あああぁああ!!」

春田・牧「!?」
黒澤がその場にしゃがみ込んで、慌てて写真を回収しようとする。

春田「あぁぁあ……拾います拾います」

黒澤「いいから、君はいいから、ストップ！　……ストップ！」
春田は一枚の写真を拾い上げると、それは牧と武川が武川宅に入っていく後ろ姿。

春田「!?　え、これって……」

牧「……」

黒澤「(苦渋の表情で)不倫現場にございます……」

春田「ええっ……!?」

牧「いやいや、ただ相談乗ってただけだから」

黒澤「密会じゃないか！」

牧「違いますよ。この日、武川さんと会うって言いましたよね？」

春田「あ、ぅん……」

牧「(写真を持ち)っていうか、これは……」

と、牧が拾い上げた写真には、弓道場の春田と和泉が写っている。

黒澤「(苦渋の表情で)バックハグにございます……」

春田「違う違う、これは弓道を教えてもらってただけだから」

黒澤「抱き合いながら弓は引けません!!」

春田「いやいやいや!」

黒澤「この期に及んで隠したってダメ! 他にもあるでしょぉー? キで始まってぇ、スで終わるぅ!」

春田「……」

× × ×(春田の回想フラッシュ)

和泉に唇を奪われる春田。

× × ×

春田「ああ……なんか隣の家の、和泉さんにいきなり、キスされた」

牧「ええっ……!?」

黒澤「金妻!」

春田「いや、俺もなんでキスされたのかずっと悩んでて……結局ただの事故だって、分かったんだけど」

黒澤「金妻! 金曜日の妻たちへ!」

牧「ちょ、うるさいです……(春田に)なんで悩んでるなら、相談してくれなかったんすか」

春田　「ごめん」
牧　「いや、俺も武川さんの家に行くなら断るか、春田さんにちゃんと言うべきでした……ごめんなさい」
春田　「ううん、別に疑ってたわけじゃないから」
牧　「俺も……疑ってはないです」
黒澤　「それでいいのぉ!?　がつんと腹割ってさあ、本音でぶつかろうよ！　まだわだかまりあるでしょ!?」
春田　「いやいや、ないですないです」
牧　「全然ないです」
黒澤　「……そうなのぉ!?」
春田　「はい、俺たち全然、不倫とかそんなのしてないんで」
黒澤　「(泣きそうになり)ほんとにぃ？　……ホントにそれで納得してるぅ？」
春田　「俺……後になって牧に心配かけるぐらいなら、これからちゃんと言うわ」
牧　「俺も春田さんを不安にさせたくないんで、ちゃんと言います」
春田　「あの……だから部長、俺たちは大丈夫です」
牧　「はい。俺たち、不倫はしてません」
黒澤　「(涙溢れて、ゆっくりと崩れ落ちながら)なぁあぁんだぁ……もおぉぉおお……良かったぁぁ……!!!」
と、号泣し始める黒澤。
春田　「ちょちょ、大丈夫すか、部長」

牧「……部長!?」

と、二人は驚いて、黒澤のもとに駆け寄る。
春田は優しく黒澤の背中をさすりながら。

春田「どうしたんすか……」

黒澤「だってね……もしもね、二人が不倫してて昼顔でさ……別れちゃうようなことになったらさ、もうどうしようと思ってぇええ……うう……あははははあああ――(号泣)」

春田「部長……」

牧「……すみません、ご心配おかけして……」

黒澤「(鼻を啜りながら)……いいの、いいの……春田と牧がさ、幸せでいてくれたらさ……いいの……」

春田「(微笑み)……」

牧「(苦笑で、春田を見る)……」

39 同・同(時間経過)

家庭用の機械でわたあめを作っている春田と牧。

春田「部長……俺たちのために泣いてくれるなんて……愛だね」

牧「……ですね」

春田「(わたあめを箸に絡ませて)お、いい感じ」

牧「つーか、なんでわたあめ?」

春田「こないだわんだほうでわたあめ丼が出たんだけどさ……ちゃんと、わたあめだけ食いたくなって。はい、できた」

と、できたわたあめを牧に渡す春田。

牧「(食べながら)んん……懐かしいですね」

春田「いつ食べたっけ?」

牧「花火大会」

春田「ああ……もう四年前? か」

牧「そうっすね……早」

春田「俺たちってさ……どっちが先に好きになった?」

牧「春田さんでしょ」

春田「えっ、そう!? 牧じゃねえの!?」

牧「いや、いきなり一緒に住もうとか、ガンガン来たのそっちでしょ」

春田「いやそれはほら、男子校のノリ……だから、あれぇぇ? あの時、俺もう好きだったのかな? ええっ!?」

牧「絶対春田さんです。俺、めちゃめちゃ確かめてから行きましたもん」

春田「ええ~~、牧が先ってことにしろよぉ」

牧「なんの意地だよ、しょうもない(苦笑)」

春田もわたあめを食べる。

春田「俺はこれから悩みとか弱さとか全部牧に言って、甘えん坊将軍でいくから、いいな?」

牧「いや、加減して」

春田「さっそくだけど俺、牧が武川さんのつぶやきチェックしたり、会いに行ったりしたの、すげー嫉妬したから」

牧「……は？」

春田「だからやめてくれってことじゃなくて、そーゆーので、俺は嫉妬するよっていう……嫉妬宣言？」

牧「（苦笑）まあ、俺も今回、嫉妬しましたよ」

春田「え、いつ!?　どこで!?」

牧「……」

牧は春田の唇を奪う。

春田「！」

牧はその後、春田と見つめ合って。

牧「……」

春田「……」

牧「……（苦笑して）甘」

春田「……な。べたべた」

そして再び、春田と牧はキスをする。

40　同・玄関（僅かな時間経過・夜）

ピンポーンとチャイムが鳴る。

春田と、その後に牧がやってきて、玄関のドアを開ける。
……と、そこに立っていたのは和泉と菊之助である。

春田「あ、どうも……」

菊之助「夜分、申し訳ございません。あの……さきほどのボヤ騒ぎのお詫びに……肉じゃがをちょっと多めに作りましたので、よろしければ……」

春田「ああ、わざわざすみません。うわ、うまそ！」

牧「ありがとうございます。牧です」

和泉「……和泉です」

牧「（あっ）……」

と、牧が菊之助から肉じゃがの鍋を受け取る。

和泉「あとこちら、おかかおむすびです」

と、おむすびの入ったバスケットを春田に渡す。

春田「……ありがとうございます」

と、受け取る時に、和泉のペンダントがバスケットに引っかかって弾け飛ぶ。

和泉「あっ！」

春田「ああ……ごめんなさい！」

玄関の床に落ちたペンダントを拾い上げる春田。
手に持ったその時、中に写真があることに気づく。

春田「……!?」

和泉「!!」

そこには自分と瓜二つの人物（秋斗）が写っている。

春田「えっ……!?」

牧「……春田さん？」

春田「え、俺!?」

和泉「……あ」

菊之助「……!!」

春田「……!?」

春田Ｍ「神様……どうして僕の弾ける笑顔の写真を、彼は大切に持っているのでしょうか……!?」

第四話へ続く

#4

お尻を拭くまで帰れま10

1　春田宅・玄関（夜）

春田が拾い上げたペンダントの中に、春田そっくりな人物（真崎秋斗）の弾ける笑顔の写真。
それを見て、驚く春田と牧。

春田・牧「……！」
一方、呆然としている和泉と、しまったと内心思っている菊之助。

和泉「……」
菊之助「……」
春田「あの……なんで僕の写真が……!?」
和泉「あ、これは何でも、ないん、です」
と、ペンダントをもそもそと取り返す和泉。

春田「あれ、えっと、俺そんな写真、撮りましたっけ……？」
菊之助「いや、それは春田さんではなく……秋斗です」
春田・牧「!?」
春田「……秋斗？」
菊之助「それでは肉じゃが、冷めないうちにお召し上がりください。では、失礼します」
と、菊之助は頭を下げて去っていく。
和泉も頭を下げ、玄関を出ていく。

春田・牧「（呆然）……」

2　同・リビング（夜）

肉じゃがを食べている春田と牧。

春田「いや、旨いけどさ」

牧「旨いっすね、確かに」

春田「つーか、秋斗って誰……あれ完全に俺じゃなかった？」

牧「チラっとしか見てないですけど、確かにそっくりでしたね」

春田「何て言うんだっけ、自分にそっくりな人のこと、レントゲンじゃなくて――」

牧「ドッペルゲンガーですね。ゲンしか合ってねえ」

春田「いやー……別人だとしてもなんでペンダントに……」

牧「和泉さんにとって大切な人とか、じゃないですか？」

春田「……え？」

牧「今はもう会えなくて、持ち歩いてるとか……」

春田「……」

×　　×　　×（春田の回想フラッシュ1）

チラシのポスティング中に涙ぐむ和泉。

和泉「……」

×　　×　　×（春田の回想フラッシュ2）

弓道場にて、目を背けて涙を流す和泉。

和泉「……」

春田「……え、そういうこと?」

×　×　×

3　和泉宅・リビング(夜)

薄暗いリビングで一人、和泉はスマホの留守電を再生する。

録音された日付は三年前、２０２１年１月23日とある。

秋斗の声「(ピー)和泉さーん、寝てんの!?　もー、俺、先行っちゃうよ。俺一人で十分だから」

和泉「……」

もう一度再生する和泉。

秋斗の声「和泉さーん、寝てんの!?　……」

和泉「……」

和泉は目頭を押さえ、何か後悔しているような様子。

そんな和泉を、少し離れたところで切なげに見ている菊之助。

菊之助「(心配で)……」

4　春田宅・キッチン(夜)

春田が食器を洗っていて、隣で拭いている牧。

牧　「あ、月曜から俺、北海道に出張なんすよ」
春田「え、そうなんだ。何泊?」
牧　「3泊です」
春田「えー、3日もぉ?」
牧　「3泊4日なんで、4日ですね」
春田「なげえじゃん。マジかぁ……」
牧　「で、スーツケースが壊れてるんで、明日買いに行きたいんですけど……」
春田「おっ……デート?」
牧　「デートっつーか、買い物?」
春田「デートじゃん!　デートデート!(嬉しい)」
牧　「はいはいはい。これ、まだ汚れついてる」
と、皿を差し戻す牧。
春田「こまけー!(と言いつつ、上機嫌)」
リビングに置かれた牧のスマホが着信している。
ディスプレイには『父』とある。
だが、牧は気づいていない。

5　大型商業施設・表(日替わり・日中)

6　同・フロア

家具から生活雑貨まで取りそろえた大型商業施設を歩いている春田と牧。
牧がふと立ち止まり、デスクを見ていて。

春田「机？」
牧「そう、勉強用にほしいなって思うんですけど」
春田「中国語の勉強？」
牧「ん……でも置く場所ないっすね」
春田「そうだなー……」

と、春田はいつの間にか大きいクッションを持っている。

牧「ちょ、何それ（苦笑）」
春田「人間をダメにするクッション（笑）」
牧「これ以上ダメになってどうするんすか」
春田「なし？」
牧「なし！」

× × ×

春田がオモチャの怪獣を持ってきて、牧が持っているカゴにそっと入れる。

牧「いや、いらないから」
春田「いるいる、インテリア、インテリア」
牧「（カゴから取り出して）戻してきて、早く」
春田「（納得いかない）……」

春田、しょんぼりして売り場に戻しにいく。

×　×　×

春田がお揃いのルームウェアを持ってきて。

牧「もー、なに！」

春田「お揃いで着ようぜ〜」

牧「嫌だって俺そういうの」

春田「いいじゃん、部屋着だから！　外出ないから！」

牧「……もーーー（と、渋々カゴに入れる）」

7　西園寺弓道場・射場（日中）

的の中心から大きく外れたところに、矢が刺さる。

矢を放ったのは和泉である。

和泉「（ふう、と溜め息）……」

蝶子「外すなんて、珍しいじゃない」

和泉「あ、蝶子先生」

蝶子「ふふ、なに、菊様となんかあった？」

和泉「いえ……そうじゃないです」

蝶子「ならいいけど。ケンカしても私、菊様推しだからね〜（と、微笑み）」

去ろうとする蝶子、その背中に。

和泉「蝶子先生」

蝶子「ん？」
和泉「蝶子先生は、絶望したこと、ありますか？」
蝶子「絶望!? え、なに、急に重たいんだけど(苦笑)」
和泉「人生の、どん底」
蝶子「ああ……どん底ねえ……」

× × ×(season1 蝶子の回想)

ファミレスで蝶子に告白する黒澤。

黒澤「蝶子のことは大切に思ってる。それは30年前からなんにも変わらない。でも……好きな人ができたんだ」

× × ×

蝶子「前の夫に面と向かって、好きな人がいるって言われた時かな」
和泉「……不倫、ですか」
蝶子「ううん、その時はまだ片想いみたいだったけど」
和泉「どうやって……乗り越えたんですか」
蝶子「いやー、無理だよ。乗り越えるなんて無理。当時はひたすらキャベツ切ってとんかつ揚げて、料理に逃げてた」
和泉「料理に……」
蝶子「でも私、夫と別れてずいぶん強くなったと思う。推し活で年の離れた友達ができたり、一人で海外遠征したり、この歳で弓道場を始めたりね。それまでは自分にできるなんて思ってなかったから、パーッと世界が広がった感じ？ そういう意味では前の夫に感謝かな……」
和泉「……私は、たぶん、まだキャベツ……切ってます」
蝶子「いいんじゃない、気が済むまで切るしかないよ」
和泉「(少し微笑み)……」

8 タイ料理店『ムーンライトチキン』・表

9 同・中

春田と牧がランチメニューを見ている。
そこに、店員Aがやってきて。
店員A「サワッディー、お決まりですか?」
牧「カオマンガイと……」
春田「じゃあ俺も一緒で。あ、辛くしないでもらえますか?」
店員A「?」
牧「(タイ語で)コー マイ ペット クラップ」
店員A「少々お待ちください」
と、近くにいた店員Bと話し始める店員A。
春田「え、牧ってタイ語もできんの?」
牧「いや、ほんのちょっとだけです」

春田「すげえじゃん……何でもできるじゃん……」

店員Bがやってきて。

店員B「お客様」

春田「あ、はい」

店員B「もともと辛くないです」

春田「あ、そうなんすね、あざっす！」

店員A・B「ごゆっくりどうぞー」

店員AとBは、にこやかに去っていく。

10　春田宅・リビング（夜）

スーツケースに荷物を詰めている牧と、それを見守っている春田。

春田「明日から夜、部長と二人きりになったりする日もあるけどさあ、心配じゃねえの？」

牧「あ？」

春田「俺、浮気するかもしんねーぞ？」

牧「はいはい。お土産、なんかほしいものあります？」

春田「んー、北海道だからなー、カニとか、いくらとか？」

牧「生ものかよ。分かりました」

と、立ちあがる牧。

春田「ホントに行くのかよー、俺もつれてけよー」

牧　と、牧のヒザに後ろから抱きつく春田。
牧「うざいうざい、マジで(と、振り払う)」
じゃれあっているその時、牧のスマホに着信がある。
春田「(見て)……お義父さんだって」
牧「ああ……(受け取って)昨日も着信あったんすよね……はい、もしもし？」

11　牧の実家・リビング(夜)

薄暗い部屋で、寝転んで電話している芳郎(よしろう)。
以下、春田宅のリビングと適宜カットバックで。
芳郎「凌太……」

12　春田宅・リビング(夜)

牧「お父さんどうした？　具合悪いの？」
春田「……え!?」
芳郎「ぎっくり……腰で……」
牧「(よく聞こえず)もしもし？」
芳郎「お尻が……拭けない……」
牧「はい？」

春田「お義父さん、なんて?」
牧「(受話器を外して)お尻が拭けないって」
春田「……ええっ?」
春田M「神様……久しぶりに聞いたお義父様の近況が、何だか不安でたまりません!」

メインタイトル
『おっさんずラブ リターンズ　第四話　お尻を拭くまで帰れま10』

13　牧の実家・表(日替わり・朝)

スーツ姿の春田が、牧の実家を見上げている。

春田「……」

14　春田宅・玄関(ちょっと前の新規回想)

牧がスーツケースを携えて玄関に立つ。
牧を見送る春田。

春田「俺、午前中にちょっとお義父さんの様子見てくるよ」
牧「……いいんですか?」
春田「だって、お義母さんも妹も海外旅行中なんだろ?　一人にしとくわけにいかないじゃん」

牧「すみません……俺も早く戻れるように調整します」
春田「おう、行ってらっしゃい！」
牧「行ってきます！」
と、牧は家を出ていく。

15 牧の実家・玄関〜リビング（回想明け・朝）

春田「ご無沙汰しておりまーすー……春田でーす……お邪魔しまーす……」
と、おそるおそるリビングに入っていく春田。
すると、リビングで変な体勢で固まっている芳郎。
芳郎「（痛くて動けない）……」
春田「お、お義父さん大丈夫ですか!?」
と、駆け寄って芳郎を支えようと体に触れる春田。
芳郎「（払いのけて）触るな!! アイタタッ……!!」
春田「春田です。春田創一です。あの、牧……凌太から……」
芳郎「勝手に入ってくるな！ 帰れ！」
春田「凌太からぎっくり腰だって聞いて様子を見にきました！」
芳郎「……凌太は何してる」
春田「今日から出張なんです。お義父さん、病院行きましょうか！」
と、芳郎の腕を持つ春田。

芳郎「(振り払い)いいから帰ってくれ……帰れ!! アイタタタ……!!」
春田「(困って)えええ……」

16 路上(朝)

キッチンカーの表に看板を出して、開店の準備をしている菊之助。
そこに、出勤途中の黒澤が自転車で通りかかる。
菊之助「あ、お兄さん!」
黒澤「(気づいて)あ、菊之助様、おはようございます」
と、自転車を停める黒澤。
菊之助「昨夜のボヤ騒ぎは、大変お騒がせしました」
黒澤「いえ、大ごとにならず何よりでした」
菊之助「あ、御礼と言っちゃなんですが、おむすびどうですか? お昼に」
黒澤「ああ、お気遣いありがとうございます」
菊之助「少々お待ちください」
と、おむすびを準備する菊之助。
黒澤「……」
× × ×(黒澤の回想)
ホテルとコッペパンの領収書を見ている黒澤。
黒澤「ホテル二名様? ……コッペパン、牛乳」

× × ×

黒澤「(独り言で)気にするな……不倫疑惑はもう晴れたのだ……これ以上深入りして何になる」

菊之助はおむすびを黒澤に手渡して。

菊之助「どうぞ。全部おかかなんですが、サイズは特別にグランデでご用意しました」

黒澤「(受け取って)ありがとうございます。それでは」

菊之助「お気をつけて!」

と、黒澤が去るのを見届ける菊之助。

菊之助「……」

黒澤が去って間もなく、一人の老婆がやってくる。

老婆「クーポン券、使えますか」

菊之助「はい、使えますよ。おかか一個ですね」

老婆「……」

菊之助がクーポン券の裏を見ると暗号がびっしりと書いてある。

菊之助「……」

おむすびを一つ老婆に手渡す菊之助。

菊之助「どうぞ、いつもありがとうございます」

老婆「どうもね」

と、去っていく老婆。

スマホで暗号を読み取ると、『口止めせよ』とある。

菊之助「(険しい表情に)……」

17　天空不動産第二営業所・廊下〜フロア（日中）

春田が午後出社で会社の廊下を歩いてくる。
そこに牧へ送ったメッセージが画面に重なって（以前に送ったという意味である）。

春田『お義父さんに追い返されちゃった』
牧『えーーっ、すみません』
春田『また夜行ってみる。ご飯作りに』
牧『いや、春田さんも仕事大変でしょ』
春田『大丈夫！　そっちも頑張って！』

春田がフロアに入ってくると、舞香がやってきて。

舞香「春田係長。3時からのリモート会議、悪いけど武川部長の代わりに出てくれる？」
春田「武川さんは？」
舞香「それがいきなり長期の休みに入っちゃったのよ」
春田「ええっ……何かあったんすかね？」
舞香「分かんないけど、つぶやきを見る限りちょっと心配ね」

と、スマホを見せる舞香。
そこには『天空のマサムネ』が『誰にも見つかることなく、ただひっそりと消滅する星もある。宇宙からのつぶやき』とある。

春田「ほんとっすね……会議、了解です」

と、春田は自分のデスクへ。
和泉は、春田に話しかける機会を窺いながらＰＣ作業をしている。
和泉「（ちらちら、と春田を見る）……」
春田「（ふと、目が合う）……」
×　×　×（春田の回想フラッシュ）
春田「あれ、えっと、俺そんな写真、撮りましたっけ……？」
菊之助「あ、いやそれは春田さんではなく……秋斗です」
×　×　×
春田Ｍ「秋斗って誰だよ……」
和泉「あの……」
春田「あ、はい、どうしました？」
そこに舞香が資料を持ってやってきて。
舞香「すみません春田係長、修正した資料をチェックしていただけませんか？」
春田「え、俺でいいの？」
舞香「武川部長がいらっしゃらないので」
春田「あ、はいはい」
と、資料を受け取る春田。
和泉「春田さん」
春田「あ、はい、なんでしたっけ」
和泉「今日、どこかでお時間いただけませんか？」

宮島「春田さーん、お客様がいらっしゃってまーす」
春田「はいはい！　あー、今日はずっと予定があって……ごめんなさい！」
と、立ちあがってフロアを出ていく春田。
和泉「……」

18　春田宅・表(夕)

19　同・キッチン〜リビング

息を切らせて帰ってくる春田。
エプロン姿の黒澤が、ちょうどキッチンで食事を作っているところである。
春田「(息を切らせて)ただいま……！」
黒澤「あ、お帰りなさいませ。本日担当させていただきます、黒澤武蔵でございます」
春田「部長すみません、これからちょっと牧の実家に行ってきます！」
と、荷物を置いたりしながらバタバタしている春田。
黒澤「どうしたの、はるたん」
春田「お義父さんがぎっくり腰になっちゃって、それで、メシとか作ってあげないといけなくて……」
不意に、お腹が鳴る春田。
黒澤「あらら、何か食べて行ったら」

春田　「いや、そんな時間もないんで、行ってきます！」
黒澤　「あ、待って！」
と、黒澤は昼にもらったグランデサイズのおむすびを春田の前に持ってくる。
春田　「……えっ!?」
黒澤　「一口だけでも」
春田　「……は、はい」
と、おむすびをパクッと一口食べる春田。
黒澤　「(見守り)……」
春田　「(もぐもぐ)はぁ……うめぇ……」
黒澤は、春田の背中に手を当てて。
黒澤　「はい、大きく息を吸って……吐いて……」
春田　「(呼吸して)ふー……」
黒澤　「(ポンと叩いて)よし、大丈夫だ。気をつけて」
春田　「……はい！　ありがとうございます！」
と、出ていく春田。
黒澤　「(微笑み)……」

20　牧の実家・脱衣所～キッチン

水浸しの洗面所を拭き取っている春田。

するると、近くにある洗濯機の完了ブザーが鳴る。

春田「はいはい」

と、洗濯機から洗い終わった下着などを取り出す。

×　×　×

キッチンに置かれたゴミを分別し、まとめる春田。

春田「（ふう、と息をついて）……」

そこに、よろよろとキッチンにやってくる芳郎。

芳郎「勝手なことをするな！」

春田「あ、今から夕飯を作りますから」

芳郎「頼んでない！　出ていけ!!」

春田「お義父さんトイレとか大丈夫ですか？　一人で行けてますか？」

芳郎「俺はお前のお義父さんじゃない!!」

と、傍にあった小さな花瓶を振り上げる芳郎。

春田「はい、はい！　また明日来ます！　お大事に！」

21　ビジネスホテル・一室（夜）

牧はパソコンを開いてビデオ通話を呼び出している。

缶ビールを飲み始める牧。

牧「もしもーし、聞こえますか？」

22　春田宅・リビング（夜）

スマホを片手に、ビデオ通話をしながら家に入ってくる春田。
以下、ビジネスホテルの牧と適宜カットバックで。

春田「（少し息が切れていて）もしもし、今帰ってきたとこー」
牧「お疲れ様です。親父がなんかすみません……」
春田「とりあえず洗濯とゴミ出しはできたんだけど、夕飯作る前に追い出されちゃったわ……ごめーん」
牧「そうなんすね……やっぱりそうか……」
春田「つーか、トイレとかちゃんと行けてんのか心配」
牧「お尻拭けないって言ってましたからね」
春田「あああ……明日、拭かせてくれるかなぁ……」
牧「いや、そこまでしなくていいっすよマジで。春田さんも仕事忙しいのに、倒れちゃうから」
春田「武川さん、長期の休みに入ったんだって。なんでか聞いてる？」
牧「いやぁ、俺は聞いてないですけど……」
春田「……そっか」

つけていたテレビ画面に、武川が登場している。
タキシード姿の武川が、段ボールで作った太陽の顔ハメパネルをつけて、レッドカーペットを颯爽と歩いてくる。

春田「ちょちょ待って待って、武川さんがテレビ出てる！」

牧「えっ!?（笑）ウソでしょ!?」

春田「つけて、テレビ!!」

牧「ええっ、武川さんがなんで!?（苦笑）」

牧がテレビをつけると、武川がレッドカーペットを颯爽と歩いてくるところである。

牧「うわ、マジか」

春田「なにこれ!?」

23　豪邸の庭のようなところ（番組内・夜）

武川と、イケメン長身男性のラガーフェルド・翔が、レッドカーペットの先で向き合っている。

武川「武川、政宗と申します」

翔「ラガーフェルド・翔です」

武川「（胸に手を当てて）緊張しています（苦笑）」

翔「（微笑み）私も緊張しています」

武川「今回は、真実の愛を求めてやってきました。これは太陽のように、ずっと明るく、あなたを照らし続けたいという意味で、手作りしてきました」

翔「（苦笑）……素敵です」

武川「僕がサンシャイーンと言うので、一緒にラーブ！(何かハートのポーズをつける)って、やってもらえますか」
翔「……わかりました(苦笑)」
武川「それじゃいきます。サンシャイーン!!!　ラ――」

24　ビジネスホテル・部屋

プチッとテレビを切る牧。
以下、春田宅のリビングと適宜カットバックで。
牧「すみません、ちょっと見てられないです」
春田「うん……俺も今切った……」
牧「武川さん……なんか爪痕の残し方、間違えてますよね……」
春田「だな……」
牧「恋愛リアリティショーか……」
春田「それで前向きになれるなら、いいと思うけど」
牧「そうっすね……」
春田「明日、またお義父さんとこ行ってくるわ」
牧「俺も、調整つけて早く帰れるようにします」
春田「ありがと……晩メシなに食った？」
牧「これからコンビニの鍋焼きうどん(と、見せる)。春田さんは？」

春田「俺は、なんだろ、サバの味噌煮かな？」
牧「今日、部長が来てくれてたんですよね」
春田「そうそう、バタバタしてたから助かったー」
牧「……」
春田「……じゃあ、また明日なー」
牧「はいはい」
春田「……」
牧「……」
春田「牧から切れよ」
牧「いや春田さん切ってくださいよ」
春田「……せーので切るぅ？」
牧「どっちでもいいから（笑）」
春田「いくよ。せーの……！」
牧「……」
春田「……」
なかなか切れない二人。
春田「もー切れよ、あっ！（先に切られる）」

25 マンションの空き室（日替わり・日中）

内見の案内を終えて、空き室の窓を閉めている春田と研修中の和泉。

春田「(大きなあくびをしている)……」

和泉「春田さん、午後はお休みですよね？　この後少し、お時間頂けませんか」

春田「ああぁ、そうですよね、何度もごめんなさい……今、義理の父が腰やっちゃってて、そっちに行かなきゃいけないんすよ」

和泉「介護、みたいなことですか？」

春田「いや、そんな大したことはできてないんだけど、ご飯食べたかなーとか、トイレ行けてるかなーとか色々気になっちゃって……(空を見て)ああぁっ、さっき雨降ってたから洗濯やり直しだ……」

和泉「あの……もし良かったら、何かお手伝い、しましょうか」

春田「いや、いいよいいよ。だって仕事あるじゃん」

和泉「私も午後、お休みにします(微笑み)」

春田「いや、なんで！」

和泉「このままじゃ倒れちゃいます。私もおむすびなら握れますから」

春田「(優しいかよ)……」

26　牧の実家・リビング(日中)

春田と和泉が実家を訪れる。

昨日春田が来た時よりも散らかっている。

春田　「失礼します、春田です、入ります、お義父さん」
和泉　「お邪魔しまーす……」
芳郎がまた別の場所で、何かに掴まったまま動けなくなっている。
芳郎　「……なんで増えてるんだ！　誰だ！」
和泉　「初めまして、春田さんの部下の、和泉と申します。お手伝いに参りました」
芳郎　「……いらないよ！　アイタタタ……」
和泉は、将棋盤などがあるのを見て。
和泉　「あ、お父さん、将棋やられるんですか？」
芳郎　「……」
和泉　「私も好きなんです。小さい頃、よく将棋会館に通ってました。後で一局どうですか」
芳郎　「……」
和泉　「あ、その前にお風呂……行きましょうか！」
と、和泉は芳郎の手を引く。
芳郎、素直に和泉の肩に掴まって移動し始める。
春田　「えええっ……なんでぇえ!?」
×　　×　　×（僅かな時間経過）
和泉と風呂上がりの芳郎が縁側で将棋を指している。
春田が取り込んだ洗濯物の山を抱えてやってくる。
春田　「あの、お義父さん……晩メシはチャーハン作ったんで、良かったら」
芳郎　「王手！　どうだ！」

和泉「あー、そう来たかー……いやーさすが強いですね、お父さん」
芳郎「(春田を見ずに)……凌太はまだか」
春田「ああ、早く帰れるように調整するって、言ってました」
芳郎「何やってんだあいつは……」
と、もぞもぞしている芳郎。
春田「トイレ、お手伝いします。行きましょ」
芳郎「いい、いらん!」
春田「行きましょうよ」
芳郎「いらんて!」
春田「……俺、お義父さんのお尻拭くまでは、帰れません!」
芳郎「……帰れ!!」
春田「もぉお――……!!(困惑)」
それを微笑ましく見ている和泉。
和泉「……」

27 わんだほう・表(夜)

28 同・中

カウンターで春田と和泉が飲んでいる。

鉄平がギターを持って二人のために歌っている。

鉄平「♪お尻お尻 Hey, Siri～　どうかお知りおきください～　お尻お尻 Hey, Siri～　俺はお前のお父さんじゃない～」

春田「何、その歌(苦笑)」

和泉「……歌手、ですか?」

春田「んなわけないでしょ、趣味で歌ってんすよ、趣味」

鉄平「『お尻ブルース』でした、サンキュー!」

和泉「牧さんのお父様は……春田さんのこと、嫌いじゃないと思います」

春田「いや、めちゃくちゃ嫌われてるでしょ」

和泉「んー単に恥ずかしいのかなって……俺は、思います」

春田「そうかなぁ……あ、そうだ。俺に話したいこと、あるんですよね」

和泉「はい……秋斗のこと、ちゃんとお話し、したくて」

と、ペンダントを開けて見せる和泉。

春田がペンダントを開くと、弾ける笑顔の秋斗。

春田「すっげえな……これ、めちゃくちゃ似てません!?」

と、弾ける笑顔をして見せる春田。

和泉「すごい、似てます」

春田「ですよね!?　これホントに俺じゃないんすか!?」

和泉「秋斗は私の後輩でした。その話を春田さんに聞いてもらおうと思って」

春田「は、はい……」

和泉「私の前職は警察官でした」
春田「はい……それは、なんとなく」
和泉「秋斗と出会ったのは警察学校で、私はそこで教官をやっていました」

29　警察学校・訓練場（和泉の回想）

教官の和泉のもとに、走り終えた警察学校の生徒たちが集まっている。
生徒たちの中に菊之助と秋斗がいる。
そして、最後に一人の生徒が倒れ込むようにやってくる。
和泉「遅い。連帯責任で全員あと10周！」
生徒たちは一瞬、エッとなるが、菊之助を先頭に、すぐに声を出して走り始める。
だが、秋斗は和泉を挑戦的に睨み付け、歩いてくる。
秋斗「……」
和泉「何してる、早く走れ！」
秋斗「……連帯責任っていつの時代すか。バカバカしい」
と、吐き捨ててその場を立ち去ろうとする秋斗。
和泉は追いかけて秋斗の胸倉をガッと掴む。
秋斗「……殴るんすか。どうぞ？」
と、顔を横に向けて挑発する秋斗。
和泉「お前みたいな、命令を聞けない奴から死んでいくんだよ」

秋斗「(ふっと笑って)じゃあ、死にまーす」
　と、秋斗は和泉の腕を振り払い、悠然と去っていく。
和泉「(なんだあいつ)……」

30　同・教官控え室(和泉の回想)

　生徒のプロフィールをパラパラとめくり、秋斗の情報に目を留める和泉。
和泉「……」
　そこにやってくる先輩教官の足利尊(たける)(52)。
足利「真崎秋斗、どうかしたか?」
和泉「いえ……」
足利「学力も体力も成績は断トツトップ。10年に一度の逸材なんだろ?」
和泉「……そうは、思えませんが」
　と、不機嫌にプロフィールを閉じる和泉。

31　わんだほう・中(回想明け)

　春田と和泉が話している。
春田「え、ちょっと何から突っ込んでいいのか……めちゃくちゃ生意気っすね、秋斗!」
和泉「はい……超問題児でした(苦笑)」

春田「つーか和泉さんが胸倉掴むとか、全然想像つかないです」
和泉「(微笑み)そういう時代も、ありました」
春田「……それで、お二人はどうなったんですか?」
和泉「数年後、私が公安に異動して、とあるテロ事件を捜査することになって、秋斗と再会したんです」
春田「公安……」

×　×　×(春田の回想フラッシュ)

和泉「……※と……公安なんだ……」

×　×　×

春田「えっ、和泉さんって、今も公安の警察官なんですか?」
和泉「いや、違います」

×　×　×(和泉の回想フラッシュ)

和泉「……もと……公安なんだ……」

×　×　×

和泉「元です」
春田「いや、紛らわし!」

32　和泉宅・表(夜)

33　同・リビング

黒澤が仕事を終えて、エプロンを外している。
それを見ている菊之助。

菊之助「……」

× × ×(菊之助の回想フラッシュ)

キッチンカーで暗号を解読している菊之助。

菊之助「……」

スマホで暗号を読み取ると『口止めせよ』とある。

× × ×

菊之助「……」

黒澤「本日でお年玉キャンペーンは終了となります。もし、継続をご希望される場合は――」

菊之助「あの、黒澤さん」

黒澤「はい」

菊之助「あなたのことは一通り調べさせて頂きました。俺たちのこと……何か、探ってますよね」

黒澤「……何のことでしょうか」

菊之助「とぼけないでください。領収書とかゴミとか」

黒澤「いや、そ、そんなことは……」

菊之助「……実は、公安なんです」

黒澤「はい?」

菊之助「私は現役の公安警察官で、和泉はOBなんですが」

ミーハー心でテンションの上がる黒澤。

黒澤「えぇーっ、公安って、公共の安全と秩序を維持することを目的とする、あの、公安警察？」
菊之助「ええ」
黒澤「うわー、ヴィヴァンで言うところの野崎さんでしょ!? え――、ホントにいるんだぁ！」
菊之助「（毅然と）ホテルやコッペパンの領収書は、すべて事件の張り込みに使ったものです」
黒澤「はぁあ、なるほどなるほど……」

34 わんだほう・中（夜）

春田と和泉が飲みながら話している。

春田「張り込み……ですか」
和泉「はい、張り込み中、いろんなこと話してるうちに……まあ、秋斗もそれほど悪いヤツじゃないってことが分かってきまして」

35 港・車中（和泉の回想・夜）

運転席の和泉と助手席の秋斗は、車内でイチゴジャムコッペパンを食べている。
和泉は車窓から倉庫の様子を窺っているが、秋斗は飽きてシートを倒し、スマホを見ている。

秋斗「和泉さぁーん……いつまで待ってんすか？ もー、俺に行かせてくださいよー」
和泉「黙れ、ガキ」

秋斗　「こんなの5分あればすぐ片付きますから」
和泉　「(無視して外を見ている)……」
　　　秋斗、不意に起きあがる。
秋斗　「だいたい、あいつら(油断してるから)――」
　　　その瞬間、敵のサーチライトが車内を照らしてくる。
和泉　「伏せろ!!」
秋斗　「え!?」
　　　和泉は、秋斗の頭をおさえて押し倒す。
　　　それはまるでスローな世界で……。
　　　ライトは二人を照らさず、通り過ぎていく。
　　　抱き合った状態でシートに伏せている和泉と秋斗。
和泉　「……」
秋斗　「……」
　　　お互いにイチゴジャムを口の周りにつけている。
和泉　「(ふっと笑い)ジャムなんかつけて、子どもかよ」
　　　と、秋斗の鼻についたジャムを乱暴にぬぐう和泉。
秋斗　「んああっ(振りほどいて)和泉さん……ジャムはこうやって取るんだよ」
　　　と、秋斗は和泉の口についたジャムをキスするように取る。
和泉　「(んぐっ)……!」

36　わんだほう・中（回想明け）

春田と和泉が話している。

春田「うわうわうわ……めちゃくちゃ小悪魔っすね……」
和泉「まあ、いつの間にか、そういう仲になってたんです」
春田「そうだったんですか……」
和泉「……すみません、ちょっと話しすぎましたね」

と、酒を飲む和泉。

春田「いやいや……ずっと気になってたんで」
和泉「……」
春田「で、その……秋斗さんは今……」
和泉「……」
春田「……」
和泉「私が殺したんです」
春田「……ええっ!?」

37　警察署内・廊下（和泉の回想・日中）

部屋から廊下に出てきた和泉、留守電を再生する。

秋斗の声「（ピー）和泉さーん、寝てんの!?　もー、俺、先行っちゃうよ」

和泉「……」
スマホをしまい、走り出す和泉。

38　港・倉庫（和泉の回想）

秋斗が倉庫に潜入している。
先に進もうとしたところで、背後に気配を感じる。
秋斗「!?」
振り返ると、和泉がいきなり秋斗の胸倉を掴む！
和泉「勝手な真似すんじゃねえよ、死にてえのか！」
秋斗「……いつまで俺のこと、ガキ扱いしてんすか。もうあんたの生徒じゃないんすよ」
和泉「あぁっ!?」
次の瞬間、足音が聞こえてきて、二人は狭い隙間に隠れる。
お互いに立って抱き合うように密着して、敵にバレないように息を殺している。
和泉「……」
秋斗「……（ふっと笑う）」
和泉「……なんだよ」
秋斗「抑えろよ……心拍数」
和泉「（睨み）……」
秋斗「そんな怖い顔しない（苦笑）」

足音が消えたので、秋斗はあたりを警戒しつつ、狭いところから外に出て、和泉のほうを振り返る。
その瞬間——。

秋斗「！」

突然、プシュッと胸を撃たれる。
そのまま、ゆっくりと崩れ落ちる秋斗。

和泉「(何が起きたか解らず)……秋斗？　……秋斗!!」

思わず、駆け寄っていく和泉。

秋斗「……来るな！」

と、秋斗は力を振り絞って、和泉を庇うように抱き、銃撃があったほうに背を向ける。
次の瞬間、秋斗の背中にさらに銃弾が撃ち込まれる。

和泉「……秋斗!!　秋斗!!」

39　わんだほう・中(回想明け)

春田は涙ぐんで話を聞いている。

春田「……うそでしょ……なんで……」

和泉「あいつは私をかばって……」

春田「秋斗さん……(と、涙ぐんでいる)」

和泉「なんで春田さんが、泣いてるんですか……(苦笑)」

春田「……すみません」
和泉「全部忘れるつもりで警察を辞めて、再出発したはずだったのに……あなたが目の前に現れた時は、本当にびっくりしました」

× × ×（和泉の回想）

和泉「……」
春田「……」
和泉「あっ……（何か言おうとするが）」

× × ×

和泉「運命というのは残酷だな、とも」

40　和泉宅・リビング（夜）

黒澤と菊之助が話している。
黒澤「じゃあ、じゃあ、えーっと、和泉くんがはるたんにキッスしてたのは……」

× × ×（黒澤の回想フラッシュ）

春田の唇を奪う和泉。
そこに黒澤が通りかかり、目撃する。
黒澤「（叫びそうになり、口元を押さえて）んんー――!!!!」

× × ×

菊之助「意識が朦朧とする中、秋斗の面影と重なったんだと思います」

黒澤「そういうことだったのか……じゃあ彼にとっては、死んだ恋人に瓜二つの男が帰ってきたかのような……」
菊之助「はい、そんな心境だったと思います」
黒澤「冬のソナタじゃないですか！」
菊之助「まさしく……」
黒澤「ヨン様、いや菊様は……そんな彼を精神的に支えてきたわけですか」
菊之助「はい。秋斗が亡くなった後、和泉とバディを組んできたので……ただ私の上司からは、和泉と早く手を切るように言われています。もう公安の人間じゃないですからね」
黒澤「それでも、見捨てることはできない……」
菊之助「ええ。全てを忘れて転職したと言ってますが、本当は違うんです。和泉は今、テロ組織に復讐することだけを考えている。今も、復讐に行っては返り討ちにあって……」
黒澤「……」
×　×　×(回想フラッシュ)
血だらけで倒れている和泉。
×　×　×
菊之助「天空不動産に入ったのは、テロ組織が潜伏する土地の情報を掴むためなんです」
黒澤「……」

41　わんだほう・中

いつの間にかカウンターで眠っている和泉。

春田「……あれえ、和泉さん、寝ちゃった?」

和泉の頬を伝っていた涙をそっと拭いてあげる春田。

春田「もー、無防備だな……ホントに元公安なの?」

すると、そこに店の奥からちずがやってきて。

ちず「吾郎寝ちゃった~……あ、春田来てたんだ?」

春田「うん、和泉さんと話してた」

ちず「ねえねえ、さっき奥でテレビつけてたらさ、武川さんにすっごい似た人が出てきたんだけど」

春田「あ、それたぶん本物」

ちず「え、そうなの!? リモコンリモコン!」

と、店内にあるテレビのリモコンを探し出すちず。

42 橋(夜)

都会の大きな橋を歩いている黒澤と菊之助。

菊之助「長い話に付き合って頂き、ありがとうございました」

黒澤「なぜ、このような大事なことを、私に話してくださったんですか」

菊之助「……」

黒澤「……!?」

ふと暗い海を見て、自分の身が怖くなる黒澤。

黒澤「……まさか、菊様……」

菊之助「(微笑み)なんですか?」

黒澤「ちょっ、待って、誰にもしゃべりませんから!　私は口が堅いことには定評がありまして、知人からはよく、鋼鉄の唇だと……」

菊之助「(微笑み)もちろん、信頼してます」

黒澤「えっ……」

菊之助「勘の良いあなたにはいずれ分かってしまうことです。ならば、少しずつ情報が漏れていくより、全てを知ってもらった上で、我々を支えて頂きたいと思ったんです」

黒澤「……」

菊之助「よろしければ特製のおむすびを、お受け取りください」

と、バスケットを開いて見せる菊之助。

そこにはズラリとおむすびが並んでいる。

黒澤がおむすびを一つ避けると一万円札の福澤諭吉の肖像画と目が合う。

黒澤「いやいや!　これは受け取れません」

菊之助「……黒澤さん」

黒澤「手前味噌で恐縮ですが、私は誇り高きユニコーン家政夫でございます。こんなものを頂かなくても、お客様の個人情報を口外することは一切ございません」

菊之助「ですが……(と、再び渡そうとする)」

黒澤「あなたはこれまで、相当なご苦労があったんでしょう。時には人間の裏切りに、失望してきたのかもしれません。ですが菊之助様。どうか人を信じることを、諦めないで」

菊之助「(グッときて)……失礼しました」

と、バスケットを閉じる菊之助。

黒澤「それでは、本日は黒澤武蔵が担当いたしました。失礼します」

と、去っていく黒澤。

菊之助「(素敵な御仁)……」

43　豪邸のような家の庭先(番組)

カクテルパーティの最中、武川とラガーフェルド・翔が話している。

翔「(流暢に)おむつpartner?」

武川「はい。将来、お互いにおむつを替えっこできるような、おむつパートナーを探しに来ました」

翔「(神妙に)……おむつpartner……」

44　わんだほう・中

テレビを見ながら話している春田とちず。

春田はキーマカレーを食べている。

ちずはホットチョコレートを飲んでいる。

ちず「分かるな〜、私も老後のこと考えるもん」
春田「えー、ちずも？」
ちず「だって子どもはいずれ独立するし、最後は一人じゃん？　介護のこととか心配だよ」
春田「牧のお父さんも今、腰痛めててさ。誰もいなくて大変なんだよ」
ちず「春田が面倒見てるの？」
春田「全然うまくいってないけどねー。こっちはお義父さんのお尻拭くつもりで行ってんだけど」
ちず「義理のお父さんのお尻を？」
春田「うん、だって動けないから」
ちず「え、トイレの後に……拭いてあげるってことだよね？」
春田「あのさ、俺いまキーマカレー食ってるから」
ちず「（感心して）やっぱ春田って人類愛の人だわ……いやぁ……ノーベル平和賞あげたい」
春田「なんだそれ（笑）　でも一人で空回りしてさあ、もう疲れた……」
ちず「育児と違って介護は突然やってくるって言うしね。心の準備もできないし、わーっとなっちゃう人が多いんだって」
春田「俺やん」
ちず「それに周りに相談できる人も少ないじゃん？　一人で抱え込んで、うまくいかない自分を責めちゃったりするんだって」
春田「俺やん！」
ちず「まー、私は愚痴を聞いてあげるぐらいしかできないけど、ちょっと肩の力、抜きな」

スッと起きあがる和泉。

和泉「(目は半分閉じている)……」

春田「あ、和泉さん起きた。帰ります?」

和泉「……春田さん」

春田「はい」

和泉「将棋のルール、覚えるといいですよ」

春田「えっ?」

和泉「牧さんのお父さん……ホントは春田さんとちゃんと話したいんです」

春田「……そうかなあ?」

和泉「でも目を合わせるのが、たぶん苦手みたいで……将棋だと、相手の目を見なくていいから」

春田「……」

ちず「(テレビ見ながら)あ、武川さん……」

春田「(見て)えっ……」

ローズセレモニーにて、ローズをもらえずに一人佇んでいる武川。

武川「……」

ちず「ああっ……ローズもらえてない!」

春田「え、え、武川さん、もう脱落!?」

45 リムジンが停まっている場所(番組)

（帰りの）リムジンが停まっている。
武川が歩いてくると、リムジンのドアを開ける係員。
だが、武川は乗る直前で立ち止まり、その場にしゃがみ込む。

武川「（号泣）ぁあああぁぁはぁあああああっ…………!!!」
一方、そんな武川の後ろ姿を、離れたところで見ているラガーフェルド・翔。

翔「（切なげに）……」

46 牧の実家・表（日替わり・日中）

47 同・リビング

将棋盤を挟んで向かい合っている春田と芳郎。

春田「えっと……この駒（飛車）って、ナナメ行けました？」
芳郎「ダメに決まってるだろ！」
春田「はい、はい、すみません（と、駒を戻す）」
芳郎「……」
春田「……」
芳郎「……うまかった」
春田「え？」
芳郎「お前のチャーハン……うまかった！」

春田「ああ、食べてくれたんですね!? あざっす!!」
芳郎「……うまくやってんのか、凌太と」
春田「あ、はい。今年からやっと一緒に暮らせるようになって。こないだは一緒に買い物行って、スーツケース買ったり、二人でお揃いのルームウェア買ったり」
芳郎「……お揃い? あいつそんなもの着るのか」
春田「嫌々ですけどねー。やっぱまだ、すれ違いは多いです」
芳郎「まあ、もとは他人だしな……家族になるっていうのは簡単じゃねえよ」
春田「そうっすね……でも俺、父親がいないんで、お義父さんと家族になれるの……すっげえ嬉しいです」
芳郎「……ほんとかよぉ」
春田「ほんとです。もっと家族みんなでわいわいホームパーティとかしたいっすもん」
芳郎「そういうのは好かん」
春田「あ、そこは凌太と一緒なんすね(苦笑)」
芳郎「……そうなのか。お前にそういう話を聞くまで、凌太のこと、よく分かってなかったわ(苦笑)」
その時、春田のスマホが着信する。
春田「あ、凌太からです。もしもし?」

48 春田宅・玄関〜リビング

牧がスマホで通話しながら玄関に入ってくる。
以下、牧の実家と適宜カットバックで。

牧「すいません、ちょっと出張切り上げて帰ってきました。今、俺の実家ですか？」
春田「うん、お義父さんの腰、だいぶ良くなったって〜」
牧「(ホッとして)良かった……春田さん、ほんとに助かりました」
春田「ううん、牧も出張、お疲れ様」
牧「今から俺も行きます！」
春田「いいよいいよ、疲れてんのに。お義父さんには言っとくから」
牧「いや、大丈夫です、すぐに——」
と、牧の視界に飛び込んできたのは、リビングに倒れている黒澤の姿。
牧「部長……!?　え、部長大丈夫ですか、部長!?」
春田「えっ!?　部長がどうしたの？　もしもし？」

49　牧の自宅・リビング(日中)

春田、電話を切って。
春田「(心配)……すみません、帰ります！」
と、立ちあがる春田。
芳郎「……」
春田「お義父さん、近いうちに改めて凌太とご挨拶させてください」

芳郎「……」
春田「……お義父さん？」
芳郎「トイレ」
春田「あ、トイレですか!?　行きましょう、トイレ！」
芳郎「なんでそんな嬉しそうなんだ」
立ちあがる芳郎を優しく支える春田。
春田「大きいほうですか？　小さいほうですか？」
芳郎「……大きいも小さいもない！」
春田「なんすかそれ(笑)　ねえ、お義父さん」
芳郎「……」
春田「お尻……拭かせてもらっても、いいですか？」
芳郎「……(こくりと頷く)ん」
春田「っしゃああ！」
と、言いながら春田と芳郎は、トイレに向かって歩いていく。

50　春田宅・リビング(日中)

牧、黒澤に駆け寄って。
牧「部長、大丈夫ですか!?」
黒澤「大丈夫だ……電球を替えようとして、ちょっと踏み外してしまった」

牧「もう、危ないなあ……ほら、掴まってください」
黒澤「……すまない、牧」
と、牧に掴まる黒澤。
牧は、黒澤の手を見て……。
牧「(感慨深く)……」

51 墓地(日中)

墓石に水をかけている菊之助。
和泉は特になにもせず、後ろから見ている。
和泉「……」
菊之助「あの家政夫さん、室内を少し物色した形跡があったんで、釘を刺しときました」
和泉「俺も春田さんに……話した」
菊之助「え?」
和泉「秋斗のこと」
菊之助「ああ……」
和泉「話せば楽になるかと思ったけど……逆だな」
菊之助「……」
和泉「絶対許さねえ……必ずこの手で……」
菊之助「もう、過去に縛られるのはやめてください」

和泉「（微笑み）冗談だよ。心配すんな、弟」
と、菊之助の頭をぐしゃっとして、去っていく和泉。
その背中を見つめる菊之助。
菊之助「……」

52　春田宅・リビング（夕）

慌てて帰ってくる春田。
春田「（息を切らせて）部長は!?　ヤバいって何!?」
牧「部長はさっき帰りました。足をちょっと、ひねったみたいです」
春田「ええええ!?　もー、なんだよ……めちゃくちゃ心配したじゃん……!!」
牧「すみません」
春田「はぁ……疲れた……」
牧「北海道でおつまみ買ってきたんで、飲みますか」
春田「いいね、飲もう」
牧「じゃあ、これに着替えて」
と、ルームウェアを投げて渡す牧。
春田「（受け取って）……分かってんじゃん（笑）」
×　×　×（時間経過）
お揃いのルームウェアを着て、缶ビールで乾杯する春田と牧。

牧　「ほんとに、ありがとうございました」

春田　「最初はどうなるかと思ったけどな〜」

牧　「あの人、極度の人見知りなんです……」

春田　「でも最後はちゃんと、お尻拭かせてもらえたー」

牧　「(微笑み)……優しいですね、春田さんは」

春田　「だって……家族じゃん?」

牧　「……え?」

春田　「牧の家族は、俺の家族でもあるからさ。楽しい時も大変な時も、分かち合いたいって思ってる」

牧　「それマジで言ってます?」

春田　「うん」

牧　「尊すぎて引くわぁ……!」

春田　「引くなよ(笑)」

牧　「部長って……会社にいるときは、すごく大きい存在だったじゃないすか」

春田　「そうだね、リーダーシップあって格好良かった」

牧　「でも今日、体を支えた時に、あれ……こんな小さかったっけって……」

×　×　×(牧の回想フラッシュ)

牧は、黒澤の手を見て……。

牧　「(感慨深く)……」

×　×　×

春田「いやいや、昔と変わんないよ。まだ60でしょ（苦笑）」
牧「いつまでこの人と口げんかしたりできるのかなって思ったら……なんか急に切なくなって……変ですよね」
春田「全然変じゃないよ。部長も家族みたいなもんじゃん？」
牧「いやいや、それは違うでしょ（笑）」
春田「あれ？　姑って家族じゃないの？」
牧「そもそも姑じゃないから！」
春田「そんなこと言わないでさー、みんな家族になって、仲良くおむつパートナーになってさ、おむつ同盟結んだらいいじゃん」
牧「いやーー、俺はいいっすわー（笑）」
などと、談笑している春田と牧。

53　和泉宅・リビング（夜）

一方、ソファでうたた寝している和泉。
菊之助が、和泉に毛布をかけている。
菊之助「……」
×　　×　　×
和泉「（微笑み）冗談だよ。心配すんな、弟」
と、菊之助の頭をぐしゃっとして、去っていく和泉。

×　×　×

菊之助は、眠っている和泉の唇にキスをする。

やがて唇を離して、菊之助は和泉の寝顔を見つめる。

菊之助「……弟なんかじゃねえよ」

第五話へ続く

#5

私を熱海につれてって

1　商店街（夕）

黒澤は仕事終わりに自転車に乗って、上機嫌な様子で商店街を通過している。
ふと、スマホが鳴って自転車を停める黒澤。

黒澤「（電話に出て）はい、ばしゃうまクリーンサービスの黒澤でございます。（エプロンのポケットから紙を取り出し、裏にメモを取る）明日夕方5時に、芽依様をインターナショナルスクールにお迎えですね、かしこまりました」

黒澤、電話を切る。メモをひっくり返して表を見ると、商店街の『ファミリー福引き券』と書いてある。

黒澤「福引き……か」

少し離れたところから、カランカランと当たりを知らせるベルの音が聞こえる。

黒澤「（その方向を見て）……」

2　同・福引き会場

福引き会場の立て看板には、一等（赤）『熱海旅行券』、二等（青）『商店街クーポン2万円分』、三等（黄）『トイレットペーパー一年分』、四等（緑）『あったかグッズ詰め合わせ』等と書かれている。
ガラガラ（新井式回転抽選器）の前で、ぶつぶつと念じている黒澤。

黒澤「ここは三等、トイレットペーパー一年分を狙うのが現実的だろう……日本人一人あた

係　りの年間使用量は平均で約90ロール。つまり7袋か8袋……うむ、悪くない！」

黒澤　「それでは一回ですね、お願いしまーす」

「いでよ、黄色!!　はぁあああっ!!!」

　　　と、黒澤が気合いを入れて抽選器のレバーを回すと、トレイの上に、コロンと赤玉が出る。

黒澤

　　　と、何が当たったのか分からない黒澤。

黒澤　「……赤……赤!?」

　　　次の瞬間、ベルが派手に鳴らされる。

係　「(マイクで)おめでとうございまーす!!　一等が出ました、熱海旅行券でーす!!」

黒澤　「……え」

3　黒澤宅・リビング～ダイニング(夜)

　　　黒澤が帰宅し、電気を点けると誰もいないリビング。

黒澤　「ただいまー……(返事がないので)お帰りー……」

　　　荷物を置き、椅子やソファに腰かける。

黒澤　「(ふう、と息をついて)……」

　　　テレビをつける黒澤。独居老人の特集が始まる。

　　　『孤独死』『終活』などのテロップが並ぶ。

番組N「65歳以上の一人暮らし世帯は、2020年には700万人を超え、2040年には8

96万人に達すると予想されています」
黒澤「(寂しい)……」

4　春田宅・表(日替わり・朝)

5　同・リビング

ワイシャツにアイロンをかけている牧と、リビングでネクタイを締めている春田。
春田「なぁ牧。次の土日は営業所に電気工事が入って俺、休みなんだけどさ、牧はなんか予定あるぅ？」
牧「ああ……」
春田「勉強？」
牧「そういや、新婚旅行も行ってないし……その代わりっちゃなんですけど、温泉とか行きます？」
春田「え、え、行く行く！　え、牧、大丈夫なの!?　マジ!?　どこ、どこ行く？　草津？　鬼怒川？」
と喜びながら、跳ねるように牧に近づいていく。
牧「まあ、近場でどっか考えますか。ってかそれ、俺のネクタイですよね？」
春田「あ、おう、借りた～(と、誇らしげに見せる)」
牧「もー、勝手に取るのやめてくださいよ。それ大事なやつだから(苦笑)」

春田「いいじゃん別に、俺のも使っていいぜー」
牧「いらないっすよ、ほら、襟が曲がってる！」
　と、春田の前に立ち、首周りの襟をきちんと正してあげる牧。
春田「(見つめ)……」
牧「(見つめ)……」
春田「まあきいー！」
　と、嬉しさが込み上げて抱きつく春田。
牧「うざいうざいうざい、離れろ、うざい！」
春田「温泉！　温泉！」
　と、抱きついたままピョンピョン跳ねる春田。

6　天空不動産第二営業所・フロア(朝)

　キリッとした表情で出社してくる春田。
　ＰＣ作業をしている和泉のそばを通りかかって。
春田「おざ――す！」
和泉「おはようございます。あ、春田さん……」
春田「ん？」
和泉「お尻……拭けましたか？」
　ザッと、周りの社員たちが春田に注目する。

春田「ちょっ！　何！」
和泉「(小声で)あの、お義父さんの……」
春田「ああ、はい、無事に……拭けました」
和泉「そうですか、良かった(微笑み)」
春田「和泉さんが助けてくれたおかげです」
和泉「いえいえ、私は何も」
一方、武川はデスクでいつもと変わらず、きびきびと手際よく業務をこなしている。
そんな様子をチラっと窺う春田。
春田「……」

×　×　×(春田の回想)

武川がリムジンの前でしゃがみ込んで。
武川「(号泣)ぁあああぁはぁああああっ…………!!!」

×　×　×

春田「武川さん……」
いつの間にか舞香がやってきていて。
舞香「(デカい声で)まさか、最初で脱落するとは思わなかったわね！」
春田「ちょっ、舞香さん！(抑えめに)え、これって触れていい空気なんすか？」
舞香「腫れ物扱いするほうが残酷でしょ」
春田「は、はぁ……」
舞香「長期休みの申請が、一週間に短縮なんて……切ない！」

春田「でも案外、引きずってなさそうですよね？」
舞香「そうかしら。これ、武川部長から伝言」
と、付箋に書かれたメモを渡す舞香。
春田「？」
走り書きで『ランチMTG　OK？』とある。
春田「ランチ……ミーティング」

7　天空不動産本社・表（日中）

8　同・廊下

出迎えのため、廊下に出てきている栗林。
そこに、ちずを始めとする数人の広告代理店チームがやってくる。
栗林「あ、ちーちゃんー（と、手を挙げる）」
ちず「おー―、麻呂くん、久しぶりー！」
栗林「なんかここで知り合いと会うの、変な感じっすね」
ちず「ねー。今日は電博堂（でんぱく）の営業として来ました、よろしくお願いします」
と、礼をするちず。

9　同・会議室

牧、栗林、ちず、他社員たちが、『熱海トロピカルリゾート』の広報展開の打ち合わせをしている。

栗林「『熱海って、あったかみ！』『近いぞ熱海！　品川から40分！』『熱海がアツい！』などとキャッチコピーが書かれた広告デザインの候補を机に並べてプレゼンしている、ちず。

牧「俺はこの『熱海って、あったかみ！』に一票っすね」

ちず「これはどこに展開させるんですか？」

牧「まずは都内の電車広告をメインにして、休みの日にちょっと買い物に行くような手軽さをアピールしていけたらなって思ってます」

ちず「へぇー熱海まで40分なんすね……知らなかった」

栗林「でしょ？　新幹線乗るけど」

ちず「そういうカラクリか……まあでもゲキチカっすね」

栗林「こないだ息子連れて熱海に行ってきたんですけど、すっごい良いとこですよね」

ちず「そう、俺も蝶子もガッツリ観光するより、最近はこういうゆる旅のほうが好きなんすよ」

栗林「あ、ムーンテラスで息子と写真撮ったんですよ（と、スマホを取り出す）」

「え、え、見せて見せて」

などと、熱海の名所で盛りあがる二人。

牧はデザインを見ながら、前向きに考えている。

牧「（ふうむ、と）……」

10　天空不動産第二営業所・屋上（日中）

春田はサンドイッチ、武川はおむすびを食べている。
しばし、無言の時間が流れる。

春田M「え、なんなの？　俺はあの番組、見てたテイ？　それとも見てなかったテイ？　どっちでいけばいいの？」

武川「見たか？」

春田「あ、えっと、はい、テレビ、見ました……びっくりしました」

武川「……知り合いが応募したんだ、勝手にな」

春田「そうですか……残念……でしたね」

武川「くくく……（突然笑い出して）は――っはっはっ!!」

春田「（戸惑い）え、えええっ……!?」

武川「あれはエンターテインメントだからな！　番組の構成上、俺を最初に落としたほうが盛りあがるってことだ！」

春田「あ、そういうことなんすか？」

武川「俺が本当に失恋して、本気で落ち込んでるとでも思ったか（笑）！」

春田「えええっ、あ、違うんですか？　なんだ……テレビでは泣いてるように見えたんで、てっきり……！」

武川「（急に真顔で）落ち込んだよ」

春田「いや、なんなんすか！」

武川「お前に一つ頼みたいことがあってな」

春田「……はい、俺でよければ、なんでも」

武川「牧凌太を、俺に貸してほしい」

春田「……えっ!?」

武川「ラブ・トランジットっていう恋愛番組があるんだ。それに是非、応募したい」

春田「えええ……それで、なんで牧が必要なんですか」

武川「元彼と応募するのが参加条件なんだ」

春田「え、嫌です嫌です、貸さないです！」

武川「今さら俺たちがどうかなるわけじゃない。中にはどうかなるカップルもいるが、俺は大丈夫だ」

春田「いやいや、絶対嫌です!!」

武川「頼む、牧凌太を俺に貸してくれ……牧凌太を……」

と、ベンチを降りて正座する武川。

春田「ちょちょちょちょ、何してんすか、武川さん、武川さん!!　土下座はやめてください、土下座は……」

武川、頭を床につけて土下座するのかと思いきや、そのままゆっくり三点倒立をする。

武川「……この通りだ！」

春田「(唖然)……ちょ、武川さん！　武川さん！」

倒立した武川の足を、そっと支える春田。

11　どこかの公園広場(日中)

キッチンカーで菊之助がおむすびを販売している。

菊之助「……」

×　×　×(菊之助の新規回想)

菊之助は、眠っている和泉の唇にキスをする。

菊之助「……弟なんかじゃねえよ」

和泉「……」

菊之助「……」

和泉「(寝言で)……春田、さん……」

菊之助「!?　……(春田さん、だと?)……」

×　×　×

蝶子「こんにちはー」

菊之助「(ハッとして)あ、いらっしゃいませ」

蝶子「おかかおにぎりのトールサイズを、２個」

菊之助「毎度ありがとうございます。今日も４チミンの推し活ですか?」

蝶子「ううん、今日はね、弟分のハイ４(フォ)ンってのがいるんだけど、そのお披露目ライブなんだ」

菊之助「弟分……ですか」

×　×　×(菊之助の回想)

和泉「(微笑み)冗談だよ。心配すんな、弟」

と、菊之助の頭をぐしゃっとして、去っていく和泉。

×　×　×

菊之助「(手が止まり)……」

蝶子「どうしたの？　なんかあった？」

菊之助「いや、まあ……好きな人から弟扱いされて、もやもやするっていう、よくある話です」

蝶子「そっか……それは辛いね」

菊之助「(おむすびを握っている)……」

蝶子「……それって、和泉くん？」

菊之助「(戸惑い動揺)ええええっ!?　あっ、いや……」

蝶子「あ、当たっちゃった？　ごめん……」

菊之助「あああ……(おむすびがぐちゃぐちゃになり)ダメだ……すいません、今日は店じまいです」

パタン、と『ごはんがなくなりました』の札を立てる菊之助。

×　×　×(僅かな時間経過)

キッチンカーの近くのベンチに座っている菊之助と蝶子。

菊之助「まあ、今さら兄弟みたいな関係を変えるなんて、無理な話なんですけど」

蝶子「んーどうかな……。和泉くんに今好きな人がいないなら、チャンスあるんじゃない？」

菊之助「和泉は昔、私の同期と付き合ってて……そいつはもう亡くなっているんですが、まだ忘れられないみたいで」

蝶子「えええ……」

菊之助「しかも最近は、その面影を春田さんに重ね始めていて」

蝶子「え、春田くんに!?　なんで!?」

菊之助「瓜二つなんです。その、和泉の死んだ恋人と」
蝶子「あら……それは菊様の心中も穏やかじゃないね」
菊之助「ええ……」
蝶子「春田くんってホントに存在が罪よね……」

12 天空不動産第二営業所・フロア(日中)

PC作業をしている春田、豪快にくしゃみをする。
春田「っぇえぇいぃ――……誰か俺のウワサしてんのかなー」
続いて、和泉がくしゃみをする。
和泉「クシュッ!」
春田「あ、和泉さんもウワサされてんじゃないですか?」
和泉「……いや、風邪かもしれないです」
さらにくしゃみをする和泉。
春田「しんどいなら、無理しないでくださいね」
和泉「でも、熱はないと、思います」
春田「……ホントに?」
と、和泉の額に手を当てる春田。
和泉「!」
春田「いや、熱っつ! 早退してください! 今すぐ!」

和泉「……」

13　どこかの公園広場（日中）

蝶子と菊之助がベンチで話している。

菊之助「近いうちに、今の家を出ようと思うんです」
蝶子「えっ……」
菊之助「もともと、私と和泉は仕事で組んだきっかけで暮らし始めたんです。でも、一緒にいても辛いだけなので……」
蝶子「菊様の気持ちは、伝えなくていいの？」
菊之助「そうですね……返ってくる答えは分かってるので」
蝶子「そっか……それで後悔しない？」
菊之助「心残りがあるとすれば、和泉を過去の呪縛から救えなかったことですね。あいつを忘れろとは、言えなかった」
蝶子「菊様にとっても、その同期は大切な人なんでしょ」
菊之助「大切……（苦笑して）ははは、そう、ですね」
蝶子「……」

14　商店街（夕）

薬局から出てくる和泉。

和泉「……」

手には風邪薬の袋と、もらった福引き補助券（5枚集めると1回抽選できる！）を持っている。

和泉「あと4枚……か」

ふと、不穏な気配がして雑踏を見やる和泉。

和泉「……?」

すると怪しげな人影が、踵を返して去っていく背中が見える。

×　×　×（和泉の回想フラッシュ）

秋斗「……来るな！」

と、秋斗は力を振り絞って和泉を庇うように抱き、銃撃があったほうに背を向ける。

次の瞬間、秋斗の背中にさらに銃弾が撃ち込まれる。

×　×　×

和泉、ゆっくりと走り出す。

商店街の人ごみをかきわけ、スピードをあげて走っていく和泉。

次の瞬間、何者かに腕を掴まれる。

和泉「!?」

見ると、足利尊である。

足利「……」

和泉「……足利さん」

足利「お前は警察辞めて、家売るオトコになったんじゃないのか?」
和泉「あ、はい……」
足利「余計なことするな。家に帰って大人しく風邪でも治せ」
と、無理やり紙の束を握らされる和泉。
足利は雑踏の中に去っていく。
和泉が握らされた紙の束を見ると、福引き補助券(4枚)である。
和泉「……」

15 春田宅・リビング(夜)

春田と牧が、黒澤の作ったシチューを食べている。
黒澤はキッチン周りの水を拭き、エプロンを脱ぐ。
春田「(至福)あ━━、うんめー……」
牧「……うまいですね。このコクはなんですか?」
黒澤「最後に隠し味で、こぶ茶をいれております」
牧「へえ、それでこんな味になるんだ」
春田「部長のシチュー、最高っす!」
黒澤「恐縮でございます」
牧「(黒澤を気にしつつ)あ、春田さん、例の件なんですけど」
春田「例の件? 何? 新婚旅行?」

牧「（おおいっ、という顔で）……」
黒澤「（聞き逃さず）……!?」
牧「あ、ああ、後で話します」
春田「行き先の話？　どっかいいとこあった？」
牧「（まあいいやと思い）はい、熱海はどうかなと思って」
黒澤「熱海」
春田「いいじゃん熱海。温泉あるし」
黒澤「……熱海」
牧「今、仕事でも関わってるんで、視察がてらにちょうどいいなーって」
春田「旅行ん時ぐらい仕事は忘れろよ（笑）　まあ、いいけど」
黒澤「あの……」
春田・牧「？」
黒澤「もしよろしければ、これをお使いくださいませ」
と、『一等　熱海旅行券』の目録を渡す黒澤。
春田「え、なんすか、これ!?」
牧「えっ!?」

16　和泉宅・リビング（夜）

和泉は、『一等　熱海旅行券』の目録を見せて。

和泉「これ……当たった」
菊之助「えっ、ホントに!? すごいじゃないですか！」
和泉「……誰かにあげようか？」
菊之助「え、せっかくなら、行きませんか」
和泉「……俺たちで？」
菊之助「はい」
和泉「……」

17 春田宅・リビング（夜）

渡された目録を見ている春田、牧。

黒澤「独り身の私には不要ですので……よろしければお二人で」
牧「……いいんですか？」
春田「部長、お友達とかと……行かないんですか？」
黒澤「お二人に使って頂いたほうが、私としても嬉しいので」
牧「……ありがとうございます」
春田「いや、めっちゃ嬉しいです、開けていいですか？」
黒澤「どうぞ」

春田、目録を開くと、中からファミリー旅行宿泊券と書かれた宿泊券が出てくる。

春田「（見て）……ファミリー旅行宿泊券……」

牧　「え、ファミリー……!?」

黒澤　「!?　えっ？」

春田　「え、え、部長、ファミリーって書いてありますよ!?」

黒澤　「あ、ペアチケットじゃないんですか？」

牧　「四名様までＯＫ……って書いてあります」

春田　「おお、じゃあ、部長も一緒に行きましょうよ！」

黒澤　「いやいやそんな、お二人の邪魔をするわけには！」

春田　「いやだって、二人じゃ勿体ないじゃないですか！」

黒澤　「そんな、せっかくの新婚旅行に口うるさい姑が同行するわけにはいきません……」

春田　「いいじゃないすか、俺、全然気にしないすよ」

黒澤　「いやいやホントにホントに！」

春田　「ええー行きましょうよー」

黒澤　「ホントにホントに！」

春田　「楽しいっすよ絶対！」

黒澤　「いいんですか？」

牧　「……」

春田　「（牧を見る）……!?」

春田Ｍ「神様……牧が若干、地獄のような顔をしているのは、気のせいでしょうか」

メインタイトル
『おっさんずラブリターンズ　第五話　私を熱海につれてって』

18　春田宅・表（日替わり・朝）

春田と牧が旅行の荷物を持って表に出てくると、車のドア付近にタクシー運転手さながら、白い手袋をした黒澤が礼儀正しく立って出迎える。

春田「おざぁあああ――っす！」
牧「……おはようございます」
黒澤「おはようございます。お荷物をお預かりいたします」
と、二人の荷物を受け取ってトランクに荷物を載せはじめる黒澤。
牧「（溜め息）なんで部長も……」
春田「ほら、俺たち免許ないしさあ、熱海まで連れてってくれんのありがたいじゃん」
牧「……新婚旅行っすよ」
春田「それに部長が当ててくれた旅行だぞ？」
牧「いや、そうですけど……新婚旅行っすよ」
黒澤が戻ってきて。
黒澤「お待たせしました。私はなるべく空気になりますので、どうかご安心くださいませ。どうぞ」
と、後部座席のドアを開ける。

春田「いや、そんな空気とか。一緒に楽しくいきましょ！」
牧「(黒澤を睨み)……」
黒澤「(ギロッと見返し)……」
春田と牧は後部座席に乗り込む。
黒澤「それでは、熱海に向けて出発いたします」

19 和泉宅・表

和泉と菊之助も荷物を持って表に出てくる。
和泉は、今まさに車が走り去った方向を見て。
和泉「(遠くを見て)……」
菊之助「？　どうしました？」
和泉「いや、春田さんたちもお出かけなのかなって……」
菊之助「……気になりますか、春田さん」
和泉「いや別に……行こう。鍵(ちょうだい)」
と、手を出す和泉。
菊之助「あ、俺運転しますよ」
和泉「いいよ、仕事で寝てないだろ？」
菊之助「……ありがとうございます」
と、車の鍵を和泉に渡す菊之助。

和泉、歩いていく。

菊之助「(優しさが辛い)……」

20　海岸線の道路など

春田たちを乗せた車が軽やかに走り抜ける。

21　熱海の繁華街～海岸堤防～ムーンテラス(以下、点描)

あわび串や、ほたて串などを食べ歩きしている春田と牧。

春田「うんめー!　そっちも一口ちょうだい」

牧「(仕方ねえ)はいはい」

と、餌付けするように春田の口に運ぶ牧。

春田「熱ッ熱ッ……うんま、熱ッ!!」

視線の先にスイーツ店を見つける牧。

牧「あ、俺、スイーツ行きます。フルーツサンドだって」

春田「あ、俺も食う!」

などと言いながら、上機嫌で歩いていく二人。

×　×　×

細い堤防の上を、両手でバランスとりながら歩いている牧と、後ろからついていく春田。

やがて、だるまさんが転んだを始める春田。

春田「だるまさんがころんだ！」

牧「（振り返って）いきなりなんすか（と、言いつつ付き合う）……だるまさんがころんだ！

……だるまさんがころん――」

春田「はい捕まえた～！」

と、バックハグで牧を捕まえる春田。

とんだ茶番である。

牧「はいはい」

春田「交代交代」

牧「いや、もういいって（苦笑）」

×　×　×

オブジェの近くで記念撮影する春田と牧。

そこに黒澤がおずおずとやってきて。

黒澤「あの……もしよろしければ、撮り……ましょうか？」

春田「部長!!!　お願いします!!!」

と、カメラを渡す春田。

牧「（不信感）……」

黒澤「撮りますよー、はい、あったみぃー!!」

22　陶芸体験の小屋・表

黒澤は、陶芸体験小屋の表にあるベンチに座り、お茶を飲んで休憩している。

黒澤「(ホッと一息)……」

23　同・中

春田と牧は、それぞれろくろを回している。

春田「なんか、さっきスマホに通知来たんだけど、見た?」

牧「あ、武川さんですよね」

春田「そう、なんかソロキャンプで熱海に来てるから、今夜LIVE配信するって」

牧「テレビ出てから、ちょっと芸能人みたいなことやってますよね、武川さん」

春田「それでなんか気持ちが収まるならいいけど……」

牧「……どうなんですかね……」

と、ろくろを回している牧。

それを見ている春田が、牧の後ろからちょっかいを出して形を崩してしまう。

牧「おい、やめろ」

春田「やば、大傑作を壊しちゃった」

牧「もー台無し……」

春田「手伝うよ、どうやんの?」

牧「土を指の間に滑らすんすよ」

と、再びろくろを回しながら指を絡ませ合う二人。

春田、後ろから牧の首筋に軽くキスをする。
やがて二人は見つめ合い、キスをする。

24 旅館・ロビー(夕)

黒澤がチェックインを終えて、ロビーで待っている春田と牧のもとへやってきて。

黒澤「それではお部屋にご案内します」

と、春田の荷物を持とうとして。

春田「あ、自分で持ちます」

牧「あの、部屋って……」

黒澤「ご安心くださいませ。私とお二人は別々でございます」

牧「(ホッとする)……はい」

黒澤「足元の段差にお気をつけくださいませ」

と、仲居の如く先導して歩いていく黒澤。

25 同・客室

和室に入ってくる春田、牧、黒澤。

春田「おおお、めっちゃいい部屋じゃないすか!!」

牧「おお……」

黒澤「ご夕食はムササビの間でご用意しておりますが、六時と七時、どちらになさいますか」
春田「部長……仲居さんみたいっすね」
牧「俺は別にどっちでも」
春田「じゃー、風呂入りたいし、七時からお願いします！」
黒澤「かしこまりました」
と、お茶を淹れ始める黒澤。
春田「ぶちょぶちょ、お茶はいいっすよ、自分たちでやるんで」
牧「ゆっくりしてください、ご自分の部屋で」
黒澤「では、七時にご夕食ということで。ごゆっくりどうぞ」
と、黒澤は出ていく。
春田「さ、お風呂行くかー」
牧「そっすね」
と、春田は浴衣などを用意する。
牧はふと、自分の指に指輪がないことに気づく。
牧「……!?」
慌ててリュックの中を探すが、指輪は見あたらない。
牧「(え、どこやった？)……えっ!?」

26 同・露天風呂(夕)

露天風呂に浸かっている春田と牧。

春田「ふぁああ――――、生き返るぅ……!!」

牧「(テンション低い)……」

春田「うぇえい(と、お湯を掛ける)!!」

牧「……うおおい、やめろ!(苦笑)」

春田「なあ牧ー。俺たちおじいちゃんになってもさー、こういうとこ一緒に来ような」

牧「そうっすね……」

春田「こないださ、部長といつまで口げんかできるんだろうって、牧言ってたじゃん?」

牧「はい……なるべくしたくないけど」

春田「俺もそれ聞いてから、なんかすげえ寂しくなってさ……せっかく一緒に来たんだから、もっと三人でわいわいやりたいなーって思ったんだよね」

牧「……わいわい」

春田「そう、わいわい」

牧「新婚旅行ですけど(笑)」

春田「でもなんか新しいじゃん、こういうのも」

牧「まあ、そうなんすかね……」

春田、立ちあがり、景色に向かって。

春田「最高だぁあああ――――!!!」

牧「ちょ、迷惑(笑)」

27　同・客室

客室の窓の外の景色を見ている和泉。
菊之助はちょうど荷物を持って、客室に入ってきたところである。

和泉「……なんか、春田さんの声が聞こえた」
菊之助「……え？」
和泉「んなわけないか（苦笑）」
菊之助「……」
×　×　×（菊之助の回想フラッシュ1）
和泉「……春田、さん……」
菊之助「!?」
×　×　×（菊之助の回想フラッシュ2）
蝶子「春田くんってホントに存在が罪よね……」
×　×　×
菊之助「和泉さん」
和泉「ん？」
菊之助「もしかして春田さんのこと、気になってます？」
和泉「は？　なんで？（苦笑）」
菊之助「いや、なんかそんな気がして」
和泉「バカなこと言うな……俺には秋斗しかいない。そんなことお前も知ってるだろ」

菊之助「……そうですね」
　和泉、クシュッとくしゃみをする。

28　同・食事会場（夜）

　だだっ広い畳の食事会場に三組のテーブルが置かれている。
　そこに浴衣姿の春田と牧がやってきて。
春田「広っ」
牧「広いっすね……えっ」
　浴衣姿の黒澤が隅っこでぽつんとテーブルについている。
春田「え、部長そこなんすか？　一緒に（食べましょうよ）」
　と言いかけて、牧が肘で小突く。
牧「俺たち、あっちです」
　と、春田と牧は黒澤から離れたテーブルにつく。
　黒澤が、大きな声で従業員に向かって。
黒澤「生ビール一つ、お願いしまぁす！」
　従業員は注文を承って会場を出ていく。
　黒澤は遠くから春田を見つめている。
春田「……やっぱこっちに呼んだほうがよくね？」
牧「（メニュー見て）お刺身、美味しそうっすね……」

春田「(黒澤を見て)すげぇ見てるし」
牧「(メニュー見て)あ、蟹もあるじゃないすか」
春田「牧！」
牧「なんすか、もう……はい、分かりました！」
春田「部長!?」
と、振り向くと既に近くに立っている黒澤。
黒澤「なんでしょうか」
春田「うおおおっ!! ……あの、一緒に食べませんか？」
黒澤「いや、そういうわけには」
牧「どうぞ、空いてるんで(早くしろ)」
黒澤「しかし、お二人の旅行ですから」
春田「いいじゃないすか、食べましょうよ」
黒澤「いやいやいや！」
と、そこに浴衣姿の和泉と菊之助もやってきて。
菊之助「春田さん!?」
和泉「えっ……」
春田「うぉ、ええっ!? なんで!?」
牧「!?」
× × ×(僅かな時間経過)
一つのテーブルを囲んでいる春田、牧、和泉、菊之助、黒澤。

一同「かんぱーい！」
と、グラスを合わせる一同。
春田「こんな偶然ってあるんすね!!」
菊之助「あ、でも新婚旅行……だったんですよね。なんか、お邪魔してすみません」
春田「いいんすよいいんすよ、そんなの！」
牧「(気にしているが)はい、気にしないでください」
春田「あ！　そういや武川さんも近くにいるよな？」
牧「いいよ増やさなくて(苦笑)！」
春田「この時期にソロキャンプって寒くね？　こっち呼んであげようよ」
牧「いいって、あの人は好きでやってんだから」
和泉「私が武川さん、呼んできましょうか？」
と、立ちあがる和泉。
牧「いいって！」
と、笑顔の面々。
そんな春田の笑顔を見ている和泉。
和泉「……」
牧、指輪のない手もとを見る。
牧「(はぁ、と溜め息)……」

29　熱海・キャンプ場(夜)

テントの横で、網の上で干物を焼きながらＬＩＶＥ配信をしている武川。

武川「この……焚き火のパチパチという音……癒やされますよね……天空のマサムネです。これは爆跳と言って、炭の中の水分が蒸発するときに弾け跳ぶ音なんですね。（パチパチと音がして）皆さんの想いも、弾けてますか？」

30　旅館・表（夜）

酔い覚ましに表に出てきた和泉が、スマホで武川のＬＩＶＥ配信を見ている。

和泉「（くしゅっとクシャミ）……」

『ko-chan』のＩＤで、『こんばんは』とコメントを書き込む和泉。

すると、牧が旅館から出てきて、和泉の存在には気づかず、スマホの懐中電灯で地面を照らしながら、どこかへ歩いていく。

和泉「……？」

和泉は牧の行動を不審に思い、後を追う。

和泉「……牧さん？」

牧「（振り返って）……？」

31　同・食事会場

春田、菊之助、黒澤が飲みながら話している。

クッと日本酒を飲んで、ふうと息をつく菊之助。

菊之助「全部春田さんのせいだ……」

春田「えっ、俺が、何かしました!?」

菊之助「和泉の復讐心がさらに燃えあがったのも、私が永久的に弟扱いなのも……全部春田さんのせいだ」

春田「えええ……なんで！」

黒澤「それは、はるたんと秋斗さんの顔が似てるから？」

菊之助「そうです」

春田「なんすかそれ（苦笑）　こっちだってあんなチャラ男と一緒にされても迷惑っすよ！」

菊之助「秋斗を悪く言うな！」

春田「えええっ……!?」

菊之助「（ふと冷静になり、悲しみを帯びて）……あいつは私にとっても大切なライバルで、最高の親友だったんです」

32　警察学校・運動場（菊之助の回想）

体力測定の授業で、教官の和泉がゴール付近に立ってタイムを測っている。

短距離走を一位で走り抜ける秋斗と、二位で走り抜ける菊之助。

菊之助N「勉強も体力測定も、いつも秋斗が一位で、私が二位。それは警察学校を卒業するまで変わりませんでした」

秋斗「（腹立つ顔で）ダントツ一位〜！」
　と菊之助を煽る秋斗。

33　旅館・食事会場

　春田、菊之助、黒澤が話している。
春田「腹立つ……よくそんなヤツと親友になれましたね！」
菊之助「根は真面目なヤツなんです。寮の消灯時間過ぎても、ずっと机に向かって勉強してました
から」
春田「へえ……」
菊之助「不器用な生き方が、自分と似てたんです」

34　警察学校・寮の部屋（夜）

　机に向かって勉強している秋斗。菊之助はベッドに横たわっている。
秋斗「（背を向けたまま）……菊、起きてるか？」
菊之助「（目を閉じたまま）……ん？」
秋斗「俺……和泉教官のこと、好きかも」
菊之助「……へえ」
秋斗「（振り返って）逮捕するわ」

菊之助N「まさか、好きな人まで一緒だとは思いませんでした」

35　旅館・食事会場

春田、菊之助、黒澤が話している。

春田「ええっ!?　菊之助さん、和泉さんのことを、えええええっ！」
黒澤「はるたん、うるさい」
春田「え、ええっ」
黒澤「今真剣に聞いてるから」
春田「はい、すいません」
菊之助「それから警察学校を卒業して、私と秋斗は公安に配属されたんですが、秋斗は和泉とバディを組むことになって……気づけば二人は付き合っていました」
黒澤「あらら……三角関係……」
菊之助「ええ、おむすびのように」
春田「なんすかそれ、あ、三角だから？　なんそれ」
菊之助「……秋斗が死んだ時、ほんとは悲しいはずなのに……内心、ほっとしている自分がいたんですよね。これでやっと、自分に順番が回って来るかもって……」

と、涙がこぼれる菊之助。

菊之助「バカですよね……好きになってくれるわけないのに……。この旅行が終わったら、和泉から離れようと思ってるんです(泣いている)」

そっと背中をなでる黒澤。

黒澤「……恋の卒業旅行ってことか」

もらい泣きで涙をぬぐっている春田。

ふと、牧がいないことに気づいて。

春田「……？　あれ、牧は？」

36　熱海・海岸（夜）

月明かりの下、細い堤防の上を歩いている牧。

その後ろを、和泉も歩いている。

牧「……」

×　×　×（牧のイメージ新規回想）

春田と牧、二人で指輪を空に翳（かざ）している。

×　×　×

牧「（はぁ、と溜め息）……」

和泉「指輪なくしたら……春田さん怒るんですか」

牧「いや……あの人は責めないと思います。そういうとこ、心が広いっていうか、優しい人なんで」

和泉「……」

×　×　×（和泉の回想フラッシュ）

春田「……俺、お義父さんのお尻拭くまでは、帰れません！」
それを微笑ましく見ている和泉。
× × ×（和泉の回想フラッシュ）
春田は涙ぐんで話を聞いている。
春田「……うそでしょ……なんで……」
× × ×
和泉「……優しい、確かに」
牧「ポンコツで、鈍感で、無防備で……イラっとすることも多いんですけど、一緒にいるとホッとするんですよね」
和泉「……確かに隙だらけ、ですね（くしゃみをして、バランスを崩す）っとっと」
牧「ホントに大丈夫ですから。風邪、ひどくなる前に戻ってください」
和泉「私も前にペンダント、落としたことあるんです……二人で探したほうが、見つかる確率あがるでしょ」
牧「（なんていい人なんだ）……ありがとうございます」
和泉の視線の先に、キャンプ中の武川が視界に入る。
和泉「あれ……武川さんじゃないですか？　聞いてみます？」
牧「いや、いいですいいです、あっち行きましょう」
と、方向転換する牧。
すると、スマホの懐中電灯が切れる。
牧「ああ……バッテリー……切れちゃいました」

和泉「えっ……あ、じゃあ私のスマホで……」

牧が脇道に足を踏み入れた瞬間、斜面を滑落する。

牧「うおおおぉっ!!!!」

和泉「!? 牧さん!?……大丈夫ですか!? うわあっ!!」

和泉も一歩踏み出して、斜面を滑落する。

37 旅館・ロビー

春田が牧に電話しているが通じない。

春田「……出ないっすね……どこ行ったんだろ」

黒澤も和泉に電話をかけているが、通じない。

黒澤「和泉くんも出ないな……」

春田「俺ちょっと、外見てきます!」

黒澤「……危ないよ、はるたん! はるたん!」

その時、ドロドロに汚れた牧と和泉が帰ってくる。

牧「……」

和泉「……」

春田「牧!!」

38 同・食事会場

春田、牧、和泉、黒澤が食事会場に戻ってくる。
牧と和泉はドロドロに汚れていて。

☆『ROUND1』

春田「え、何があった？」
牧「……」
春田「和泉さん？」
和泉「私の口からは……」
春田「（牧に）え、え、何で黙ってんの!?　すげぇ心配したんだぞ!?」
黒澤「ちゃんと説明きぼんぬ！」
牧「部長には関係ないでしょ」
黒澤「マ？　今なんつった？」
牧「あんたには関係ないでしょって！」
黒澤「みんなに心配かけてそれはないでしょう、このばかちんがぁ！」
牧「（舌打ち）つーか、あんた空気になるんじゃねぇのかよ！」

と、黒澤の肩を押す牧。
それを止める春田。

春田「おおい、牧!!　まずは何あったか言えよ。それに部長はさ、家族みたいなもんだろ!?」
黒澤「（余裕で）We are family」
牧「んなわけねぇだろ!!」

黒澤「(春田の後ろからちょこんと顔を出して)今夜は、はるたんの寝顔を見るって決めてるます!! 武蔵、わくわく!!」

牧「可愛くねえわ! このパワフルクソジジイ!!」

と、黒澤に座布団を投げつける牧——春田に当たる。

黒澤「おお上等だ、この抱え込み系、涙目チワワが!!」

と、牧に座布団を投げつける黒澤——春田に当たる。

そして陶器の大きな灰皿を手に取る牧。

黒澤も負けじとカラオケのマイクを持って、じりじりと間合いを取る。

黒澤「(マイクで)マイクテスト、マイクテスト、ワンツー、ワンツー」

和泉「(戸惑い)あ、あ、あ……」

春田「ままま、部長も、牧も! おい、灰皿はやめろって!!」

和泉「春田さん!! 落ち着いて!!」

と、春田を強めに羽交い締めしてしまい。

春田「いや、俺はいいから二人を止めて! あいたたたたっ!! 痛い痛い!!」

羽交い締めから解放された春田は、争う黒澤と牧を止める。

☆『ROUND2』

そこに一升瓶を持った菊之助が酔いに任せて勢いよくやってくる。

菊之助「ちょっ、和泉さん、なんでそんなドロドロになってるんですか!!」

和泉「いや、後で(咳き込む)説明するから(咳き込む)」

菊之助「(春田を見て)秋斗!? お前がやったのか!?」

春田「い、いや、違う違う、春田です！」
菊之助「お前はもう出てくるなよ！　(手を合わせて)成仏!!」
黒澤「あ、あ、はい、分かった！　(マイクで)ドロドロ不倫だ!!　だから二人とも何も言えないんだ!!」
菊之助「ドロドロ不倫!?」
牧「んなわけないだろ、もうあんたは黙れ!!」
と、リモコンを黒澤に向けて連打し、黒澤の声のボリュームを下げようとする。
黒澤「(マイクをバーンと捨てて)ヴァーカ！　そんなもんでボリューム下がるか!!」
と、黒澤はスリッパでパコンと牧の頭をはたく。
春田「もうちょっと、ほんとに、ちょっと!!(と、黒澤を止めようとするが)」
和泉「春田さん、落ち着いて!!!」
と、和泉に払い腰で制圧される春田。
菊之助「成仏！」
と、連続的に寝技を掛けられて制圧される春田。
春田「いや、だから……いたたたたっ!!」
牧「ハッ!!　ハッ!!　ハッ!!　ハッ!!」
一方、障子の一マス一マスをパンチで破っていく牧。
障子の反対側で、華麗なフットワークでパンチを避ける黒澤。
黒澤「ホッ!!　ホッ!!　ホッ!!　ホッ!!　パンチが遅すぎてハエが止まってるぜ!?」
☆『ROUND3』

一方、菊之助が春田の胸倉を掴み。

春田「ええっ!?」

菊之助「ウチの和泉をこんなドロドロになるまで巻き込んで……春田さんよ、あんたがちゃんとしてないからだろ!!」

春田「えええええっ!? 俺ぇぇええ!!?」

黒澤「それは確かに一理ある!!」

菊之助「あんたアラフォーのくせにあざといんだよ!!」

黒澤「(ぶんぶん頷いて)首がもげるほど同意!!」

春田「えええええっ!!? それ今、関係なくね!?」

牧「(春田に)つーか、新婚旅行にこんなおっさんつれてくんなよ!!」

黒澤「(ぶんぶん頷いて)激しく同意! 禿同! いや、誰がおっさんやねん!!」

菊之助「どう責任取ってくれるんですか、あんた夫でしょ!? ……ああ、気持ち悪い」

と、菊之助は春田の胸に吐こうとして。

春田「ちょちょ……!! ここで吐かないで!」

和泉「(春田を背後から捕まえて)俺も気持ち悪い……」

黒澤「はるたんから離れろ!! 離れるんだ!!」

と、便乗して春田に密着しようとする黒澤。

牧「も――――、どっか行けよ、クソジジイ!!」

黒澤「あぁぁん!?」

春田「ちょちょちょちょ、もう、もう!! 牧も部長もやめろって!! (牧に)何があったんだよ!!

牧　俺はそれを知りたいだけなんだよ!!」
一同「(絶叫)指輪をなくしたんですよ!!　結婚指輪を!!」
春田「!?」
牧「……え?」
一同「……」
全員の動きが止まり、荒い息づかいが響き渡る。
一同「(息が上がっている)……」

39　同・客室(時間経過)

黒澤たちが去った後、春田と牧が話している。
春田「え?　……指輪を探しに行ってたってこと?」
牧「はい……でも、どこにもなくて……本当にすみません」
春田「いやいやいや……ええっ?　バッカじゃねえの!?」
牧「ごめんなさい……大事なものなのに」
春田「いやいやいや、そうじゃなくて!　そんなんで怪我したらどーすんだよ!」
牧「……」
春田「指輪なんかより、牧のほうが何万倍も大事に決まってんだろ!?」
牧「……春田さん(と、涙ぐみ)」
春田「……バカは言いすぎたわ……ごめん」

牧「いや……俺も言えなくて、結果的に迷惑かけて、ごめんなさい」
春田「……ほら、風邪ひくぞ」
と、牧を毛布でくるむ春田。
牧「……あ！」
春田「!?　……何？」
牧「もしかしたら、陶芸やったとこかも！」
と、立ちあがろうとする牧。
春田「行くなよ」
と、強く引っ張る春田。
牧「……」
春田「……新婚旅行だぞ」
牧「……」
牧は立ちあがるのをやめて再び座る。
春田、牧を毛布にくるみながらゆっくりと押し倒す。

40　同・表（日替わり・朝）

翌朝、チュンチュンと小鳥が囀（さえず）っている。

41　陶芸体験の小屋・表

陶芸体験の小屋前にやってきた春田と牧。

春田「……あ、あ、あ!!」

牧「!?」

春田が、陶芸体験の小屋の表に並べられている焼く前のどんぶりが光っていることに気づいて。

春田「あったあった、指輪!!」

牧「えっ!?」

春田「ほらほら、俺が作ったどんぶりの中に、埋まってる!」

よく見ると、どんぶり鉢の中に指輪が埋まっている。

牧「え、え、なんで……!?」

春田「!?」

× × ×(春田の新規回想)

ろくろを回している春田。

牧は指輪を外して置き、真剣にろくろを回し始める。

春田は、土を取る時に一緒に指輪を取ってしまい、ろくろを回す時に練り込んでしまう。

× × ×

春田「(ハッとして)俺やん……!!」

牧はどんぶりから取り出した指輪を見つめる。

牧「良かった……」

ふと目を合わせ、爆笑する二人。

42　東京・外景（日中）

43　春田宅と和泉宅の前（日中）

春田と牧、そして和泉と菊之助が荷物を持って、互いの家に帰ろうとしている。

春田「風邪、もう大丈夫ですか」

和泉「はい、もう（ゴホッ）すっかり（ゴホッ）」

春田「全然じゃないすか（苦笑）しっかり治してくださいね」

車のトランクを閉めてやってくる黒澤。

黒澤「長旅お疲れ様でした。どうか、ごゆっくりお休みくださいませ」

菊之助「お兄さん……色々とありがとうございました」

和泉「（礼をする）……」

黒澤「いえ、私も誰かと旅行をするのは久しぶりだったので、楽しかったです」

春田「俺もめちゃくちゃ楽しかったです。ありがとうございましたっ!!」

牧「（皆に）昨日は取り乱して、すみませんでした」

黒澤「しっかり反省しような」

牧「あ?」

春田「牧!」

菊之助「それじゃ、お疲れ様でした」

頭を下げて自宅のほうへ向かっていく春田と牧。
和泉はそんな春田の後ろ姿を見ている。
和泉「……」
そんな和泉を見ている菊之助。
菊之助「（切ない）……」

44　和泉宅・リビング

ソファで一息ついている和泉。
和泉「……」
一方、菊之助はカバンから着替えを出して洗濯物に出したり、土産物を出したりして整理している。
ボーッとしている和泉を横目に見ている菊之助。
菊之助「和泉さん」
和泉「ん？」
菊之助「今回の旅行でよく分かりました。春田さんと秋斗って、確かに顔は似てますけどキャラも違うし、当たり前ですけど、別人ですよね（苦笑）あれは秋斗じゃない」
和泉「……分かってる」
菊之助「え？」
和泉「俺はもう、春田さんを、秋斗だとは思ってない」

菊之助「(ホッとして)……そうですか、それは良かった」
和泉「なあ、菊」
菊之助「……はい」
と、和泉を見る菊之助。
和泉「……」
菊之助「……」
和泉「……俺、好きになったのかもしれない」
菊之助「……え?」
和泉「春田さんのことが」
菊之助「(エッとなる)……」
和泉「……」

45 黒澤宅・リビング

リビングでスマホの写真を見ている黒澤。
春田のワンショット写真だらけである。
黒澤「(愛おしすぎて悶絶し)……か、かわちぃ!」

46 春田宅・リビング

こたつで昼寝している春田と牧。
春田は幸せそうな顔で、無防備である。

第六話へ続く

深紅のバレンタイン・ウェディング

1　和泉宅・リビング（前話の続き）

和泉と菊之助が話している。

和泉「……俺、好きになったのかもしれない」

菊之助「……え？」

和泉「春田さんのことが」

菊之助「（エッとなる）……」

和泉「……」

菊之助「……え、どういうことですか？」

和泉「（誤魔化すように）いや、ごめん……秋斗の間違いだ。秋斗だ」

と、和泉は部屋を出ていく。

菊之助「……」

2　春田宅・洗面所～リビング（日替わり・夜）

風呂上がりの春田が、髪を拭きながら上機嫌でリビングにやってくる。

春田「♪ふんふんふーん……」

カレンダーの2月14日はグリグリと赤丸で囲まれ、『創一&凌太　バレンタイン結婚式』と書かれている。それを一瞥（いちべつ）する春田。

春田N「新婚旅行から数日が経ち、俺たちはバレンタインデーにささやかな結婚式を挙げよう

春田　と準備を進めていた」
牧　「さっき間違えてシャンプーで身体洗ったわー」
「あー、ボトルを無地に変えたからですよね、すいません」
牧はこたつでPCを開いて、WEB招待状の管理画面を見ている。
『春田創一＆牧凌太　2.14バレンタイン結婚式　招待状』の参列者リストが表示されている。
春田もそこにやってきて画面を覗きながら。
春田　「どうどう、みんな出席？」
牧　「そうですね、ほぼほぼ皆さん出席で返ってきてます」
春田　「おおお～。招待状もこうやってWEBで管理できるなんて便利になったよな～」
牧　「あ、でも武川さんとちずさん……まだ返事がないですね」
春田　「じゃあ、武川さんには一応、紙の招待状渡してくるわ」
牧　「ちずさんは明日仕事で会うんで、俺から」
春田　「そうそう明日って、式場の打ち合わせ一緒に行けそう？」
牧　「ああ……たぶん行けると思います」
春田　「食事のメニューとか当日の進行は二人で決めたいしさ」
牧　「分かりました」
春田　「やっぱバレンタインだしさー、ウェディングケーキはチョコレートケーキにするぅ？」
牧　「んー、明日決めましょうか」
春田　「タキシードとかもブラウンとかにしてさ。俺たちもチョコレートみたいになんの、良くね？」
牧「そうっすね、明日決めましょう。（パタンとPCを閉じて）じゃあ、寝ます」
春田「お、お、おぅ」
牧はPCを閉じて立ちあがり、リビングを出ていく。
一緒に盛りあがってくれよぉ、と思う春田。
春田「（ちょっと寂しい）……」

3　春田宅・表・ゴミ集積所（日替わり・朝）

出社前、スーツ姿の春田がゴミ袋を集積所に置く。
すると、そこに菊之助もゴミ袋を持ってきて。
菊之助「おはようございます」
春田「あ、菊之助さん、おざ――っす」
春田は、そのまま立ち去ろうとする。
菊之助「あ、春田さん」
春田「？　はい」
菊之助「あの……和泉のことで一つ、お願いがあるんですが」
春田「はい、なんすか？」
菊之助「その……あ、いや、やっぱりいいです、すみません」
と、去っていく菊之助。

春田「……（なんだ？）」

4　天空不動産第二営業所・フロア（日中）

春田が部長席にやってきて、武川に報告している。

春田「武川さん。オーナーの嶋田様から、駅前のビルを全て我々に任せたいとのことです！」

武川「（資料を見て）ほう、すごい規模だな。引き続き、この案件は春田が担当してくれ」

春田「承知しました！」

武川「……和泉のほうは大丈夫か」

春田「はい、だいぶ仕事にも慣れてきたみたいです」

武川「そうか……春田は係長になって随分頼もしくなったな」

春田「あざっす！　あ、武川さんすいません、これを」

と、招待状をスッと武川に渡す。

武川「結婚式……そういや、まだしてなかったんだな」

春田「はい、何か形になることやっておきたいなーって。俺たち、婚姻届を出すとかそういうのがあるわけじゃないんで……」

武川「そうだな。ただ、世間一般の夫婦のように法的な根拠があったとしても、その愛が永遠に保証されるわけじゃない。（招待状を掲げて）お前たちのように、仲間の祝福を受けるだけでも、俺は十分だと思う」

春田「（噛みしめるように）ですよね」

武川「お前たちの幸せを、心から祝福する」
春田「あざっす。じゃあ結婚式は来て頂けるってことで……」
武川「考えておく」
春田「(エッと思うが)え、あ、はい、よろしくお願いします」

5 天空不動産本社・表(日中)

6 同・会議室

牧、栗林、ちずが会議終わりに話している。

ちず「じゃあ、SNSのバレンタイン企画はそういう方向で進めましょう」
と、PCなどの荷物を片付けるちず。
栗林「バレンタインかー、昔はワクワクしたんすけどね」
牧「いくつもらえるか、とかね」
ちず「そっか、二人はもう既婚者だし、おじさんだからもらえないのか」
牧「おじさんは余計だけど……」
栗林「もう全然っすねー。でも、ウチは毎年蝶子がめちゃくちゃ美味しいのをくれるんで、それで十分っす」
ちず「ずっとラブラブだよね」
栗林「そっすね、好きって気持ちは一秒ごとにMAXを更新してます」

牧　「ちずさんは今年、誰かにあげるんですか？」

ちず　「私の本命は吾郎ちゃんだけだよ」

栗林　「あー、吾郎にクソ会いたいっすね」

ちず　「来て来て、マジで3歳児って怪獣だよ。怪獣っていうか、猛獣？　じゃあ、お疲れ様〜！」

と、出て行こうとするちず。

牧　「あ、ちずさん！」

ちず　「？」

会議室を出たところで話す牧とちず。

牧　「あの……俺たちの結婚式なんですけど……」

ちず　「あーごめん、返事してなかったよね。バレンタインの日、ちょっと仕事を調整してて。もちろん行くつもりだから！」

と、言いながら去っていくちず。

牧　「(忙しそうだな)……」

その時、牧にも仕事の電話がかかってくる。

牧　「(電話に出て)はい……あー、17時から、ですか……」

7　天空不動産第二営業所・フロア(日中)

春田と和泉はデスクで向かい合っている。

和泉が春田のほうを見ていて、ふと目が合う。

春田「あ、和泉さん」
和泉「(ハッとして)は、はい」
春田「こないだお願いしてた資料って、できました?」
と、立ちあがって和泉の近くに立つ春田。
PCを覗き込むと、和泉はキーボードを押し続けて『っっっっっっっっっっっっd』と、なっている。
和泉「あっ、ああっ……すみません……コントロールZ」
春田「……大丈夫っすか?」
そこに舞香がやってきて。
舞香「春田くん、ちょっと」
春田「はい」

8 同・一角

舞香は春田を一角に呼び出して。
舞香「和泉くんのこと、あまり追いつめないであげてくれる?」
春田「えええっ、いやいや、俺は何も……ホントに」
舞香「なんかちょっと様子が変なのよ。最近特に」
× × ×(舞香の新規回想)
ガシャンガシャンと白紙が印刷され続けるコピー機の前に立っている和泉。

和泉「……」
後ろに並んでいた舞香。
舞香「ちょっ、和泉くんそれ全部白紙よ!?」
和泉「あ、すみません。表裏、間違えました」
×　×　×
春田「何かあったんですかね……」
舞香「もし、何か悩みがありそうなら、これを勧めてあげて」
と、チラシを渡す舞香。
『なんでもすっきり天空相談室』と書いてある。
春田「はい、分かりました」

9　待ち合わせ場所(夕)

春田がスーツ姿で、待ち合わせ場所に立っている。

時計を見ると約束の6時を過ぎており、周りを見渡している春田。

春田「(来ないな)おせえ……」

春田が数分前に送った『6時だぞー。今どこにいる?』というメッセージに、牧から返信が来る。

春田「!」

『すみません、ジーニアス会議が長引いてて。結婚式の打ち合わせ、先に向かっててもらえますか？』

春田「うおおおい、なんだよ、ジーニアス会議って……」

はぁ、と溜め息をつく春田。

少し離れた所で、黒澤の電話する声が聞こえてくる。

自転車を停めて、顧客と電話している黒澤。

黒澤「(電話で)では、今日の分は明日に振り替えさせていただきますので、滅相もございません。失礼いたします」

と、電話を切る黒澤。

黒澤「(ふぅ、と息をつく)……」

ふと、春田と目が合う。

春田「……部長?」

黒澤「はるたん……！」

メインタイトル

『おっさんずラブ リターンズ　第六話　深紅のバレンタイン・ウェディング』

10　結婚式の会場(レストラン的なところ・夜)

春田とウェディングプランナー・御島崎響子(33)が、会場の一角で話している。

そこになぜか、黒澤も同席していて。

春田「バレンタインなんでウェディングケーキはチョコレートがいいかなと思ってて……あとはもう、シンプルにみんなが楽しくおしゃべりできるような空間にしたくて……」

黒澤「(うんうんと頷いている)……」

響子「かしこまりました。ファーストバイトはなさいますか?」

春田「ああ……」

黒澤「横槍すいません、ファーストバイトっていうのは……あれですよね。『一生食べる物に困らないように稼ぐよ、一生あなたのために美味しい物を作るわ』っていう……」

響子「一説にはそのような意味合いがございます」

黒澤「んー……私の知るかぎりこの二人は、どちらが稼ぐとか、作るとかいう概念には縛られていない関係だと思っておりまして……」

春田「部長部長、そこまで俺たち気にしてないんで……(笑)」

黒澤「(苦渋の決断で)カットでお願いします」

響子「はい、かしこまりました。お料理なんですが伺っているメニューで(問題ありませんか)」

黒澤「横槍すいません、このスパークリングワインを、シャンパンに替えて頂いてもよろしいですか」

響子「ご予算のほうが少し上がってしまいますが」

黒澤「(見積もり書を見ながら)じゃあ、他を削っちゃおうか。この装飾を自分たちでやるとしたら……」

響子「カットできます」

黒澤「カットします。それとぉ……」

春田「(すっげえ)……」

11　景色の良い路上(夜)

打ち合わせが終わり、春田と黒澤が歩いている。
黒澤は自転車を押しながら、分かれ道に来る。

春田「今日はホント色々、ありがとうございました」
黒澤「とんでもない。二人の結婚式に、他人の私が口を挟むべきではないんだが」
春田「いや、俺一人じゃ決められなかったんで助かりました。つーか結局牧、来なかったし！　俺ばっかテンション上がって、なんなんすかね(苦笑)」
黒澤「まあ、仕事で忙しいのはしょうがない。俺も蝶子と結婚した時は、式場の打ち合わせに全然行けなかった。蝶子はほとんど母親と二人で決めてたよ」
春田「へええ、蝶子さんはお母さんと……そうだったんすか」
黒澤「だから、そこは責めるな。牧だってきっと申し訳ないと思ってる」
春田「……はい、そうっすね！」
黒澤「じゃあ、おやすみ……はるたん」
春田「おやすみなさい！」
と、別々の道を歩いていく春田と黒澤。
黒澤「……」
ふと、期待せずに後ろを振り返る黒澤。

するとと春田は、笑顔いっぱいで手を振っている。
黒澤「(罪深すぎる!)はるたんしか……勝たん!」
やがて、踵を返して歩き始める黒澤。

12 春田宅・前の路上(夜)

帰宅してくる春田、玄関の鍵を開けようとする。
外から見て、部屋の灯りが点いていない。
春田「(独り言で)牧、まだ帰ってないじゃん……」
菊之助の声「あの……」
春田「(振り返って)うわ、びっくりした……!! (目を凝らして)えっ、菊之助さん!?」
そこには、菊之助が立っている。
菊之助「夜分に申し訳ありません。やはり、春田さんに一つお願いしたいことがありまして」
春田「……はい、なんすか?」
菊之助「(春田を見つめ)……」
春田「……」
菊之助「秋斗になって頂きたいんです」
春田「……はぃいい!?」

13 和泉宅・どこかの部屋(夜)

春田は革ジャンなどを着せられている。

春田「……」

菊之助「バッチリです」

春田「いやいやいや、それ本気で言ってます!?」

菊之助「和泉は今、隣で寝ています。そこで枕元にそっと立って頂いて……」

春田「えっ、枕元に!? で、何をしたらいいんですか?」

菊之助『俺のことはもう忘れろ、復讐もやめろ』と、強く言ってほしいんです」

春田「いやいやいや……いくら顔が似てるからってそれは……」

菊之助「和泉から秋斗の話は聞いてますよね」

春田「それは、はい。なんか、やんちゃで生意気な感じの……」

菊之助「バッチリです」

春田「いやいや、ちょっと話を聞いただけですから! 本物見たことないし!」

菊之助「シッ!! ……起きますから」

春田「(小声で)はい……」

菊之助は、アジトに潜入するかのように部屋の外を窺い、春田に来いと手招きする。

菊之助「……お願いします」

春田「(緊張)……」

14 同・リビング(or寝室)

和泉　和泉が寝ているところに、春田がキャンドルを手にやってきて。
「（眠っている）……」
春田　「……（どうしよう、と）」
春田は和泉の肩を叩こうと近づいていく。
次の瞬間、和泉が寝返りを打つ。
春田　「!!」
春田、思わず驚いて後ずさりして物音を立てる。
春田　「!……やべ」
和泉　「……（うっすらと目を覚ます）……」
春田　「おう、久しぶりぃ……」
和泉　「……」
春田　「和泉さぁん……俺のことなんかもう忘れろよぉ」
和泉　「……」
春田　「いつまでもウジウジされたらさー、こっちも安心して成仏できねえじゃん」
和泉　「……」
春田　「あとさ〜、俺のために復讐するとかやめてくんね？　さすがに重すぎるわ（苦笑）」
和泉　「……春田さん？」
春田　「えっ……」
和泉　「そんな格好で、何してるんですか？」
春田　「（激しく動揺して）あ、あ、いや、何でもないです、おやすみなさい！」

和泉「えっ、何、ええっ……!?」
菊之助「(絶望)……」
春田「ちょっ、菊之助さぁーんっ!!!」

15　春田宅・表(日替わり・朝)

16　同・寝室

目が覚める春田。
春田「……夢？」
身体を起こすと、しっかり革ジャンを着ていて。
春田「いや、夢じゃねえし！」

17　同・ダイニング〜リビング

牧は朝食をとりながら、ダイニングで結婚式の新しい見積書を見ている。
牧「……」
そこに、ワイシャツ姿の春田が起きてくる。
春田「おはよー……」
牧「おはようございます。昨日はごめんなさい、打ち合わせ行けなくて」

春田「うん……仕事はしょうがないお（あくびする）」
牧「結婚式の見積書……ずいぶん変わってません？」
春田「昨日打ち合わせに行く途中、部長に会ってさ。一緒についてきてもらったんだ」
牧「え、部長と行ったんすか？」
春田「そう、そしたら一緒に色々見直してくれて」
牧「……マジか……これ、装飾が0円になってますけど」
春田「部長がそこに5万かけるのはもったいないから、自分たちでやったほうがいいって」
牧「いや、確かにそうなんすけど……え、お花代が20万も増えてるのはなんで？」
春田「やっぱお花は大事なんだって、部長的には」
牧「……」
春田「当日のビデオを撮る人件費とか編集費も、友達に頼んだら削れるよねって、部長が」
牧「いや、部長の結婚式じゃないすよね」
春田「あ、うん、そうなんだけど……」
牧「ごめんなさい、行けなかった俺に文句言う資格ないですね」
春田「ううん、大丈夫。まだこれで決定じゃないし、二人で決めたいから」
牧「最後のお土産代は、なんでカットしてるんですか？」
春田「あ、これは……」

×　　×　　×（春田の新規回想）

打ち合わせで黒澤がプランナーの響子に話している。

黒澤「最後のお土産なんですが、私が用意しようと思ってますので、カットで構いません」

春田「せっかくのバレンタインだから、部長がチョコを手作りするんだって」

×　×　×

牧「(色々うざいが、我慢して)……はい、分かりました。俺もちょっと一回、部長と話します」

春田「タキシードの試着は今日、一緒に行こうな！」

牧「はい」

18　和泉宅・キッチン〜リビング(朝)

和泉が、菊之助のためにチーズ入りの丸いおむすびをいくつか作っている。

和泉「……」

×　×　×(和泉の回想フラッシュ)

枕元に立つ春田。

春田「和泉さぁん……俺のことなんかもう忘れろよぉ」

×　×　×

和泉「(首を傾げて)あれは……なんだったんだ？」

和泉はおむすびを作り終えるとダイニングテーブルに置き、寝室に向かって声をかける。

和泉「……行ってきまーす」

19　同・寝室

バタンと玄関のドアが閉まる音。
目を開ける菊之助。

菊之助「（ふう、と溜め息）……」
起きて、クローゼットを開けてトランクを取り出す菊之助。

20　天空不動産第二営業所・フロア（朝）

春田がフロアの一角でコーヒーを淹れている。
いつの間にか背後に立っている和泉。

和泉「春田さん」
春田「うっわぁっ!!　あ、おはようございます」
和泉「昨日は、私もびっくりしました。あれは一体なんのドッキリだったんですか」
春田「いやその……もし和泉さんが過去を引きずっているんだとしたら、前を向いてほしかったのかなって……俺もよく分かんないっす」
和泉「私はもう、前は向いている気が、します……」
春田「え？」
和泉「あ、いや、でも……」
和泉は、『なんでもすっきり天空相談室』のチラシを見せて。
和泉「昼休みにこれ、行ってみます」

21　和泉宅・リビング（日中）

荷物を詰めたトランクがリビングに置いてある。
おむすびを一つ食べて。

菊之助「……だからチーズはいらないって（苦笑）」
書き置きのメモ（見せない）を残す菊之助。

菊之助「……」

22　天空不動産第二営業所・小会議室・表（日中）

ドアには『なんでもすっきり天空相談室』と書かれている。

和泉「……」
そこにやってくる和泉、ノックする。

和泉「和泉と申します」
男性の声「どうぞ」

23　同・同・中（日中）

和泉がドアを開けて中に入ってくると、医者のような風情で椅子に座っている武川、くるりと回って。

和泉「……え、武川さん……」

武川「当番で回ってくるんだよ、どうした」

和泉「あ、ああ……」

武川「もしかして春田のパワハラに悩んでるのか。だったら担当を替えてもいい」

和泉「あ、いえ……パワハラはないです」

武川「何か話すことでちょっとでも楽になるなら話してくれ。秘密は厳守する」

和泉「は、はぁ……」

武川「(無言の圧力で)……」

和泉「……武川さんは、どうしても手に入らないものって……どう、諦めますか」

武川「叶わぬ恋の話か」

和泉「あ、いや……」

武川「何も恥じることはない。恋愛に歳なんて関係ないんだ。人間は死ぬまで恋をする生き物なんだよ」

和泉「……はぁ」

武川「ただ大人としては、ズルズル引きずってばかりもいられないよな。よきところで白黒はっきりさせるのも大事だ」

和泉「……はい」

武川「そのために、イベントがあるんじゃないか」

和泉「……イベント」

武川「(キリッと)バレンタインデーだよ」

24　天空不動産本社・フロア(夕)

牧が時計を見て、片付け始める。

牧「(よし、と)……」

そこに栗林と若手社員がやってきて。

栗林「あー、すいません牧さん」

牧「ん、どうした?」

栗林「(こいつが)音丸商事さんにデータの誤送信やっちゃって、今から謝りに行ってきます」

若手社員「すみません……」

牧「え、俺も一緒に行くよ」

栗林「ああ、すいません……俺がちゃんと確認すれば良かったんですけど」

牧「ミスはしょうがない、行こう」

と、牧、栗林、若手社員がフロアを出ていく。

25　待ち合わせ場所(夕)

『すみません、遅れて行きます!』と、春田のスマホに、牧からメッセージが入る。

春田「うぉおおい……今日は試着だっつの……もう!!」

と、思わず天を仰ぐ春田。
するると、離れたところで自転車を降り、こちらを見ている黒澤。
黒澤「……」
春田「（目が合い）……」

26 ブライダルサロン・試着室（夜）

黒のタキシードに身を包む春田。
黒澤は売れっ子カメラマン風に張り切って写真を撮っている。
黒澤「あー、かわちぃ（パシャッ）！　かわちぃよはるたん！」
×　×　×
ブラウンのタキシードに身を包む春田。
黒澤「ひゃーーー!!　語彙力を失いました！（パシャッ）」
×　×　×
気分を変えて和装に身を包む春田。
黒澤「ああ、推しが尊すぎてしんどい（パシャッ）！」
×　×　×
別の衣裳を選んでいる春田と黒澤。
春田「部長ホントすみません。また付き合わせちゃって」
黒澤「いや、いいのいいの、好きでやってんだから。（衣裳を春田の胸に当てて）これ、格好いいんじゃない？」
春田「今日は試着だから遅れるなってあんだけ言ったのに……」
黒澤「しょうがないよ、怒らないで」
春田・黒澤「だって一生に一度の式っすよ……」
黒澤「はい、はるたん、次はこれに着替えて」
春田「はぁい……」
と、しぶしぶ怒りを鎮める春田。
そこに息を切らせて牧が駆け込んでくる。
牧「(息を切らせて)すみません……！　遅くなって……」
春田「も――――遅えよ――……」
牧「(息を切らせて)あ、部長……」
黒澤「(ぺこり)お疲れ様」
春田「俺、これにしようかなーって思ってんだけど」
と、スマホで撮ったタキシードの写真を見せる春田。
牧「(息を切らせて)……いいんじゃないすかね」
春田「牧はどうする？　色とかさ、合わせる？」
牧「ん……そうっすね……んー、どっちでもいいですけど……」
春田「(カチン)……」
牧「え？」
春田「いや、どっちでもよくないでしょ」

牧　「ああ……春田さんに合わせます」
春田　「俺は今、牧の意見を聞いてんの。もー、そんなに興味ないならやんなくていいよ！」
黒澤　「まあまあ……（と二人の間に入って）牧は仕事終わりで疲れてんだよな。（春田に）また別の日にゆっくり決めようか、そうしよう。ね」
春田　「（不満で）……」
牧　「（疲れている）……」

27　和泉宅・表（夜）

28　同・リビング

和泉が帰宅してリビングの電気を点ける。

誰もいないことに違和感を覚える和泉。

和泉　「……菊？」

和泉は、ダイニングテーブルに置かれた白い紙を見つけて。

和泉が手に取り、ライターで燃やすと別の紙になる（公安マジック）。

そこには、菊之助の直筆でメモが書かれている。

『任務の都合上、家を出ることになりました。挨拶もなく急に出ていくことを、どうかお許しください』

和泉　「菊……」

和泉は菊之助に電話をかけるが、出ない。

29　路上(夜)

とある広場に、キッチンカーが(エンジンを停めて)停車している。

30　キッチンカーの車内(夜)

菊之助は、鳴り続けるスマホを見ている。
ディスプレイには『和泉さん』の文字。
やがて、着信が止まる。

菊之助「……」

そろそろ移動しようかと姿勢を起こす菊之助。
その時、コンコンと運転席の窓をノックする音が。

菊之助「!?」

見ると、そこに立っていたのは黒澤である。
車の窓を開ける菊之助。

黒澤「……こんなとこで何をなさってるんですか」

菊之助「ああ、いや、ちょっと休憩してて……」

黒澤「……こんな時間に?」

菊之助「……」

31　わんだほう・中（夜）

店に入ってくる春田。

春田「うぃーっす……」

カウンターではちずと吾郎が夕飯を食べている。

ちず「あ、春田」

吾郎「はるたー！」

春田、答える元気もなくカウンターに座って。

春田「日替わり」

鉄平「え、水あめチキンライスだけど、いいの？」

吾郎「まずいよ」

鉄平「おい！」

春田「（あまり聞いていない）……」

ちず「牧くんは？」

春田「さっき一緒にタキシードの試着に行ったんだけど、先に帰った。疲れたんだって」

ちず「今、一緒に仕事してるけどほんと大変だもん、牧くん」

春田「頭では分かってんだけどさあ、結婚ってこの先もずっとこの生活が続くわけじゃん……？そう思ったらなんかホントにやっていけんのかなあって不安になるしさあ、落ち込む

ちず　しイライラするし……もー、なんかつれえ！」
一同「へえ……春田が珍しいね」
春田「……」
ちず「あれ、俺、なんか病気なのかな？　会社休んだほうがよくね？」
鉄平「なんでよ(笑)」
春田「それさ、あれじゃねえの？」
鉄平「……あれって？」
ちず「あれだよ、あれ、ガレッジセールじゃなくて――」
鉄平「マリッジブルー」
春田「それ！」
「……ええええっ!?　マリッジブルぅう!?　俺が!?」

32　黒澤宅・キッチン〜リビング（夜）

黒澤はチョコレートを溶かしながらかき混ぜている。
菊之助はスーツケースを傍らに置き、所在なく立っている。

菊之助「今朝、家を出てきたんです。もう戻るつもりはなくて」
黒澤「……そうなんですか」
菊之助「一緒にいても今の関係にずるずると甘えてしまうので。そろそろ次の段階に進まないと」
黒澤「なるほど……次のお住まいは決まってるんですか」

菊之助「いえ……公安が手配してくれることになっています」
黒澤「そうですか。じゃあ、次の家が決まるまで、ここを好きに使ってください」
菊之助「いやいや、そんなわけには！」
黒澤「いいんです。昼間はほとんど仕事でおりませんし、使ってもらったほうが防犯にもなります。公安の方がいてくださるなら、私も心強いですから」
黒澤の近くにやってくる菊之助。
菊之助「チョコレート、ですか」
黒澤「春田と牧の結婚式がバレンタインデーだから、お土産に配るチョコレートを作ろうと思って……まずは試作品」
菊之助「お二人も、ここまで応援してくれて嬉しいでしょうね」
黒澤「いやーどうだろう……お節介すぎて煙たがられてるんじゃないかな」
菊之助「そんなことはないですよ。元々お二人の上司だったんでしょう？」
黒澤「だが、僕はね……はるたんのことが好きだったんだ」
菊之助「……はる、たん？」
黒澤「失礼。春田くんのことが好きで好きでどうしようもなくてね、ライバルの牧と取り合ったんだよ」
×　×　×（黒澤の回想）
天空不動産の屋上でキャットファイトを繰り広げる牧と黒澤。
その間に入って絶叫する春田。
×　×　×

菊之助「……牧さんと、ですか」

黒澤「でもその恋に破れて……でもはるたんのことが忘れられなくて……好きで好きで……

そんな自分が嫌で、早期退職したんだ」

チョコレートに生クリームを加え、ゆっくりとかき混ぜる黒澤。

菊之助「そんな過去があったんですね……」

黒澤「確かに、好きな人への思いを断ち切るために、距離を取るというのは正しい方法かもしれない」

菊之助「はい……」

黒澤「ただ、それは目の前の問題から逃げただけで、きちんと向き合って区切りをつけるべきだったんじゃないか……そう思うことは、未だにある」

菊之助「……時間が解決してくれるものではないんですか?」

黒澤「どうだろうね。私の時計の針は、退職したあの日からずっと止まったままなんだ」

菊之助「……」

黒澤「姑などと、自分をごまかしている場合じゃないのかもしれない」

33　わんだほう・表(夜)

店の表でしゃがみ込み、溜め息をついている春田。

春田「(溜め息)はぁ……」

店内から様子を見に出てくる鉄平。

鉄平　「おい、そんなとこいたら風邪引くぞ」
春田　「ああ……考えれば考えるほど、牧と価値観とか合わないいんすよ」
鉄平　「……たとえば？」
春田　「俺は休みの日はみんなでキャンプとか行きたいんすよ。でも牧は勉強したり、一人で過ごしたいんすよ。俺はホームパーティとかやりたいんすよ。でも牧は人を家に入れたくないんすよ。俺は大雑把で、牧はすげえ細かいんすよ。いや、もう全然違うんすよ」
鉄平　「でも、好きになったんだろ？」
春田　「……まあ、はい」
鉄平　「別に違くていいんじゃねえか？　俺とマイマイも共通点なんか、な－んもなかったぞ」
春田　「……え」
鉄平　「たぶんアプリに自分の趣味とか理想のタイプを入れても、絶対マイマイとはマッチしなかったと思うわ。でも今、めちゃくちゃ仲良いから」
春田　「……それは、なんでなんすか」
鉄平　「まあ……趣味が合うのもいいけどさ、大事なのはたぶんそこじゃないんだろうな」
春田　「……え？」
鉄平　「ケンカしたり歩み寄ったりしてるうちに、自然に二人だけの価値観が生まれてくんだよ。だから今、足並みが揃わなくたって心配すんな」
春田　「……鉄平兄」
鉄平　「（背中をバシンと叩いて）元気だせ、春田！」

34　春田宅・リビング

春田が帰宅して、リビングに歩いてくる。
牧は装飾作りの途中で、疲れて眠っている。

牧　「(眠っている)……」
春田は、牧の背中に毛布(あるいは半纏)をかけて。

春田　「(ボソッと)俺、マリッジブルーなんだって……きついこと言ってごめん……」
と、春田は去る。

牧　「(起きていた)……」

35　チョコレート点描(日替わり)

以下、2月14日に迫っていく点描。
外回りで商店街を歩いている春田、チョコレートを嬉しそうに買っていく女子たちを見かけて。

春田　「(微笑ましく)……」
×　×　×
牧はオフィスのデスクで、スマホで有名パティシエのチョコレートを見ている。

牧　「……」
×　×　×

黒澤　黒澤が自宅キッチンで、大きな鍋に溶かしたチョコを丁寧に混ぜている。
「……」
×　×　×
和泉は自宅のダイニングで、紙袋から買ってきたチョコの箱を手に取る。
和泉「……」
×　×　×
店頭で売っているチョコレートを買う菊之助。
再び歩き出す菊之助。
ふとレシートの裏を見ると、『新しい住居は×××××2月14日以降、入居可能』と書いてある。
菊之助「……」
×　×　×
高級チョコレートの袋を持って歩いている武川。
武川「(満足げに)……」

36　春田宅・リビング(日替わり・朝)

春田家のカレンダーは、2月13日を示している(過去の日付は線で消されてる)。
14日には『創一&凌太　バレンタイン・ウェディング』とメモ書きがある。
×　×　×

一方、こたつの上は作業中の物が並べられている。
春田と牧は作業途中で眠ってしまったようだ。
春田、目覚まし時計のアラームを止める。

春田「(眠い)……」
そして、牧も起きる。

牧「(眠い)……」

春田「(あくびして)続きは今日帰ってからやろっか……」

牧「ですね……」

37 天空不動産第二営業所・フロア(朝)

和泉がデスクで武川のつぶやきを読んでいる。
『諸君。甘くとろけるチョコレートで、あの人の心のスキマスイッチを押す準備はできているか？　決戦は水曜日！』

和泉「……」
和泉がふと武川のデスクを見ると、電話を取ってテキパキといつも通り仕事をこなしている。

武川「(電話で)分かった。その件はじゃあ、今日の部長会議で相談してみよう」

和泉「(逆に怖い)……」
そして机の引き出しを開け、中に保管しているチョコの箱を見つめている。

和泉「（チョコの箱を見つめて）決戦……」

そこに春田がやってきて。

春田「おざーっす！」

和泉「！（ピシャッと引き出しをしめる）　おはようございます！」

春田「えっ、えっ、なんすか。どうしたんすか？」

和泉「あ、あの……菊がそちらにお世話になったり、してないですよね」

春田「……いや？　え、何かあったんですか、菊之助さん」

和泉「いや、そんな大した話では」

春田「え、え、いなくなっちゃったんですか？」

和泉「あはは、笑えますよね（苦笑）」

春田「いや全然笑えないですよ、え、なんで!?」

和泉「まあ、職業柄、突然いなくなるような仕事ではあるんです。そのような書き置きがありました」

春田「……」

×　×　×（春田の回想）

菊之助「バカですよね……好きになってくれるわけないのに……。この旅行が終わったら、和泉から離れようと思ってるんです（泣いている）」

×　×　×

春田「えええ、それって……和泉さんのせいじゃないですか？」

和泉「!?　え、私のせい？」

余計なことを言ったかと思い、反省する春田。

春田「（狼狽し）あ、いや、すいません、分かんないですけど、なんとなく！」

和泉「……私の、せい……」

春田「明日の結婚式で、菊之助さんとちゃんと話したほうがいいっすよ」

和泉「……」

38 天空不動産本社・廊下〜エレベータ（日中）

エレベータに乗り込む牧。

するると、武川も後ろから乗り込んでくる。

牧「あ、おはようございます」

武川「……定例の部長会議があってな」

牧「お疲れ様です」

二人が乗り込んだエレベータの扉が閉まる。

39 同・エレベータの中

エレベータの中は、牧と武川の二人だけである。

緊張感のある無言の時間が続く。

武川「明日はいよいよ結婚式か」

牧　「はい、まだ準備が終わってないんですけど(苦笑)」
武川「心から、お前たちを祝福させてもらう」
牧　「ありがとうございます」
武川は、カバンからチョコレートの箱を取り出して。
武川「明日は渡すタイミングがないかもしれないから、今のうちに渡しておきたい。期日前バレンタインだ」
と、チョコレートの箱を牧に渡そうとする。
牧　「えっ、あ、いや……何チョコ？」
武川「アプリや恋愛番組に出演して分かったことは、お前は俺にとって史上最高の元彼であり、それは未来永劫、変わることはない、ということだ」
牧　「……はい？」
武川「そしてお前に対する愛の灯(ともしび)は、誰にも消すことなんてできやしない」
牧　「……」
武川「ハッピー・バレンタイン」
と言って、チョコレートを牧に渡そうとする武川。
牧　「ちょちょちょっ、いいですいいです」
武川「お前の意思など関係ない。ただ受け取ればいい」
牧　「ちょっ、武川さん。あれ、エレベーター全然つかない」
武川「押してないからな」
と、武川が5階のボタンを押すと、動き出す。

牧　「……あ、動いてなかったんだ」
武川　「(チョコを持ったまま、牧を見つめ)ハッピー・バレン」
牧　「いや、ホントにいらないです。怖い！」

40　同・ホテルリゾート本部・フロア(日中)

牧がデスクに戻ってくる。

牧　「(ドッと疲れて)……」

その時、栗林がデスクで突然叫ぶ。

栗林　「うわぁああぁっ!!」
牧　「!?　え、どした?」
栗林　「牧さん、部内のスケジュール見て、スケジュール！」
牧　「えっ!?(と、自分のPCでスケジュールを見る)」
栗林　「会長との打ち合わせ、いつの間にか明日の午前中に変わってんすよ！　え、なに、ありえないスペシャルじゃないっすか!?」
牧　「俺、明日休みだけど……」
栗林　「朝から結婚式っすもんね。最悪、プレゼンは俺がやるとしても、資料って今から作って間に合うか!?」
牧　「あー、資料は俺が何とかするわ。ありがとう」
栗林　「いやいや、俺もやりますよ」

牧　「（時間ねえ、どうしよう）……マジか」

41　マンション・ロビー（夕）

春田と和泉がマンションの郵便受けに、チラシをポスティングをしている。
春田が、ノルマ最後のチラシを入れ終わって。

春田　「よし……和泉さん、俺この後は休みを取ってるんで、このまま直帰します」
和泉　「はい、お疲れ様でした」
春田　「あとはよろしくお願いします」
和泉　「春田さん……」
春田　「はい？」
和泉　「……」
和泉、カバンの中のチョコレートを手に取るが、出さずに諦める。
和泉　「……明日、おめでとうございます」
春田　「なんすか、も――！　退職願でも出すのかと思ったじゃないっすか。あざっす!!」
肩をパシッと叩いて去っていく春田。
和泉　「……」

42　天空不動産本社・会議室（夕）

会議室にＰＣを持ち込み、資料作りに勤しむ牧。
エナジードリンクを飲みながら、ＰＣに向かう栗林と部下たち。

43　春田宅・リビング（夕〜夜）

リビングに入ってくる春田。
荷物を置くと、スマホにメッセージが入ってくる。
牧から『少し遅くなります、すみません！』とある。

春田「……ううう、マリッジブルー飛んでけ!!!　（気を取り直して）っしゃあああっ!!!」
と、気合いを入れて、作業の続きを開始する春田。

44　黒澤宅・玄関

黒澤「ただいまー……」
と、誰に言うでもなく独り言を発する黒澤。
すると、リビングから出てきた菊之助が、黒澤を出迎えて。
菊之助「お帰りなさい、お兄さん」
黒澤「（ホッとする）……菊様」

45　同・リビング（夜）

菊之助が皿洗いをし、黒澤がぬか漬けを取り出す。

菊之助「明日……和泉には、自分の気持ちを伝えようと思います。ここまでずるずる来たのは、結局、弟のポジションを失うのが怖かったんです」

黒澤「……そうですか」

ぬか漬けに手を入れてかき混ぜている黒澤。

菊之助「ぬか漬けですか」

黒澤「ええ、なかなか奥深いもんですよ。大根とかナスだけじゃなくて……チーズとか、今はゆで卵も入ってるかな?」

菊之助「そんなものまで」

黒澤「菊様もかき混ぜてみる……?」

菊之助「はい」

と、黒澤の指導でぬか床に手を入れる菊之助。

ぬか床の中で、手と手が触れ合う黒澤と菊之助。

黒澤「(あっとなる)……」

菊之助「……」

黒澤「まま、適当に……」

菊之助「はい、適当に……」

中で、くちゃくちゃと音を立てる黒澤と菊之助。

中では手が触れ合っているのか、いないのか。

46　天空不動産本社・会議室（夜）

牧は集中してPCで資料を作っている。
栗林とその部下たちもプリントアウトしてチェックしたり、作業を行っている。

牧　「よし……」

栗林　「っしゃああ、フィニッシュ！」

一同、安堵する。

牧　「あーー、プレゼン用の原稿がまだか！」

その時、牧のスマホに春田から『終わんねえ〜(泣)』と、入ってくる。
そのメッセージを栗林も見て。

栗林　「それは俺がやっとくんで、牧さんはもう早く帰って」

牧　「いや、これ以上麻呂に負担かけるわけにいかないから」

と、ノートPCの前に座る牧。
だが栗林はそのPCをパタンと閉じて。

栗林　「牧さん。明日は大事な結婚式っすよ。まだ準備終わってないんでしょ？」

牧　「……でも」

栗林　「仕事と結婚式、どっちが大事かなんて比べてもしょうがないですけど、この瞬間にどっちかを選ばなきゃいけないなら、今日は帰ってください。この仕事は他に代わりがききますけど、春田さんには牧さんしかいないでしょ？」

牧　「麻呂……」

栗林「明日みんなで二人のこと、めちゃくちゃお祝いするつもりなんで、覚悟しといてください。フォ――!!」

牧「……ありがとう」

と、牧は荷物を持って、オフィスを飛び出していく。

47 春田宅・リビング（夜）

春田は一人、こたつで地道な作業をしている。

そして、出会いの頃などを思い返している。

春田「……」

× × ×（春田の回想フラッシュ1 Season1より）

天空不動産で初めて紹介される牧凌太。

ぺこりと春田に挨拶して。

× × ×（春田の回想フラッシュ2 Season1より）

春田「うんめー!」

と、牧の作った唐揚げにテンション上がる春田と、それに苦笑いしている牧。

48 路上〜コンビニ・表（夜）

牧が路上を走っている。

×　×　×

コンビニの前で立ち止まる牧。

49　春田宅・リビング（夜）

春田「……」

×　×　×（春田の回想フラッシュ3　Season1より）

都会でデートしている春田と牧。

×　×　×（春田の回想フラッシュ4　Season1より）

牧「春田さんのことなんか好きじゃない……」

春田と牧が号泣している。

×　×　×（春田の回想フラッシュ5　Season1より）

春田「結婚してくださ――――い!!」

と、絶叫している春田。

互いに抱き合う春田と牧。

×　×　×

春田「……」

思い出して、一人で泣いている春田。

そこに、牧がコンビニの袋を提げて帰ってくる。

牧「ただいまー……」

春田「お、おう……」

と、慌てて涙をぬぐい、平静を装う春田。

牧「遅くなってすいません……」

春田「(涙をぬぐい)お帰り」

牧「……え、泣いてる？」

春田「泣いてねえし」

牧「……マリッジブルーとか？」

春田「まあ、そうだったかもしんねえけど、治った！」

牧「結婚式なんかしたら、もう簡単には戻れないですけど……ほんとに、俺と結婚していいんですか？」

春田「うん……だって戻りたくねえもん。牧とずっと一緒に歩いていきたいから」

牧「……俺もです」

春田「うん。準備終わったよ」

牧「ありがとうございます。じゃあ……ハッピーバレンタイン」

と、牧はコンビニの袋から『たけのこの里』を取り出して春田に渡す。

春田「……えっ、マジ!?　やったあ！」

牧「もう、コンビニしか開いてなかったんで」

春田「あれ、俺たけのこ派って、言ったことあったっけ？」

牧「あ、いや、何となく……そうかなって」

春田「え、牧は？」

牧　「俺は……（取り出して）きのこ派です」
春田「っぽいわー！　え、でも絶対、たけのこがうまいっしょ」
牧　「いやいや、絶対きのこですよ。チョコの量が違うんで」
春田「マジで!?　好み合わねえ～」
牧　「合わないっすねー……（笑）」
春田「でもほら、交換するとさ、二倍楽しめるよなー！（と、きのこを取る）」
牧　「いや、俺はきのこだけでいいし！」
　　春田と牧、笑いながら食べる。

50　東京・外観（日替わり・日中）

　　どこまでも晴れ渡る澄み切った空。

51　会場・チャペルのドア前

　　春田と牧、閉じた扉の前に立っている。
春田「……」
　　牧、春田と腕を組むと、春田の震えを感じて。
牧　「……え、ガチガチじゃないっすか?」
春田「一歩目は右足から行く?　左足から行く?」

牧「……自然に合いますよ、きっと」
春田「いや、絶対合わねえって」
牧「まあ……違ってもいいじゃないですか」
その瞬間、扉がゆっくりと開く。
牧「(春田を見て)……」
春田「(牧を見て、頷き)……」
そして、自然に一歩目が合う二人。

52 同・チャペル(以下、点描風)

第一話のアバンに戻り、まばゆい光の中、春田と……黒澤、ではなく、春田と牧がゆっくりと祭壇に向かって、参列者の間を歩いていく。
春田「……」
牧「……」
黒澤、ちず、栗林、舞香、鉄平、武川、蝶子、幸枝、芳郎、志乃たち参列者は笑顔で二人を見守っている。
芳郎「(号泣)おうっ、おうっ……!」
志乃「ちょっ、泣くの早いから。(牧たちに)おめでとう!」
× × ×
フラワーシャワーで深紅の薔薇を撒く参列者たち。

春田・牧「(笑顔で)……」

53　同・立食形式の会場

余興ステージでギターを弾きながら、令和の関白宣言を歌っている鉄平、うっとり聴いている舞香。

鉄平「♪うまいメシ作れ……全部手作りだぞ……たまにゲームで負けろ……常に笑顔でいろ……綺麗にしとけ……可能なかぎりでいいから……」

宮島や客のほとんどはその歌に耳を傾けることなく、談笑している。

牧「プレゼン、どうだった?」

栗林「余裕っす!　無事、会長の承認もらえました〜!」

菊之助は、和泉の姿を見つけて話しかけに行こうとするが、人とぶつかって遮られる。

菊之助「あ、すみません……」

次の瞬間には、和泉を見失っている菊之助。

武川は、チョコレートの箱を手に持ち、牧に近づいていこうとするが、その瞬間、ちずが前を横切り、春田と牧のもとへ。

ちず「ハッピー・バレンタイン〜!　結婚おめでとう!」

と、爆弾のようなチョコレートを渡すちず。

春田「おお、何これ、爆弾!」

牧「お——……ありがとう、ございます」

ちず「二人とも、末永くお幸せにね！」
春田と牧は幸せそうに顔を見合わせる。
武川はそんな笑顔の牧を見て、立ち尽くしている。

武川「……」
そして一方、幸せそうな春田の笑顔を見ている和泉。

和泉「(切ない)……」

54 同・廊下の一角

和泉は会場から出てきて、持っていたチョコレートをゴミ箱に捨てる。

和泉「(思いを断ち切るように)……」
そしてどこか、清々しい気持ちになる和泉。
それを離れたところで見ている菊之助。

菊之助「(なんだか切ない)……」

55 同・お手洗い

鏡の前で、チョコの包装紙を荒々しく開ける武川。
そして鏡に写った自分を見ながら、むさぼり食べる。

武川「……」

56　同・会場内

　菊之助は和泉にチョコを渡そうか迷っている。

菊之助「……」

　そこへ黒澤がやってきて。

　菊之助は思わず黒澤に渡してしまう。

菊之助「あ、お兄さん、これ……」

黒澤「え、私に!?　……まあ、ありがとう。じゃあ私も、ハッピー・バレンタイン」

　と、お土産チョコレートを渡す黒澤。

菊之助「(食べて)……」

黒澤「……どう?」

菊之助「……ほろ苦い、ですね」

黒澤「人生と同じようにね……(ゴホッ)」

菊之助「!?　大丈夫ですか?」

黒澤「ちょっと失礼」

　と、去っていく黒澤。

×　　×　　×

　春田と牧、みんなで写真を撮ったりしている。

　だが、そこに黒澤がいない。あれ、となる春田。

春田「……部長は？」
牧「……？」

57 同・お手洗い

ごほっと激しく咳き込む黒澤。
手の平を見ると、深紅に染まっている。
黒澤「（厳しい表情で）……」

第七話へ続く

#7
君たちはどう生きるのかい

1　結婚式場・立食形式の会場（前話振り返り）

仲間たちに写真を撮られるなどして、盛大に祝福されている春田と牧。

春田「（笑顔で、牧を見る）……」

牧「（笑顔で、春田を見る）……」

幸せそうに見つめ合う二人。

パシャッとシャッターが切られる。

2　同・お手洗い

一方、ゴホッと激しく咳き込む黒澤。

手の平を見ると、深紅に染まっている。

黒澤「（厳しい表情で）……！」

お手洗いに人が入ってくる気配がして、慌てて深紅に染まった洗面台を水で流す黒澤。

そして、自身の手もゴシゴシと力を入れて洗う。

黒澤「（必死に）……！」

黒澤の後ろを、人が通り過ぎていく。

黒澤は鏡を見て、吐血したことにショックを受けている表情で。

黒澤「……嘘でしょ……」

3 春田宅・表(日替わり・朝)

4 同・リビング

朝食をとりながら、スマホで結婚式の写真を見ている上機嫌な春田。

牧はそんな春田を見ながら、食後のコーヒーを飲んでいる、穏やかな朝。

春田「(写真を見ながら)あー楽しかったなぁー……もう会社行きたくねーもん」
牧「分かる(笑) 式の後って、休み取ってそのまま新婚旅行に行く人多いですもんね」
春田「俺たち、先に熱海行っちゃったもんなー……(写真見て)あ、これ笑ったわー!」
と、号泣しながらマイクで絶叫している武川の写真を見せる春田。
牧「(見て)あー、武川さん……(苦笑)」

× × ×(春田と牧の新規回想)

武川が挨拶をしているが、既に感極まっている。

武川「えー、結婚生活には大切にしなくてはいけない、8つの袋があります!」

『多いぞ!』『多い多い!』と、栗林や菊之助がヤジを飛ばしている。

武川「まず一つ目は……(号泣し始める)涙袋! お前たちの涙袋は、感動の涙を溜めるためにある! いいか春田、牧を泣かせたら、ただじゃおかな……ぐぁあはああ!!」

と、泣き崩れる武川。

そんな武川に、爆笑する参列者たち。

春田と牧は、微笑ましく見ている。

牧　×　×　×
　「結局、残り7つの袋は、分かんなかったっすね……」
春田「でもさー、俺たちのことすげえ思ってくれてんだよなー……見て見て、和泉さん全部目つぶってる！（笑）」
　と、スマホを牧に見せる春田。
牧「ふふっ……こういう人いますよね」
春田「何で毎回つぶっちゃうんだろ？」
牧「普段からあんまり目が開いてないってことなんじゃないですか」
春田「ええええ……（半目になって）いつもこんな感じってこと？　見えなくね？」
牧「はいはい（笑）しょうもないことやってないで、行きますよ」
　と、食べ終えた食器を持って立ちあがる牧。
春田「待って待って、俺も一緒に出る！」

5　駅近くの道（朝）

　鉄平、舞香、楓香、銀平がスーツケースなどを持って、旅行に出発するところである。近くに住んでいるちずと吾郎が、見送りに来ている。
ちず「パスポート持った？」
鉄平「おう、ばっちりよ」
ちず「お金とか、飛行機のチケットは？」

鉄平「ばっちりだってば。ちずたちも一緒に行けたら良かったのになあ」
ちず「まあー、仕事なかなか休めないからねー」
舞香「しばらく吾郎ちゃんのお迎えできなくてごめんなさいね」
ちず「ううん、私たちのことは忘れて、親子水入らずでパーッと楽しんできて！」
鉄平「じゃあ、ちょっくらバリ島まで行ってくるわ！」
ちず「お土産楽しみにしてる。行ってらっしゃーい！」
賑やかに歩いて去っていく鉄平たち。
ちずは、その様子を見送って。
ちず「さてと……吾郎ちゃん、保育園行こっか」
吾郎「やだ！」
ちず「いや、なんで。ママ、会社に遅刻しちゃうから。行こ」
吾郎「行かな～い！」
と、地面に寝転ぶ吾郎。
ちず「(絶望)始まったぜ……」

6　天空不動産第二営業所・フロア

春田が上機嫌で出社してくる。
春田「おざっす、ざーっす！」
宮島「春田さん、ご結婚おめでとうございます」

春田「ざっす、あざーっす！」
その時、書類を持って歩いてくる和泉と、鉢合わせする。
和泉「……あ」
春田「和泉さん、おはざーっす！」
和泉は春田の顔を見るなり、ハッと顔をそむける。
和泉「！　おはよう、ございます」
春田「ん、和泉さん？　どうしました？」
と、和泉の顔を覗き込む春田。
和泉「!!(ぎゅっと目をつぶって)ぅ、ぅひぃ、い！」
と、春田を避けて、足早に去っていく和泉。
それを不思議そうに目で追う春田。
春田「……やっぱ目、つぶってるわ(笑)」

7　同・小会議室前の廊下

息を切らせてやってきた和泉。
やがて立ち止まり、壁に背をつける。
和泉「(ふう、と息を整えて)……」
そして、和泉の視界に入ってきたのは『なんでもすっきり相談室』のプレートである。
和泉「……」

8　同・小会議室・中

小会議室に入ってくる和泉。

和泉「失礼します……」

くるりと椅子を回して現れたのは武川である。

武川「すっきりしようか」

和泉「あれ……これって当番制じゃないんですか？」

武川「もちろんそうだ。俺だって自分の仕事があるからな。いつもやってると思うな」

和泉「……はい」

和泉は話しにくいなあと思いながら椅子に座る。

武川はカルテ風のメモを見ながら。

武川「ちなみに前回は、叶わぬ恋に白黒つけたいなら、バレンタインを活用したらどうかとアドバイスした」

×　×　×（武川の回想フラッシュ）

武川「（キリッと）バレンタインデーだよ」

×　×　×

和泉「はい……。でも、結局——」

×　×　×（和泉の回想フラッシュ）

幸せそうな春田の笑顔を見ている和泉。

和泉「（切ない）……」
和泉の声「──チョコレートは渡せませんでした」
　和泉は会場から出てきて、持っていたチョコレートをゴミ箱に捨てる。
和泉「（思いを断ち切るように）……」
　×　×　×
武川「それは、相手を好きじゃなくなった、ということか？」
和泉「いえ……むしろ好きだと確信したんです。それまでは何かの錯覚だと思っていたんですが」
武川「じゃあ、なぜ渡せなかったんだろう？」
和泉「その人には既に決まった相手がいて、二人はまさに今、幸せの絶頂なんです。そこに割って入って略奪するなんて、許されないことですから」
武川「……」
　×　×　×（武川の回想フラッシュ）
　披露宴会場にて。
　春田と牧は幸せそうに顔を見合わせる。
　武川はそんな笑顔の牧を見て、立ち尽くしている。
武川「……」
　×　×　×
武川「春田か」
和泉「！！（エッと動揺する）……」

武川「(ふっと微笑み)まあいい。確かに略奪は俺もお勧めしない。そんなことをしても、誰も幸せにならないからな」
和泉「はい……」
武川「ただ、そもそも人というのは、誰か一人が独占していいものなんだろうか」
和泉「……え?」
武川「一人のものだと考えるから奪う、奪われるという発想になる。恋は早い者勝ちなのか? いや、違う。好きな人は、皆で分かち合えばいいと思わないか?」
和泉「ん、それはつまり……」
武川「シェアだよ」
和泉「……シェア」
武川「俺は近い将来、そんな世の中が訪れるんじゃないかと思っている。三日分の処方箋を出しておきます」
と、武川は和泉に愛の処方箋を渡す。
そこには『愛の処方箋　シェアしよう』とある。
和泉「……あ、ありがとうございました」
武川「お大事に」

9　天空不動産本社・廊下

走ってくるちず。

ちず「(息を切らせて)……」

10 同・会議室

牧と栗林を始めとする会議メンバーがいる。
そこにちずが遅れて、息を切らせてやってくる。

ちず「すみませーん、遅くなりました……！」
栗林「おはまるでーす！　まだ始まったとこっす」
ちず「(息を切らせて)すぐ、資料出しますね」
慌ててPCを開いて、プレゼンの準備を始めるちず。
牧「大丈夫ですよ、ゆっくりで」
栗林「まあまあ、お茶でも飲んで」
ちず「あ、ありがとうございます」
と、栗林から受け取ったお茶を飲むちず。
ちず「……(ふぅ、と生き返る)」
栗林「生き返りました？」
ちず「(切り替えて)はい、失礼しました。じゃあ、こちらの修正案を見ていただきます」
と、スクリーンに熱海リゾートホテルの広告デザイン案が映し出される。

11 マンション・リビング(日中)

春田と和泉が、女性二人の内見に立ちあっている。

春田「この広さでこのお値段はなかなかないんで、自信を持ってお勧めします！」

大学生A「日も入るし、いい感じだね」

大学生B「そうだね。（近くにいる和泉に）ルームシェアしようと思っているんですけど、大丈夫ですか？」

和泉「シェアは……どう、なんでしょう？」

春田「ＯＫっすよ。（学生たちに）俺も学生時代ルームシェアしたことありますけど、コスパもいいし楽しいっすよね！」

大学生A「じゃあここに決めちゃおうかなー！」

大学生B「ね！」

和泉「……シェア」

12　路上（日中）

春田と和泉が歩いている。

春田「結婚式の時、菊之助さんと話せました？」

和泉「ええ、少しだけ……」

×　　×　　×（和泉の新規回想）

会場の片隅で、飲み物を片手に話している和泉と菊之助。

和泉「今……どこに？」

菊之助「黒澤さんのお宅に、お世話になってます」
和泉「……任務が終わったら、戻ってくるのか？」
菊之助「……分かりません。では」
と、よそよそしく去っていく菊之助。
和泉「……」

× × ×

春田「ええっ、菊之助さん、部長の家にいるんすか!?」
和泉「もう、戻ってはこないと思います」
春田「……和泉さんはそれでいいんですか？」
和泉「菊が決めたことですから、私からは何も」
春田「そっすかぁ……」
和泉「……」
春田は、和泉を元気付けようと秋斗のモノマネで。
春田「おうおう和泉さんよぉ〜、元気だせよぃ〜！」
和泉「(春田を見て)……」
春田「(自分の頬をグーでパンパンして)ほらほら、来いよ！　ほらほら！　秋斗だぞぃ〜！
……(心が折れて)ダメだ、全然似てねぇ！」
和泉「(その気遣いに微笑み)……優しいですね」
春田「いやいや、そのフォローが余計切ないから！」
その時、春田のスマホが着信する。

スマホのディスプレイを見ると、牧からである。

春田「あ、ごめんなさい。(電話に出て)牧、どした!?」

13 天空不動産本社・フロアの一角

栗林はちずをソファに寝かせて甲斐甲斐しく介抱している(ちずの意識はある)。

少し離れたところで、電話している牧。

以下、路上の春田と適宜カットバックで。

牧「さっき、ちずさんが会社で倒れたんですよ」

春田「え、マジで!? なんで!?」

牧「意識はあって、本人は大丈夫って言ってるんですけど、念のためこれから病院に行こうと思ってて」

春田「おうおう、ついて行ってあげて!」

牧「それで、春田さんには一つお願いがあるんです」

春田「いいよ、何?」

牧「五時半に、保育園に吾郎ちゃんのお迎え行ってもらえませんか?」

春田「あ、吾郎ちゃんの? うん、分かった」

牧「ワニワニ保育園だそうです。場所は調べてください!」

春田「あああ、待って、でもさ俺、吾郎ちゃんの家族じゃないけど、お迎えってできるんだっけ?」

牧　「はい、あらかじめお迎えのメンバーとして、俺と春田さんも保育園に登録してあるみたいです」
春田　「あ、そうなんだ。分かった、まっかせときぃ～！」
牧　「お願いしまーす！」
と、電話を切る牧。
春田　「(時計見て)すいません和泉さん、俺、今日はこのまま直帰します！」
和泉　「あ、春田さん」
春田　「はい(と、立ち止まり)」
和泉　「春田さんにとって……牧さんはどんな存在ですか？」
春田　「ええっ!?　どんな存在!?　ええっとその……(急いでるのにぃ)なんっていうか、一生一緒に……」
和泉　「……いてくれや」
春田　「はい、はい、そんな感じです。俺にとっては、牧が全てっていうか……」
和泉　「ありがとうございます」
春田　「(こんな答えでいいのかよ、と思いながら)じゃ、じゃあ、お疲れっした！」
春田、全力で走って去っていく。
その後ろ姿を見ている和泉。
和泉　「(切なく微笑み)……」

14　黒澤宅・キッチン(日中)

黒澤が会社に電話をしている。

黒澤「(電話で)ええ、少し体調を崩しまして、二、三日お休みを頂きたいんですが……よろしくお願いいたします」

と、電話を切る黒澤。

黒澤「(はぁ、と溜め息)……」

×　×　×(黒澤の回想フラッシュ)

吐血している黒澤。

黒澤、手の平を見ると深紅に染まっている。

×　×　×

黒澤「健康診断……ずっと行ってなかったもんな……」

そこに、自分の荷物をまとめた菊之助がやってきて。

菊之助「お兄さん」

黒澤「あ、菊様」

菊之助「おかげ様で、新しい家が決まりました。今まで大変お世話になりました」

と、丁寧に頭を下げる菊之助。

黒澤「そうですか。もっといてくださっても良かったのに」

菊之助「今、関わっている任務が大詰めで、お兄さんを危険に巻き込むわけにもいきませんので」

黒澤「そうですか……菊様もどうか、お身体だけはお気をつけください」

菊之助「ありがとうございます。あの、これはほんの気持ちなんですが……おかかおむすびです」

と、おむすび(3つ)を差し出す菊之助。

黒澤「ありがとう。じゃあお昼に頂きます……あ、そうだ！」

菊之助「？」

黒澤「そうだそうだ……菊様には餞別といいますか、何と言いますか、お渡ししたいものが……」

黒澤は、床下からぬか床を取り出して。

菊之助「……!?」

黒澤「この子を、育てて頂けませんか」

菊之助「え、でもこれはお兄さんが大事にしているぬか床……」

黒澤「ええ、これまで手塩にかけて育てて参りました」

菊之助「こ、これは一体どうすれば……」

黒澤「（混ぜながら）こうやってかきまぜると、熟成発酵で美味しくなると言われています。是非、菊様の手で、菊様だけのぬか床を作ってください」

菊之助「はぁ……」

黒澤「この子は放っておくとすぐダメになってしまいますから……菊様、あなたには生きて帰らなきゃいけない理由ができましたね」

菊之助「（受け取って、微笑み）承知しました、大事に育てます」

と、敬礼する菊之助。

黒澤も答礼する。

15　路上（夕）

春田と吾郎は、手を繋いで春田宅に向かって歩いている。

春田「ママ、今日はお仕事で遅いんだって。だから、はるたんちに行くよ。夜、何食べたい？」

吾郎「だんごむし！」

春田「いやいや、だんごむしは食えねえから」

吾郎「はるたん星人、キック！」

と、春田のスネを蹴る吾郎。

春田「いいい痛ッ!!!(と、思わずうずくまる)……おま、かあちゃんに言うからな！」

公園に向かって全力で走っていく吾郎。

春田「ちょっ、待って吾郎ちゃん！　おい吾郎!!」

と、痛む脚を押して追いかけて走っていく春田。

16　天王山病院・病室(夕〜夜)

ちずはベッドで横になっていて。

そのそばに付き添っている、牧と栗林。

ちず「よりによって取引先の会社で倒れるとか……ホントありえないよね。ごめんなさい」

栗林「何言ってんすか、俺たちは莫逆(ばくぎゃく)の友じゃないすか」

牧「難しい言葉使うね」

栗林「バクトモっすよ、バクトモ！」

ちず「ありがとう。さて……帰って吾郎にご飯食べさせなきゃ」

と、ベッドから起きあがろうとするちず。

栗林「ダメダメ(寝かせようとして)!」

牧「大丈夫です、今、春田さんが面倒みてますから」

ちず「え、春田が?」

栗林「鉄平さんにも一応連絡しときます?」

と、スマホを取り出す栗林。

ちず「あああ、それだけはやめて! 今、兄貴たち海外旅行中でいないんだ」

栗林「え」

牧「あ、そうなんですね」

ちず「兄貴たち、結婚して初めての家族旅行ですっごい楽しみにしてたの。だから私のことで心配かけたくなくて……ごめんね」

栗林「分かったけど、とりあえず過労って言われたんだから、しっかり休まないと」

牧「そう、入院なんだから」

ちず「だよね……じゃあごめん、明日持ってきてほしいものがあるんだけど……」

牧「いいですよ。何でも言ってください」

ちず「延長コードと、パソコンのアダプターと……」

牧「いやいや」

栗林「いやいや、ガンガン仕事する気じゃん!」

17 春田宅・リビング(点描風・夜)

吾郎「とう──っ!!!」
と、部屋のあらゆるものにキックしてなぎ倒していく吾郎。
春田「こーら！　ダメだっつの！」
×　×　×
リビングの壁に油性マジックを使ってカラフルに落書きしている吾郎。
うんこの絵が大きく描かれている。
春田「うぉおおおい、何やってんだよ!!」
×　×　×
小麦粉を床に撒く吾郎。
吾郎「かれ木に花をー、さかせましょー!!」
春田「(息切れして)待て待て待て、咲かねえから!!」
×　×　×
時間経過して、牧が帰ってくる。
牧「ただいま……えっ!?」
めちゃくちゃになった部屋の中で、春田と吾郎が疲れ切って倒れている(吾郎は天使の寝顔ですやすやと眠っている)。
牧「(愕然)え、なんでこんなことになってんすか……？」
春田「……ナメてたわ、三歳児……」
春田は小麦粉で顔が白くなり、呆然としている。
牧は春田に駆け寄り、身体を揺さぶって。

牧「春田さん、大丈夫ですか!?」

春田「俺には……無理かも……コホッ」

と、粉を噴き、事切れる春田。

牧「(揺さぶり)ちょ、春田さん、春田さん……!」

春田「……」

春田N「神様……本当にこれは、人間が乗り越えられる試練なのでしょうか?」

メインタイトル

『おっさんずラブ リターンズ　第七話　君たちはどう生きるのかい』

18　春田宅・表(日替わり・朝)

19　同・リビング

春田がちずと電話をしている一方で、走りまわる吾郎を追いかけている牧。

牧「いったん落ち着こうか、吾郎くん!　お兄さんと腹割って話をしよう!」

春田「もしもし?　なんか吾郎ちゃん保育園行きたくないって言ってんだけど、どうしよう」

牧「吾郎くん!」

20　天王山病院・談話スペース

談話スペースで電話しているちず。
以下、リビングの春田と適宜カットバックで。

ちず「ごめんね……たとえば、一緒に保育園まで競争しようとか、今日の給食はカレーだね、とか言って楽しい方向に誘導しないといけなくて……」

春田「うんうん、あああ、コンセントからプラグを抜きはじめた、おい、吾郎ちゃん! 切るわ!!」

電話が切れる。

ちず「(溜め息)ごめーん、春田……」

21 同・内科診察室(午前)

老齢の医師・安楽と黒澤が話している。
安楽医師は黒澤の目を真っ直ぐ見て。

安楽「ん……ストレスですかねえ」

黒澤「えっ、ストレス?」

安楽「ええ……」

黒澤「あの、ストレスで……吐血したりするんでしょうか」

安楽「ストレス性の、吐血ですかねえ」

黒澤「(エッとなる)……」

22　同・廊下

黒澤は懐疑的な表情で、エントランスに向かって歩いている。

黒澤「（ぶつぶつと）え、ほんとにストレス？　信じていいの？　なんでもストレスで片付けてない!?」

するとと入院着姿のちずが、ベンチでＰＣを開いて仕事をしている。

ちず「（集中している）……」

黒澤「（気づいて）ちずさん？」

ちず「（ＰＣを閉じて）あ、部長さん！」

黒澤「こんなところでお会いするなんて」

ちず「はは……ただの過労なんですけど」

黒澤「……過労」

ちず「あ、どうぞ！」

と、ベンチのスペースに促すちず。

黒澤「すみません（と、腰かけて）」

ちず「部長さんは、健康診断か何か……？」

黒澤「私はストレス性の、吐血です」

ちず「ええっ！　（小声になり）吐血!?　それって、大丈夫なんですか？」

黒澤「ああいや、まあなんていうか、口内炎で」

ちず「もう、びっくりした……！」

黒澤「（PCを指して）お仕事、されてるんですね」
ちず「はい、病室でやってるとすぐ寝てなさいって怒られちゃうんで……」
黒澤「……そりゃ大変だ」
ちず「はぁ……仕事は私のせいでストップしちゃうし、子どもは春田と牧くんに見てもらってて。私は社会人としても、母親としても失格です」
黒澤「……そんな」
ちず「吾郎には父親がいない分、私がしっかりしないといけないのに……保育園のお迎えだっていつも兄夫婦に頼ってばかりなんです。なのにいざ、兄たちが旅行でいなくなったらこんなことになって……本当に自分が不甲斐ないです」
黒澤「……ちずさん、あなたは十分すぎるほど頑張ってるんだから、そんなに自分を責めないで」
ちず「……部長さん」
黒澤「春田も牧も、私だっているんだから。これでも一応、シッターの資格を持ってるんですよ」
ちず「（涙こらえて）……」
黒澤「だから一人で全部背負おうとしないで。今は身体を休めることを一番に考えてください」
ちずは張り詰めていた力が抜けて、涙が溢れてくる。
ハンカチを差し出す黒澤。
ちず「（受け取って、頭を下げる）……ありがとうございます」

23　天空不動産本社・休憩スペース

牧はコーヒーを飲みながら語学(中国語)の本を読んでいる。
そこに武川がやってきて、自販機でカップのコーヒーを買う。
牧の存在には気づいているようだが、あえて背を向けて声をかけられ待ちの武川。

牧「(はぁ、と息をついて)……」

武川「……」

牧「……ちょっと愚痴、聞いてもらっていいですか」

武川「(振り返って、腕時計を見て)……二時間だけだぞ」

牧「なげえし(笑)」

武川はウケたことに満足して微笑み、自販機からコーヒーを取って牧の隣に座る。

武川「(飲んで)……」

牧「今、ウチでちずさんのお子さんを預かってるんです」

武川「ほう、それは大変だな」

牧「いや、見てくれてるのは春田さんで、俺はあたふたして何もできてないんですけど」

武川「嫌いだもんな、子ども」

牧「そうなんですよ。でも、そんなことおおっぴらに言えないじゃないですか」

武川「じゃあ、家に帰っても安らげないわけか」

牧「……ちずさんが大変なのは分かるから協力してあげたいし、春田さんもめちゃくちゃ頑張ってくれてるから、申し訳ないんですけど」

武川「どうしても苦手なんだな、子どもが」

牧「今日、保育園にお迎え行かなきゃなんです。それがもう憂鬱で……」

武川、毅然とした態度で牧に向き合って。

武川「俺の家に来たいのかもしれないが、断る」

牧「は!? いや、行かないです」

武川「お前は俺に依存している」

牧「いや全然そんなことはないです。なんか誤解を与えたなら、すいません」

武川「じゃあ、今のはなんの時間だったんだ」

牧「あの、だから愚痴です、ただの」

武川「……そうか。じゃあ、頭から仕切り直そう」

と、コーヒーを飲む武川。

牧「えっ……」

武川「カーシェアって知ってるよな?」

牧「……はい。一台の車を、色んな人でシェアして使う」

武川「その車を、お前に置き換えて想像してみてくれ」

牧「(時計見て)あ、すみません、会議なので行きます」

と、立ちあがって去る牧。

武川「ちょ、おい! おい! ……ラブ・シェア!」

24 天空不動産第二営業所・フロア(以下、点描風に)

春田が和泉の横について、ＰＣ作業を教えている。

和泉「(春田の距離の近さが気になる)……こうですか？」

春田「(画面を見ながら)そうそう、こっちにドラッグして」

和泉「ドラッグ……(動きが止まる)」

春田「ドラッグって分かりますか？」

和泉「薬物」

春田「違います。前教えたみたいに、つかんでズズーッと」

和泉「あ、はい、ドラッグ」

と、和泉はマウスを使って選択範囲をドラッグする。

春田「おおおっ、そうですそうです！　完璧じゃないっすか！　いえ——い！」

と、ハイタッチしてくる春田。

和泉「(ぎこちなく応じて)い、いええーい」

×　　×　　×

商店街の一角。

サンドイッチマンを上から被ろうとしている和泉。

だが、頭に引っかかって看板で前が見えなくなっている。

和泉「頭、通らないですね、これ」

春田「いけるっしょ、いきますよ、せーの！(と、強引に下に押し込もうとする)」

和泉「あいたたた!!　無理無理無理!!」

春田「もうちょっと、もうちょっと!!　いきますよ、せーの!!(と、強引に下に押し込もうとする)」

和泉「ううう－あああ(痛い)!!」

スポンッと、頭を通過してサンドイッチマンが完成。

するると、春田と和泉の顔は、近距離で向かい合っていて。

春田「完成――!!(笑顔で)!!」

和泉「(ドキッ)……!!」

× × ×

コピー機の中を開けて、手を突っ込んで詰まった紙を取ろうとしている和泉。

和泉「(取れない)……!」

そこに、春田がやってきて。

春田「あ、詰まっちゃいました? 俺取りますよ」

と、和泉の背後(隣)にしゃがみ、手を伸ばしてコピー機の中の詰まった紙を取ろうとする春田。

結果的に、和泉のすぐ近くに春田の顔がきて。

春田「あー、取れそう……!! あ、もうちょっと!」

と、必然的にぐいぐい密着する春田と和泉。

和泉「(耐えられなくなり)……いや、あの、ちょっと!!」

と、思わず春田を突き飛ばしてしまう和泉。

春田はごろんと尻餅をついて。

春田「へっ!!?」

和泉　「（立ちあがり、はぁはぁ）……あんたさあ、ダメだって、そういうのは！」
と、春田を見下ろす和泉の手は、インクで真っ黒である。
やがて、去っていく和泉。

春田　「……あんた？」

25　同・一角

息を切らせてやってきた和泉。

和泉　「（ハァハァと、息荒く）俺を殺す気かよ……罪人（つみびと）め！」
と、愛の処方箋をクシャッと握りつぶし、ゴミ箱に投げ捨てる和泉。

26　春田宅・リビング（夕）

黒澤が丁寧に掃除機をかけている。

黒澤　「……ストレス、か」
×　　×　　×（黒澤の回想フラッシュ１）
そばにあったポリバケツのフタを取り、中に顔を突っ込んで。

黒澤　「はるたぁあああああん!!!!」
×　　×　　×（黒澤の回想フラッシュ２）

黒澤　「しゅうとめ!!」

×　×　×（黒澤の回想フラッシュ3）

第五話の熱海でのバトルの際に。

黒澤「（余裕で）We are family」

×　×　×

黒澤「……もしかして、はるたんへの気持ちにフタをすることで、多大なストレスを感じていたのではないだろうか。親としての愛だと自分を偽り、無難にやりすごそうとしていたツケが回ってきたのではないか!?　どうなんだ、武蔵！　そうなのか、武蔵！」

そこに、春田が帰宅してくる。

春田「ただいま〜〜」

黒澤「（とぅんく）……なぜ、胸が高鳴るのだ……動機、息切れ、これもストレスだというのか？　いや、違う!!」

春田「あれ、牧はまだっすか？」

黒澤「ええ、まだお帰りになっておりません」

春田「今日は牧が吾郎ちゃんのお迎え行ってんすよ。大丈夫かなぁ……」

黒澤「（時計を見て）確かに少し遅いですね……私、ちょっと見て参ります」

と、行こうとする黒澤。

春田「待って待って、俺が行きますよ、部長！」

と、追いかける春田、つまずいて転びそうになる。

春田「うわっ!!」

黒澤「!?」

次の瞬間、春田は勢い余って黒澤をバックハグしてしまう。

黒澤「(とぅんく)はうっ！　わ、私を殺す気ですか、お客様」

春田「す、すみません、部長！　ちょっと俺、その辺を見てきますね！」

と、走って出ていく春田。

それを尊い眼差しで見送っている黒澤。

黒澤「……やはり、一生懸命で優しいあなたが(口を塞いで我慢する)んが、ぐぐ!!」

27　公園(夜)

ブランコに乗っている吾郎と、後ろから押している牧。

牧「吾郎くん、そろそろ帰りませんか?」

吾郎「やだ！」

牧「お腹、空いたでしょ。夕飯、何食べたいですか?」

吾郎「だんごむし！」

28　路上〜広場(夜)

電話で牧を呼び出しながら、走る春田。

だが、電話には出ない。

春田「出ねぇ……」

広場の前で立ち止まり、中を見るが牧と吾郎の姿は見当たらない。

春田「(息を切らせて)牧……大丈夫かよ……」

29 別の路上〜春田宅前の路上(夜)

吾郎を背負って、歩いている牧。

牧「だんごむしはちょっと難しいですけど、肉団子なら作れるかもしれません……それでもいいですか?」

と、牧は吾郎を見ると、眠っている。

吾郎「(天使の寝顔)……」

牧「(ふふ、と微笑み)ママ、早く元気になるといいですね」

と、歩いていく牧。

30 春田宅・玄関〜リビング

疲れ切った牧と吾郎が帰宅する。

牧「(ぐったり)……ただいま」

黒澤が迎えに出てくる。

黒澤「お帰りなさいませ。春田さんに会いませんでしたか?」

牧「……いや、会ってないです」

黒澤「じゃあ私から連絡しておきましょう。吾郎さん、行きましょうか」
吾郎「やだ！」
黒澤「吾郎さん、ほらこれを見て〜」

と、黒澤はエプロンから楽しいバルーンなどを取り出す（マジック）。

吾郎「わ！」
黒澤「向こうでじいじと遊ぼうか。ね！」

と、黒澤と吾郎はリビングのほうへ。
牧は玄関に座り込んで、動けない。

牧「（疲れた）……」

31　同・リビング（時間経過）

春田が帰ってくると吾郎は眠っていて、牧も目が開いたままソファで死んでいる。

春田「ただいまー……（牧を見て）分かるぅー……そうなるよな。牧、お疲れさま」
牧「……」
春田「部長はもう帰った？」
牧「……はい」
春田「鉄平兄に連絡してみよっか。さすがに俺たちよりは頼りになるっしょ！」

牧、起きあがって。

牧「ああ……鉄平さんたち今旅行中だから、連絡しないでってちずさんに言われてて」

春田「えええ、そうなの？」
牧「普段から色々面倒を見てもらってるみたいで、これ以上は迷惑かけたくないらしいんすよ」
春田「そっかそっか……その気持ちも分かるけどな」
その時、春田のスマホにメッセージが入ってくる。
春田「おっ、そんな話をしてたら鉄平兄」
牧「……なんて？」
春田「『ちずにお土産どれがいいか送ったけど、全然返信がねえ』『春田なんか知ってるか？』って」
牧「ちずさん、今それどころじゃないっすもんね」
春田「だよなー。(打ちながら)病院だからスマホあんま見てないのかもな……やべやべ!!病院って送っちゃった！」
牧「ちょっ、何やってんすか、取り消し取り消し!!」
春田「え、え、どうやんの!?」
牧「送信取り消し！　長押しして！」
春田「ああ、うん、長押し？　あーっ、既読になった！」
牧「もー――、何やってんすか(苦笑)！」
春田「……消せたけど、絶対読まれた……」
その直後、鉄平から電話がかかってくる。
春田「うわわわ、かかってきた……どうしよどうしよ!!　切る!?　切る!?」

牧「出て出て」
春田「(電話に出て)もしもし?」
鉄平の声「メッセージなんで消した?」
春田「あ、いや!」
鉄平の声「ちずが病院ってどういうことだよ!?」
春田「ああ、えっと、ほんと何も心配ないんで。ハワイ、楽しんでください!」
鉄平の声「バリ島だよ!」
春田「すいません、切ります!」
と、電話を切る春田。

32 路上(日替わり・日中)

キッチンカーでおむすびを売っている菊之助。
待っていたギャルに順番が回ってくる。
菊之助「はい、いらっしゃい」
ギャル「えっとね――、グランデ12個に、トッピングおかか」
菊之助「……はい、グランデ12個に、トッピングおかか」
× × ×
菊之助はおむすびの袋をギャルに渡して。
菊之助「ありがとうございました-」

ギャルが去っていくのを見届けて、時計を見ると、11時過ぎを指している。

菊之助「……12時、作戦決行……か」

菊之助は営業終了の札を立てる。

片付けで内部を振り向くと、そこには警察学校時代の和泉、菊之助、秋斗の3ショット写真が目に入る。

思わず、写真を手に取る菊之助。

菊之助「(決意の顔で)……」

33　西園寺弓道場近くの路上(日中)

黒澤が自転車で信号待ちしている。
黒澤「……」
×　　×　　×(黒澤の回想フラッシュ)
春田にイヤーマフラーをしてもらう黒澤。
×　　×　　×
黒澤「(はぁ)……」
蝶子「青だよ、青!」
黒澤「(ハッとして)!　……蝶子、さん」

34　どこか

黒澤　缶コーヒーを飲んでいる黒澤と蝶子。
蝶子「(ふう、と息をついて)……落ち着いた」
黒澤「どうしたの。なんか地獄みたいな顔してたよ」
蝶子「……ああ」
黒澤「どっか具合でも悪いの？　メンタル？　フィジカル？」
蝶子「……フィジカル、かな」
黒澤「病院行った？」
蝶子「うん。医者が言うには、ストレスじゃないかって」
黒澤「メンタルじゃん」
蝶子「しかし、どうもそういう類じゃない気がして……」
黒澤「どうしても気になるなら、セカンドオピニオンで違う病院に行ってみたら？」
蝶子「それはそれで怖くてさ……」
黒澤「ほっといたって良くならないから。よし、じゃあ、今から行こ！」
蝶子「えっ、ちょっ、仕事は？」
黒澤「弓道教室は午後からだから大丈夫。さ、行くよ」
蝶子　と、立ちあがる蝶子。

35　天空不動産第二営業所・フロア

春田と和泉がそれぞれのデスクで仕事をしている。

春田はちらちらと和泉を見ている。

春田「……」

×　×　×(春田の回想)

和泉「(立ちあがり、はぁはぁ)……あんたさあ、ダメだって、そういうのは！」

×　×　×

春田M「つーか、なんでキレられた……!?」

春田「あの、和泉さん……」

宮島「和泉さん、五本木ソリューションの前島さまから5番にお電話です」

和泉「はい」

春田「……え、何？　その会社？」

和泉「(外線に出て)もしもし、和泉ですが……(反応がないので)……足利さん？」

足利の声「菊之助が作戦中に負傷した。搬送先は東京第三警察病院――」

和泉「……承知いたしました。失礼いたします」

和泉、立ちあがって。

春田「？」

和泉「春田さん、ちょっと、あの、出てきます！」

春田「え、待って、お客さん？　俺も行くよ」

和泉「(止めて)いや、いいですいいです！」

春田「いや、まだ研修中なのに勝手にお客さんに会わないで。一緒に行くから！」

と、春田が和泉を追いかけて手を伸ばす。

和泉「あ、あの、ホントにいいです！」
と、春田の手首を掴んで、自然にひねる。
それはまるでスローな世界で……。
春田は合気道のように身体を回転させながらこける。
春田「うぉおおっ!!　……え、ええええっ!?」
和泉は走り去っていく。

36　東京第三警察病院・廊下〜ＩＣＵ

ストレッチャーで運ばれてくる菊之助。
菊之助は意識不明である。
菊之助「……」

37　同・待合室

待合室にやってくる黒澤と蝶子。
どこかに『東京第三警察病院』の表示がある。
黒澤「ついてきてくれてありがとう、あとはもう大丈夫だから」
蝶子「一人じゃ不安でしょ？　話し相手ぐらいならなれるし」
と、黒澤と蝶子はベンチに座る。

黒澤「……でもなんで、この警察病院がお勧めなんだ？」
蝶子「え、もう忘れちゃった？（笑）」
黒澤「え、なに、なに？」
蝶子「私たちが結婚する前、もう何十年も前だけど、あなたが私をここに連れてきたのよ」
黒澤「ええっ……？」

38 どこか、ベンチ（蝶子の回想）

デート中、ベンチなどで苦しみ始める蝶子（25）。
そばにいた黒澤（30）が異変に気づいて。
蝶子「（咳き込み）こほっ……こほっ……」
黒澤「どうした、蝶子？　苦しいのか!?」
蝶子「大丈夫大丈夫、なんでもないから（咳き込む）」
黒澤「確かこの近くに病院があったと思う。行こう！」
蝶子「いいって、そんな」
黒澤「ほら、行くぞ!!」
と、蝶子を支えて立ちあがる黒澤。

39 東京第三警察病院・診察室（蝶子の回想）

医師が蝶子の喉を診察している。
それを隣で不安そうに見守っている黒澤。

黒澤「先生、どうか助けてください、どうか……彼女の命だけは!! 先生!」
ピンセットでつまんだ小さなピーナツの欠片が、コトンと医療用バットに乗せられる。

黒澤「!? ……これ、は?」

医師「……ピーナツの欠片が喉に詰まっていました」

黒澤「ぴ、ピーナツ……?」

蝶子「(気まずいし恥ずかしい)ごめんなさい……」

黒澤「(力が抜けて)良かった……ホントに良かった……(涙ぐむ)」

40 同・待合室(回想明け)

黒澤と蝶子が話している。

蝶子「もうこれ以上ないってぐらい恥ずかしいとこ見られたし……あの時にこの人と一緒になってもいいかなーって思ったんだ」

黒澤「……そうだったのか」

蝶子「私が生き返った場所。なんか、縁起がいいでしょ?」

黒澤「(頷いて)確かに」

看護師A「黒澤武蔵さん、診察室にお入りください」

黒澤「はい」

と、立ちあがる黒澤。

41　同・救急病棟・エントランス〜廊下

エントランスから廊下を走ってくる和泉。

和泉「(息を切らせて)……」

×　　×　　×(和泉の回想)

秋斗「……来るな!」

と、秋斗は力を振り絞って、和泉を庇うように抱き、銃撃があったほうに背を向ける。
次の瞬間、秋斗の背中にさらに銃弾が撃ち込まれる。

×　　×　　×

和泉「クソッ……!!」

和泉が救急病棟に走ってくるが、看護師Bに止められる。

看護師B「あ、お待ちください!!」

和泉「(息を切らせて)……え?」

看護師B「ご家族の方ですか?」

和泉「家族?　どうでもいいだろ、そんなこと」

と、無視して行こうとするが止められる。

看護師B「申し訳ございませんが、ご家族以外の方は……」

和泉「あんたに、俺と菊の何が分かるんだよ!!」

和泉は無理やり突破しようとするが、男性職員が数人やってきて止められる。

42　同・診察室

黒澤が一人、若手医師・堂前の診察を受けている。
堂前医師が胸のレントゲン写真を見つめている。

堂前「……ここに少し、気になる影がありますね」
黒澤「それは……なにか、悪いんでしょうか」
堂前「ん……まだ何とも言えませんね。詳しい検査をしてみましょうか」
黒澤「……はい」

43　同・廊下

診察を終えた黒澤と、蝶子が廊下を歩いている。

黒澤「(深刻で)……」
蝶子は色々察して、明るく振る舞う。
蝶子「なーに暗い顔してんの！」
バシッと黒澤の背中を叩く蝶子。
黒澤「いやぁ……影があるとか言われたら、さすがに怖いよ」
蝶子「しょうがない、検査結果もついてきてあげる」

黒澤　「それはホントに大丈夫だから」
蝶子　「ふふ、今度は麻呂と一緒に来ようかな～」
黒澤　「デート代わりにするな（苦笑）」
　　　すると、ベンチでうなだれている和泉を見かけて。
蝶子　「あ、和泉くん」
黒澤　「……え？」
　　　二人は和泉に近づいていき。
蝶子　「和泉くん？　どうしたの？」
和泉　「あ……（気づいて）」
黒澤　「どこか具合でも？」
和泉　「いえ……家族って……なんなんですかね」
黒澤　「？」
蝶子　「……え？」
　　　立ちあがって、再び病棟のほうへ向かって歩いていく和泉。
黒澤　「（心配で）……」

44　同・別の廊下（夕）

　　　和泉は、どこからかサッと白衣を取って羽織り、他の医療スタッフに紛れて通過していく。

和泉「（通りすがりの医師に会釈して）……」

45 天空不動産第二営業所・フロア（夕）

牧が吾郎を抱っこして現れる。
春田がそこにやってきて。
春田「おおおお、牧ぃい！　（吾郎に）吾郎ちゃん、いえーい」
と、吾郎とハイタッチする春田。
牧「ちずさんから退院できそうって連絡があったんで、一緒に病院どうかなーと思って」
春田「おうおう、行く行く。片付けるからちょっと待ってて」
そこに武川がやってきて。
武川「牧。その子の入館手続きは済んでるのか？」
牧「あ、いえ、すみません……」
武川「冗談だよ（笑）　おじさんが楽しい遊びを教えてあげよう。おいで（と、吾郎に手を差し伸べて）」
牧「（吾郎を守るように）いや、いいですいいです（笑）」

46 東京第三警察病院・病室あるいは屋上（夕）

菊之助は点滴を受けながらベッドに腰かけ、窓の外を見ている。

菊之助「……」

　そこにやってくる和泉（白衣は脱いでいる）、病室の入口に立っている。

和泉「……菊」

菊之助「（振り返って、見る）！　……和泉さん」

和泉「……撃たれたって、聞いた」

菊之助「（ふっと笑い）大袈裟ですね。少しかすっただけです」

　と、包帯が巻いてある腕を見せる菊之助。

和泉「……そうか」

　と、和泉はゆっくり歩いて、菊之助の近くに来る。

菊之助「和泉さん。今回の作戦でようやく、捕まえました」

和泉「……え？」

菊之助「秋斗を殺した、あいつです」

和泉「……」

　×　　×　　×（和泉の回想フラッシュ）

秋斗「！」

　突然、プシュッと胸を撃たれる。

　そのまま、ゆっくりと崩れ落ちる秋斗。

　×　　×　　×

和泉「そうか……終わったか」

菊之助「作戦は無事、終了しました」

と、敬礼する菊之助。

和泉「……ご苦労さまでした」

と、和泉は静かに答礼する。

菊之助「和泉さん……あなたはもう、自由に生きていいんです」

和泉「(苦笑)そんなこと急に言われてもな……この先どうやって、生きていったらいいか」

和泉と菊之助の二人は、立ったまま黄昏の中で窓の外を見ている。

菊之助「(やがて、和泉を見る)……」

和泉「?·(菊之助を見る)……」

菊之助はそっと、和泉にキスする。

和泉「!」

唇を離して、しばし見つめ合う二人。

菊之助「……すみません、ずっと好きでした」

和泉「……」

47 天王山病院・表(夕)

48 同・病室

春田と牧と吾郎が病室に入ってくる。ちずはベッドに寝ていて。

吾郎「ママー!」

ちず「吾郎ちゃーん!!」
吾郎は走って、ちずに飛びついていく。
そんな親子の様子を見ている春田と牧。
春田「……なんか、ちょっと寂しいな」
牧「(春田を見て)……そっすね」
春田たちは、ちずのほうへ近づいていき。
春田「退院できそうって?」
ちず「うん、明日やっと退院だってー!(パチパチ)　二人ともホントにありがとう!」
牧「おめでとうございます」
春田「いやぁ、ちずってほんとすげえよ……」
ちず「いやいやどこが、最低だよ(笑)」
春田「子どもを育てながら働くって、めちゃくちゃ大変なんだなーと思って」
牧「そうですね、ほんとに尊敬します」
ちず「ううん、兄貴たちのヘルプが無くなった途端これだもん……情けないよ。兄貴には兄貴の家族があるのに、邪魔でしかなくてさ」
春田「んなこと言うなって。俺も吾郎とは親友になったし、今度からは倒れる前に頼ってくれよな」
ちず「親友(笑)　ありがとう」
牧「んー……子ども二人の面倒、見られるかなあ……(笑)」
春田「うぉおおい!!　(胸を張って)アラフォー!」

牧　「40っちゃいでしょ?」
ちず　「はー、遅れたぶん取り戻さなきゃ!」
と、PCを開こうとするちず。
春田　「ダメダメ、そんなことしたらまた倒れるから!」
牧「ダメダメ、パソコン没収！」
と、PCを取り上げる牧。
ちず　「メール一本だけ!」
春田　「もー、メールも禁止!」
と、そこにバリ島帰りの浮かれた服装で鉄平、舞香、楓香、銀平が現れる。
鉄平　「おー———い、ちず!　大丈夫かよ、おい!」
ちず　「!?　え、え、なんで!?」
舞香　「倒れたと聞いて、急遽バリから帰還いたしました」
ちず　「ええーっ!?　誰から聞いたの?」
春田　「ごめん……鉄平兄にメッセージ、誤爆しちゃって」
ちず　「え———!」
鉄平　「ちずが病院にいるって言うからよぉ!　予定切り上げたんだよ!」
ちず　「も———バカ春田!(苦笑)」
鉄平　「待て待て、確かに春田はバカだけど!」
春田　「おい!」
鉄平　「お前もなんですぐ言わねんだよ!!」

ちず　「……」

牧　「ちずさんは鉄平さんたちの家族旅行を、邪魔したくなかったんです……よね？」

ちず　「……(小さく頷いて)」

鉄平　「何言ってんだよ！　ぶっ倒れたんだろ!?」

ちず　「ごめん……普段から兄貴たちに迷惑かけてるから……」

舞香　「本当に迷惑です」

春田・牧　「!?」

ちず　「……舞香さん」

舞香　「私たちに気をつかって、遠慮して、いつまで他人行儀なのかしら」

ちず　「……え？」

舞香　「吾郎は私たちにとっても大事な子どもだし、あなたが苦しい時は、私も苦しいの。なのに一人で勝手に抱え込まれたら、迷惑です！」

鉄平　「……そうだぞ」

ちず　「……」

舞香　「だって、私たちは六人で家族じゃないの」

ちず　「(涙ぐみ)……舞香さん」

春田　「(もらい泣きしている)……」

牧　「……何泣いてんすか」

と、春田を小突く牧。

牧もうるっと来ている。

鉄平「おう、お前らも入って、八人家族になるか?」
春田「(もらい泣きしている)……いや、鉄平兄はいいっす」
鉄平「んだよ!」
牧「(微笑み)……」

49　東京第三警察病院・廊下

出口に向かって、廊下を歩いている和泉。
初めて知った菊之助の思いに戸惑っている。
和泉はふと、立ち止まって後ろを振り返る。

和泉「……菊」

50　同・病室あるいは屋上

黄昏の中、後悔しながら佇む菊之助。

菊之助「ああ……(と、後悔で天を仰ぐ)」

51　路上(夜)

寒空の下、春田と牧がコートの中で手を繋ぎ、歩いている。

牧　「なんか……ほっこりしましたね」
春田　「やっぱ賑やかでいいよなー、荒井家は」
牧　「俺……ちょっと心配してました」
春田　「え、何を？」
牧　「春田さんは子どもが好きだから、やっぱ子どもほしいって言い出すんじゃないかとか……だからやっぱ別れようとか、そんなことにならないかなって……」
春田　「なんでだよ(笑)　子どもか……前は絶対ほしいって思ってたけど、そんな簡単なもんじゃないってことも分かったし」
牧　「……はい」
春田　「今は牧と二人の生活を大切にしたいなーって、思ってる」
牧　「へえ……変わったんですね」
春田　「なんかさ、家族って一言で言っても、まずは作ってみないとどんな形になってくか分かんねーじゃん？　鉄平兄んとこは四人家族だし、麻呂んとこは二世帯だし、ウチみたいにふうふだけって家もあるし」
牧　「……いろんな形がありますよね」
春田　「でも、俺は牧と一緒ならこの先、どんな家族になっても楽しいと思ってっから」
牧　「動物飼いたいってなるかもしれないし」
春田　「養子を迎えたいって言うかもしんないし」
牧　「そっすね……俺も春田さんとなら、この先どうなっても乗り越えていける気がします」
春田　「じゃあ……とりあえず健康でいないとな」

牧　「あ、毎年人間ドックちゃんと受けてくださいね」
春田　「ああー、あれめんどくせーんだよなー。バリウムすげえ苦手！」
牧　「それでもやるの。分かった？」
自販機の前を通りかかる春田と牧。
そこで立ち止まる春田。
春田　「あ、おしるこ飲みたい！」
牧　「もーー、いつも甘いのばっか飲んでんだから！」
春田　「これが長生きの秘訣なの〜！」
と、春田がポケットから手を出そうとするが、牧が抵抗してポケットから手を出せない。
もぞもぞしている二人。
牧　「やっぱダメ」
春田　「ええええ、いいじゃん！」

52　東京第三警察病院・待合室（日替わり・日中）

蝶子は待合室で待っていて、本を読んでいる。
蝶子　「……」

53　同・診察室

堂前医師に対面している黒澤。

堂前「……」

黒澤「余命……一か月、ですか⁉」

第八話へ続く

#8

余命一か月の家政夫

1　東京第三警察病院・診察室（前話の続き）

堂前医師に対面している黒澤。

堂前「（神妙な顔で）……」

黒澤「余命……一か月、ですか!?」

黒澤はショックで視点が定まらないまま、立ちあがる。

黒澤「そう、ですか……」

と、ふらふらと診察室を出ていく。

黒澤の視界はぼんやりして、堂前の声も遠くでぼわんぼわんと、こだましていく。

堂前の声「黒澤さん……黒澤さん……？」

2　同・廊下

黒澤が浮かない顔で廊下に出てくる。

ベンチに座って待っている蝶子。

蝶子「……どうだった？」

黒澤「ああ、うん、やっぱりストレスだって。もう、やになっちゃうよな（苦笑）」

だが心配かけまいと、通常の表情に切り替える黒澤。

蝶子「……そうなんだ。良かった」

黒澤「付き添ってくれたお礼に、とんかつでも食べに行こうか」

蝶子「いや、血吐いたんでしょ。もっと胃に優しいものにしようよ」
黒澤「そうか、じゃあ何がいいかな……そばにするか。天ぷらそば！」
蝶子「（心配で）……うん」
と、歩いていく黒澤と蝶子。

3　春田宅・浴室〜リビング〜キッチン（夜）

鼻歌交じりで浴室を手際よく洗っている春田。綺麗に洗えている。
家事の手際が良くなった自分に上機嫌な春田。
春田「ふふん、ふんふん〜♪」
×　　×　　×
鼻歌交じりで洗濯物を畳んでいる春田、綺麗に畳めている。
春田「とぅるっとぅるーるとぅー♪」
×　　×　　×
鼻歌交じりで唐揚げを揚げている春田。なんと黒くない。
春田「たりったらりらっ、だだだっ、だだっだーっ♪」
そこに牧が、買った牛乳を提げて帰ってくる。
牧「ただいまー」
春田「おう、おかえり〜」
牧「あ、唐揚げですか？」

春田「そう、黒くないはるたん唐揚げ〜」
と、自慢気に唐揚げを見せる春田。
牧「……すげぇ(笑)」

4 わんだほう・表(夜)

5 同・中

栗林と蝶子がカウンターで酒を飲んでいる。
栗林「え、部長なんか重い病気なの?」
蝶子「んー、本人は何もないって言ってんだけど、すごい無理してる感じでさ……」
栗林「マジか……」
蝶子「帰りに天ぷらそば食べに行ったんだけど、天ぷらもそばもほとんど手をつけてなかったの」
栗林「ええっ……」
蝶子「そば湯しか飲んでなくて」
栗林「え、そば屋に行って、そば湯だけって人いる?」
蝶子「そうなの、心配だよね……」
と、深刻そうに日本酒を飲む蝶子。
栗林「まあ……俺にとっても元上司だし心配だけどさ、ちょっと心配しすぎじゃない?」

蝶子「えっ?」

栗林「今の短い会話で俺、１００回嫉妬したんだけど」

蝶子「え、え、どういうこと?(笑)」

栗林「まずなんで元旦那の病院に付き添ってんのー? とか、なんでその後二人でそば食べに行ってんのー? とか、なんかすげえ心配してんじゃん! とか」

蝶子「だってそりゃ心配するでしょー、全くの他人じゃないんだから」

栗林「それさあ、もし俺だったらそんなに心配してくれる?」

蝶子「当たり前じゃん。麻呂が病気になったらもう、パニックで何も手につかなくなるよ」

栗林「(ちょっとふくれて)……じゃあ許す」

鉄平「おいおい、店でノロけてんじゃないよ」

栗林「どこがすか、むくれてんすよ」

鉄平「じゃあこれで機嫌直して! どーん!」

と、一品料理を出す鉄平。

栗林「これは……?」

鉄平「プリン天丼。外はサクサク、中はトロっとしてるよ」

栗林「いや、頼んでないっす」

鉄平「サービスだから!」

栗林「いらねっつの」

6 春田宅・ダイニング

春田の作った唐揚げを食べている春田と牧。

春田　「……」

牧　「(神妙にもぐもぐ)……」

春田　「……どう?」

牧　「(一転、笑顔で)めっちゃうまい!」

春田　「え、マジで!?　(食べて)うおお、うんめ———!!!」

牧　「自画自賛(笑)」

春田　「ふふふ、実はちょっとコツを教えてもらったー」

牧　「あ、部長にですか?」

春田　「そう。油の温度が大事なんだってー」

と、もぐもぐ食べている春田と牧。

牧　「あの……その件で、春田さんに相談しようと思ってたんですけど」

春田　「(もぐもぐ)ん?」

牧　「そろそろ、家政夫さんに来てもらうの、やめませんか」

春田　「えっ……(喉に少し詰まる)え、なんで?」

牧　「春田さんも家事すごいやってくれるようになったし、二人で十分やっていけるかもなあっていうのと……あとは将来のこと考えたら貯金もしたほうがいいかなーと思って……」

春田　「まあ……確かに二人でやっていけるかもだけど……部長とはもう、ええっ……マジか……」

牧　「まあ、部長が嫌で言ってるわけじゃないんで」

春田　「うん、だけどなんつーか、会えなくなるのは寂しいっていうか……いや、まあ、お金

牧　払って会うのもおかしいけどさ」

春田　「じゃあ、たとえばたまにホームパーティとかやって、部長に遊びに来てもらうとか、そういうことじゃダメ、ですか？」

牧　「お、おおう、もちろんそれはいいけど、やっていいの？　ホームパーティ。そういうの嫌じゃなかった？」

春田　「そっすね、人を呼ぶのは苦手ですけど、貯金のほうが大事なんで……」

牧　「そっか……貯金も大事だよな」

春田　「今度、部長に話してみていいですか？」

「……うん、分かった」

と、寂しさを感じながら、もぐもぐ食べる春田。

7　黒澤宅・リビング（夜）

黒澤はテーブルで、ノートに何かを書いている。

黒澤　「……」

×　×　×（黒澤の回想フラッシュ）

黒澤　「余命……一か月、ですか!?」

×　×　×

黒澤、溜め息をついて筆を止める。何を書いているかは分からない。

黒澤　「（溜め息）ふう……」

その時、ピンポンとチャイムが鳴る。

×　×　×（僅かな時間経過）

黒澤と菊之助がリビングに入ってくる。

菊之助「夜分遅くにすみません。バナナを漬けてみたので、ちょっと味見していただきたくて」

と、バナナのぬか漬けが入った半透明小型密閉保存容器を見せる菊之助。

黒澤「バナナですか、美味しそう（と、受け取る）」

菊之助「あと一応、ご報告に……」

黒澤「報告？」

菊之助「はい……先日、和泉に告白したんです」

×　×　×（菊之助の回想フラッシュ）

菊之助「……すみません、ずっと好きでした」

和泉「……」

×　×　×

菊之助「大きな任務が終わって、どこかホッとしたのかもしれません……つい、勢いに任せて言ってしまいました」

黒澤「おお……で、そのお返事は……」

菊之助「まだ聞いてませんが、おそらく玉砕です」

菊之助、テーブルに置かれた一冊のノートが視界に入る。

見ると、表紙には『エンディングノート』と書かれていて。

菊之助「……エンディングノート？」

黒澤「(動揺し)あ、えっと、あー、見ちゃった?」
菊之助「これは……なんですか?」
黒澤「いやまあ、この年だし? いつ人生の終わりが来てもいいように、その……終活的な?」
菊之助「お兄さん、まだお若いじゃないですか」
黒澤「若くないよぉ……武蔵、がんばるます!」
と、元気を見せる黒澤。
菊之助、アーニャな黒澤をスルーして。
菊之助「でも、お兄さんの考え方、すごく素敵だと思います」
黒澤「ええ?(苦笑)」
菊之助「私は仕事柄、大切な人を突然失うことともあるんです。だから、万が一の時、こんな風にお兄さんの想いを知ることができたら、周りは幾らか、救われるのかもしれません」
黒澤「いやまあ、これは自分のためなんだけどね……(食べて)んん! むさログ、4.8!」
菊之助「(笑顔で)やった!」

8 天空不動産第二営業所・フロア(日替わり・朝)

忙しなくフロアを動き回っている社員たち。
そこに、春田が出社してくる。
春田「おざっすー、おざまっ——す!!」

宮島「あ、春田係長、おはようございます！」

春田「？　何かあったんすか？」

答える間もなく、忙しなく通り過ぎる宮島。

春田「ちょちょっ……（無視……）」

するとそこに武川がやってきて。

武川「春田、ちょっといいか」

春田「？　はい」

9　同・会議室

春田と武川が、会議室に入ってきて。

春田「なんかみんな、バタバタしてますね」

武川「実は、四月からウチと第一営業所が、統合されることになったんだ」

春田「えええっ!!　ってことは、移転しちゃうんですか」

武川「そうだ。ここは四月からコインパーキングになる」

春田「うわマジすか……なんか寂しいっすね……！」

武川「ただ、統合して勤務地が変わっても、俺たちの仕事内容が大きく変わるわけじゃない。みんなには、このエリアを引き続き担当してもらう」

春田「はい、分かりました」

武川「そこで、統合するにあたって役職の相談なんだが、向こうには既に係長がいるんだ」

春田「はい……」
武川「そこで春田には、新しいポストについてもらいたい」
春田「あ、はい、何でしょうか」
武川「四月から、係長補佐として頑張ってほしい」
春田「え、補佐って……えええっ、こ、降格ですか!?」
武川「降格じゃない。係長待遇の係長補佐だ」
春田「は、はぁ……」

10 同・フロア

『退職願』と書いた封筒を手にして、見つめている和泉。
和泉「……」
その時、春田がちょっと落ち込んだ様子で、会議室から出て歩いてくる。
和泉「(春田に気づいて)……!」
和泉はサッと、退職願の封筒を自分のデスクの引き出しの中にしまう。
春田「ほ、さ……」
和泉「あの、春田さん」
春田「あ、は、はい!」
和泉「今日どこかで、お時間頂いても、いいですか?」
春田「もちろん。今でもいいすけど」

和泉「あ、今はちょっと……」
春田「なんすか(苦笑)」
和泉「すみません、まだ心の準備が……」
春田「もー……重い話はいやですからね！」
和泉「(笑えてない)はは……」

11　天空不動産本社近くの路上(日中)

牧、栗林、ちずが昼休みに、キッチンカーの行列に並んで話している。

栗林「蝶子に聞いたんすけど、部長ってどっか身体、悪いんすか？」
牧「えっ？」
ちず「えっ、やっぱり？」
栗林「あ、ちーちゃん、なんか知ってんの？」
ちず「私、過労で倒れた時に病院で会ったの、部長さんに」
栗林「え、その時なんか言ってた？」
ちず「うん、健康診断で来たんですかって聞いたら……」
×　×　×(ちずの回想フラッシュ)
黒澤「私はストレス性の、吐血です」
×　×　×
栗林「いやいや」

牧「いやいや、それただのストレスじゃないでしょ」

ちず「だよね、やっぱ何かあるよね!?」

栗林「だって吐血でしょ……!?」

菊之助はそんなやり取りを聞きながら、おむすびを握っていて。

菊之助「……」

×　×　×

黒澤「いやまあ、この年だし？　いつ人生の終わりが来てもいいように、その……終活的な？」

×　×　×

菊之助「(動揺し)吐血……」

いつの間にか牧たちの順番になっている。

牧「菊之助さん？」

菊之助「あ、はい、えっと、おかかですか？」

栗林「それしかないいっしょ(苦笑)　グランデ一つ」

ちず「ショート一つ」

菊之助「グランデ一つ、ショート一つ」

牧「トール二つ」

菊之助「はい、吐血」

牧「トール二つです」

12　春田宅近くの路上(夜)

春田と牧が会社帰りに歩いている。

春田「牧から一緒に帰ろうとか珍しいじゃん。どしたー?」

牧「今日ほら、部長に契約のこと話すから」

春田「あ、そっか。二人いたほうがいいもんなー」

牧「春田さん……部長から何か聞いてます?」

春田「ん、何のこと?」

牧「あ、いいです。あとで話しますね」

春田「え、なになに、なになに?」

牧「後で!　ステイ!」

と、歩いていく春田と牧。

13　春田宅・リビング(夜)

黒澤が仕事を終え、テーブルでエンディングノートを書いている(中身は見えない)。

黒澤「(ふう、と息をついて)……」

その時、ガチャッと玄関のドアが開く音がする。

黒澤はエンディングノートを作業バッグにしまう。

やがて春田と牧が入ってきて。

春田「ただいまー、あ、部長〜!」

牧「お疲れ様です」

黒澤「お帰りなさいませ。たった今、作業が全て終了しましたので、私はこれで——」
と、立ち去ろうとする黒澤。

春田「あ、ちょっと待ってください、部長」

黒澤「？　なんでしょうか」

春田「あの……ちょっとお話が」

牧「まま、おかけください」

黒澤「え、なんだろう。サービスに関するお問い合わせは、弊社のかぼちゃセンターにお願いしますね」
と、テーブルにつく春田、牧、黒澤。

春田「あのー、今年に入って牧と二人で暮らし始めて、仕事とか家のことがぐちゃぐちゃになってる時に部長に来てもらって、俺たちめちゃくちゃ助かりました」

牧「本当に、ありがとうございました」
と、頭を下げる牧。

黒澤「えええ～～なになにぃ、改まってー。もーやめてやめてぇー……（そんな空気じゃないなと思い、真顔になって）ありがとうございます」
と、頭を下げる黒澤。

春田「それで、部長……（と、牧を見る）」

牧「今月で、契約を解除したいと思ってます」

黒澤「……チェンジ？」

牧「いや、今のサービス契約を解除したいんです」

黒澤「あーなるほどなるほど……(パンフレットを取り出し)現在、週三回の流鏑馬プランをご利用頂いておりますので、来月から週五回のペガサスプランにグレードアップされるという(ことですね)」

春田「いや」

牧「いや増えてるから」

黒澤「ケンタウロス——」

牧「いや、そうじゃなくて、あの、もう二人でやっていけると思うので……終わりにしたいんです」

春田「……」

観念してパンフレットをしまう黒澤。

黒澤「そうですか……短い間でしたが……これからは仲良く助け合って、どうか末永く(言葉に詰まる)うっ……」

牧「そんな、今生の別れじゃないんで」

黒澤「(敏感に)今生の別れ！」

春田「部長部長、またみんなで、飲み会とかしましょう？」

黒澤「……いいですね(穏やかに微笑み)それでは契約解除の手続きは、弊社から追ってご連絡いたします。この度は、ばしゃうまクリーンサービスをご利用いただき、誠にありがとうございました。本日の担当は、黒澤武蔵でした……うっ！」

と、席を立ち、涙をこらえてダッシュで去っていく黒澤。

春田「……部長！　……部長!!」

と、追いかけていく春田。

14 同・表(夜)

急いで家を出ていく黒澤の背中。
そこに春田がやってきて。

春田「部長! そんな慌てて帰らなくても——」
と、黒澤の肩に手をかける春田。
黒澤が春田のほうに振り向くと、泣いている。

黒澤「(泣いている)だぁ……!」
春田「……部長!」
黒澤「最後は笑顔でさよならしようと思ったのに……追いかけてきちゃダメだよッ……!」
春田「……部長(と、春田も泣きそうになる)!!」
黒澤「俺はもう一人で大丈夫だから……早く、牧凌太のところに戻って……!」
春田「部長……」
黒澤「(涙こらえて)ほら、回れ右ッ!」
と、黒澤は春田をくるりと回して帰ろうとするが、その瞬間に黒澤のカバンからバサッとエンディングノートが見開きの状態で(表紙を上にして)落ちる。

黒澤「!!」
春田「!? ……えっ!?」

と、エンディングノートを拾い上げる春田。

黒澤「あっ、あ……あああ！」

春田がノートをひっくり返すと、中には『はるたんと雪遊びしたい（＋牧も）』『はるたんとホームパーティしたい（＋牧も）』『はるたんとスケートしたい（＋牧も）』『はるたんとこたつでみかん食べたい（＋牧も）』『はるたんとお花見したい（＋牧も）』などとびっしり書いてある。

春田「え、え、これは……!?」

黒澤「ダメダメダメ、これは見ちゃダメ――!!」

と、慌ててノートを取り返すと、勢いよく去っていく黒澤。

春田「……ええええっ!?」

春田N「神様、部長の身に、一体何が起きているのでしょうか？」

メインタイトル

『おっさんずラブ リターンズ　第八話　余命一か月の家政夫』

15　春田宅・ダイニング～リビング（以下、点描）

春田と牧が、黒澤の作った夕飯を食べている。

春田「……」

春田M「えっ……!?　エンディングノートって書いてあったよな……何、エンディングノートって?」

×　×　×(春田の回想フラッシュ)

ノートに『はるたんと――』で始まる文章がずらりと縦に並んでいる。

牧「?　どうしたんすか?」

春田「ううん、なんでもない」

と、勢いよくご飯をかきこみ、邪念を振り払う春田。

春田M「言えねえ!　牧にもなんか、言えねえ!!」

×　×　×(時間経過)

食事の後、スマホで『エンディングノート』を検索する春田。

するとそこには『終活』『遺言』『人生の最期に残す』などと文言が並ぶ。

春田M「終活?　遺言?　人生の最期に?　……えええっ、どゆこと!?」

春田「……!?」

16　西園寺弓道場・射場(日替わり・夕)

集中して弓を引く和泉。

和泉「(集中して)……」

パンッと矢が的の中央に当たる。

和泉「じゃあ、今度は春田さん……」

と、見ると春田は袴に手こずっている。

春田　「あ、すみません、袴、後ろ前に穿いちゃいました」
和泉　「えっ……」
春田　「(試行錯誤するが)あ、一回脱がないとダメか」
和泉　「集中してませんね……何かあったんですか？」
春田　「あ、いや……和泉さんこそ、俺になんか話があるって言ってましたよね」
和泉　「はい……私、会社を辞めようと思いまして」
春田　「ええええっ、まだ入って二か月じゃないすか！」
和泉　「すみません……やっと表計算ソフトをマスターしたというのに」
春田　「いやマスターはしてない、と思いますけど、ええええっ、なんで辞めちゃうんすか？」
和泉　「元々、個人的な復讐のために不動産情報がほしいという、不純な動機で入ったんです。ですが、菊之助が任務を遂行してくれたので……」
春田　「ってことは……」
和泉　「秋斗を殺した犯人は無事、捕まりました」
春田　「そうすか……わっかりました……で、辞めたあと、次の仕事は決まってるんですか？」
和泉　「いえ、これからコントロールNで、新規作成です(ドヤ笑顔で)」
春田　「いや、全然うまくないし！」
和泉　「この後、ちょっとお時間ありますか」
春田　「？　は、はあ……」

17　墓地(夕)

春田と和泉が、真崎家の墓前にやってくる。
和泉はイチゴジャムコッペパンを持っていて。

春田「真崎家……?」
和泉「一度、春田さんにも会ってほしくて。今日は秋斗の月命日なんです」
春田「あ、そうなんすね……」
和泉「生きていれば、もうすぐ39、ですかね」
春田「えー、俺も一緒です」
和泉「(見て)ほくろの位置まで一緒だもんなぁ……笑」
春田「そんなに……」
和泉「長い間、私は秋斗の死を受け入れることができませんでした。ここに来ても、手を合わせることすらできなくて」
春田「……」

そこに、花を持ってやってくる菊之助。
立ち止まって気づかれないように、二人の様子を見ている。

菊之助「……」
和泉「秋斗と瓜二つのあなたと出会って、私の心はさらに苦しくなりました。運命はなんて残酷なんだろうと……でも、春田さんは春田さんで、日だまりのように優しい人で、私が秋斗の話をした時、一緒に泣いてくれましたよね」

×　　×　　×(和泉の回想)

和泉の話を聞いて泣いている春田。

×　×　×

春田「……はい」
和泉「復讐することだけを考えて生きてきた私に、前を向くことの大切さを教えてくれたのは春田さん、あなたでした」
春田「あ、えっと、はい……」
和泉「これでようやく、区切りをつけられそうです」
イチゴジャムコッペパンを供えて、手を合わせる和泉。
春田も手を合わせる。
和泉「(目を閉じて)……」
春田「(目を開けて和泉を見て、また閉じる)……」
和泉、目を開けて。
和泉「春田さん、ありがとうございました」
春田「いや、俺は何も……でも、これで和泉さんが少しでも、前を向けるなら……」
和泉「まあ……どうなんでしょうね」
春田「え?」
和泉「(胸に手を当て)今度はこのあたりに違和感が……」
春田「ええ……、大丈夫ですか!?」
菊之助「……」
その時、春田のスマホにメッセージが届く。
武川から『わんだほうに、全員集合!』とある。

春田「あ、和泉さん。わんだほうに集合だそうです。行けますか?」
和泉「あ、は、はい」
と、歩いていく春田と和泉。
菊之助「……」

18 わんだほう・店内(夜)

春田、牧、ちず、和泉、栗林、武川が集まっている。
鉄平は厨房で作業していて。
武川「はい、日常わんだほう」
一同「わんだほうー」
と、乾杯する一同。
春田「(牧に耳打ちするように)どうしたの?」
牧「武川さんが部長の体調を気にしてて」
栗林「(春田に)部長の様子がおかしいって話をしちゃったんすよ。すいません」
武川「あまりこういうことを、憶測で騒ぐのは趣味じゃないんだが、情報を集約する限り、黒澤さんは現在体調を崩し、気落ちしているのは間違いなさそうだな」
ちず「そうですね……元気なかったです」
春田「……」
× × ×(春田の回想フラッシュ)

春田が見たエンディングノートに『はるたんとホームパーティしたい(＋牧も)』と書かれている。

× × ×

春田「……部長」

武川「俺たちに何か、できることはないだろうか」

栗林「今はまだ、あんま話をデカくしないほうが良くないっすか!?」

ちず「でも、もし何か重い病気なんだとしたら、一人で抱えるのはすっごく寂しいし、心細いと思うよ」

牧「離婚して独り身だしね……」

スッと立ちあがる和泉。

春田「和泉さん？」

和泉「自身の経験から申しますと、大切な人には、会えるうちに会っておいたほうがいいと、思います。当たり前にあるものが、明日もあるとは限りませんので……ご清聴、ありがとうございました(と座る)」

春田「説得力ぅ……」

ちず「ほんとそうだと思う。理由なんか別になくていいから、一回みんなで会いません？」

牧「じゃあ部長囲んで、ウチでなんかパーッとやります!?」

春田「おお、おおう！　(牧に)いいの？」

牧「もちろん」

武川「黒澤さんを励ます会なんてどうだろう！」

栗林「それじゃ政治資金パーティみたいっすよ」
ちず「早めに決めてくれたら私、休めるよ！」
春田「菊之助さんには、和泉さんから伝えてもらえますか」
和泉「あ、はい……」
牧「じゃあ、スケジュール決めましょっか」

19 黒澤宅・リビング

黒澤は一人、リビングでテレビを見ている。

黒澤「……」

キャスターの声「さくらの開花予想ですが、今年は暖冬の影響で各地とも平年より早く、東京では三月中旬の――」

リモコンでテレビを消す。

黒澤「桜か……もうその頃には……（ハッとして）いかん。いかんいかん!!」

その時、スマホにメッセージが入ってくる。

見ると春田から『部長！　ホームパーティしましょ。今週土曜日はどうですか？』と入ってくる。

黒澤「……はるたん！」

エンディングノートに目を落とすと、1、2ページ目には『不動産の処理』『遺品の分配』『財産整理』などの真面目な項目が並んでいる。

ページをめくると、『はるたんとホームパーティしたい(＋牧も)』のはるたんシリーズがずらりと並んでいる。

黒澤「……(自分を奮い立たせて)さあ、前を向こうか!!」

20　天空不動産第二営業所・フロア(日替わり・朝)

デスクで向かい合って仕事している春田と和泉。

春田がスマホを見ると、黒澤から『行くお！』と返信が来ている。

春田「(溜め息)……よし」

と、落ち込んでる場合じゃないと、自らを奮い立たせる春田。

ふと和泉を見ると、虚空を見つめている。

和泉「(虚空を見つめ)……」

春田「和泉さん、どうしたんすか?」

和泉「あ……不謹慎なことを、考えていました」

春田「なんすか、不謹慎なことって(苦笑)」

和泉「今、私が殉職したら、係長、なのかなって」

春田「いや、ウチは二階級特進とかないんで！　ってか殉職もないんで！」

和泉「ですね……すみません」

と、退職願を手にしている和泉。

春田「あの……もしまだ迷ってるなら、しばらくいたほうがいいんじゃないですか?　まだクラウドの使い方も教えてないし……」

和泉「いいえ、もう気持ちは固まってますから。武川さんのところに、行ってきます」

と、引き出しから退職願の封筒を取り出し、胸ポケットに入れて席を立つ。

春田「……」

21 同・小会議室前の廊下

和泉が歩いてきて、立ち止まる。

そこは『なんでもすっきり相談室』の前である。

ドアをノックする和泉。

和泉「……失礼します」

22 同・小会議室

中に入ってくる和泉。

和泉「……!?」

椅子が回転して現れたのは、舞香である。

舞香「いらっしゃい」

和泉「あ、武川さんじゃないん、ですね」

舞香「どういったご相談かしら。もちろん秘密は守ります。こう見えて案外口は堅いですから」

和泉「あ、いや、あの……」
舞香「すっきりするわよ」
和泉「……」

× × ×(和泉の回想)

菊之助にキスされる和泉。

× × ×

和泉、おずおずと椅子に腰掛けて。
和泉「……実は、ずっと弟のような存在の、家族のような、それでいて、親友のような男が——」
舞香「時間がありませんので、もう少し巻きでお願いします」
和泉「(息を吸い込み、早口で)弟みたいな存在のヤツにキスされましてぇ、それからなんか、どうしたらいいか分かんなくて、そのー、もやもやと、ふつふつと、違和感があるというかなんというか、これはなんなんですかね?」
舞香「……」
和泉「……」
舞香「恋じゃないかしら」
和泉「……はい?」
舞香「ちょっとしたことがきっかけで心のフタが開(ひら)いて、それまで抑えていた感情が表に出てくることはありますから。吹き出物と一緒です」
和泉「吹き出物……」
舞香「一か月分の処方箋を出しておきます。お大事に」

と、渡された処方箋には『恋は吹き出物』と書かれている。

和泉「……」

23　公園近くの路上(日中)

サンドイッチマン和泉がチラシを配っている(が、あまりチラシは受け取られていない)。

和泉「お願いします……お願いします……」

×　×　×(和泉の回想フラッシュ)

黄昏の中、菊之助にキスされる和泉。

×　×　×

和泉「……恋？　……いやいや、それはないだろ……ないない」

その時、通行人とぶつかりそうになる和泉。

和泉「！」

避けたタイミングで、チラシの束を落としてしまう。

和泉「ああ……」

慌ててサンドイッチマンのままチラシを拾おうとして、うまくしゃがめない和泉。

そして、ごろんと転倒する。

和泉「痛ッ……！」

すると、チラシを拾う手が視界に入る。

ふと見上げると、それは菊之助である。

それはまるでスローな世界で……。

菊之助「元公安のエースが何してるんですか（苦笑）」

和泉「……」

× × ×

どこかに腰かけて、おむすびを食べている和泉と菊之助。

菊之助「ホームパーティ？」

和泉「来れたら、来てほしいと」

菊之助「分かりました。予定空けておきます」

和泉「……」

菊之助「あの、ほんとに気にしないでくださいね」

和泉「……え？」

菊之助「こないだのこと……別に俺、返事を待ってるわけじゃないんで」

和泉「……」

菊之助「せめてこのまま、あなたの弟でいさせてください」

和泉「……菊……」

菊之助「……」

菊之助は和泉を見て、ふっと笑う。
和泉の頬にご飯粒がついている。

和泉「……え？」

菊之助「動くな」

と、そのご飯粒を丁寧に取る菊之助。

和泉「!」

菊之助「こういうの……もう、一人で取れるようにならないと」

和泉「……」

取ったご飯粒を食べて、微笑む菊之助。

24 住宅街の路上(夕)

ハツラツと自転車を漕いでいる黒澤。

黒澤「(ハァ、ハァ、ハァ)……!」

25 住宅の玄関先(夕)

玄関先で、顧客に挨拶している黒澤。

黒澤「本日の担当は黒澤武蔵でした。それでは失礼いたします」

と、礼をして立ち去る黒澤。

26 住宅街の路上(夜)

自転車を停めて、電話している黒澤。

黒澤「はい、シフト入れます。はい、はい、どんどん入れちゃってください」

27 坂道(夜)

急な坂道を元気よく、前のめりで漕いでいる黒澤。

黒澤「弱気になるな武蔵……たぁぁあ!! 倒れる時は、前のめりだ、武蔵! はぁああっ!!」

28 春田宅・リビング(夜)

牧が帰宅すると、黒澤がキッチンを拭き上げている。

牧「あれ……?(なんでいるの?)」

黒澤はエプロンを外しながらキッチンから出てきて。

黒澤「本日で最終日となります。約二か月間、ありがとうございました」

牧「あ、はい……(一応礼儀正しく)お疲れ様でした」

黒澤は『ユニコーン家政夫・ムサシのあんちょこ』と書かれたノートを差し出して。

黒澤「もしよろしければ、家事のコツやレシピをまとめたノートを記念に差し上げます」

牧「いや、別にいいです」

黒澤「(めくりながら)たとえば春田さんの好きな唐揚げレシピ」

牧「作れます」

黒澤「(めくりながら)むさログ4.5以上のおかずレシピ!」

牧　「なんすか、むさログって」

黒澤　「(めくりながら)ムシュラン3つ星の厳選グルメぇえ！」

牧　「いいですって、春田さんは俺の味に慣れてますから」

黒澤　「(悲しそうに)……」

牧　「……なんですか」

黒澤　「確かにあなたは料理ができる。それをはるたんが美味しいと言うのも分かります。でも私は……私は……塩分が心配です」

牧　「言われなくても控えてますよ、十分」

黒澤　「いいえ、あなたの作る味噌汁は塩分をもっと減らせる。もっと出汁(だし)のうまみを活用して、味噌を減らすんです。そして減らした味噌の代わりに——」

牧　「分かりました、分かりました、教えてください」

黒澤　「COME　ON　BABY?」

と、キッチンへ誘う黒澤。

×　　×　　×(以下、点描風に)

キッチンで、味噌汁を作っている黒澤と牧。

牧　「えっ、味噌と牛乳を混ぜるんですか?」

黒澤　「火を止めてから最後に……GO！」

と、牛乳と味噌を混ぜたものを鍋に入れる牧。

×　　×　　×

味見している牧。

牧　「……んん、普通にうまい！」

黒澤　「でしょお!?」

×　×　×

笑顔で、小競り合いしつつも仲良く洗い物をしている牧と黒澤。

×　×　×

黒澤、割烹着を手に持ち。

黒澤　「はるたんはスナック菓子ばかり食べるから、もう少し控えるように、それに、飲み会の後のラーメンとか、コーヒーに入れる砂糖の量とか、それに――」

牧　「分かってますよ、ちゃんと管理しますから（苦笑）」

黒澤　「（グッと割烹着を押しつけて）……どうか、頼みます」

牧　「もーなんすか（受け取って）……はい、任せてください」

黒澤　「（頷いて）ありがとう。本日の担当は、黒澤武蔵でした」

牧　「……（なんか様子が変）？」

29　天空不動産第二営業所・フロア（夜）

誰もいない夜のフロアに春田が一人、デスクで作業をしながら、チラシ配りに出ていた和泉の帰りを待っている。

春田　「……」

×　×　×（春田の回想フラッシュ）

春田「!?　……えっ!?」

と、エンディングノートを拾い上げる春田。

×　×　×

春田「(心配で)……部長」

そこに、サンドイッチマン和泉が帰ってくる。

和泉「(息を切らせて)和泉、帰還しました」

春田「遅かったすね……え、チラシ全部配ったんすか?」

和泉「はい。まだ束で持ってる時は良かったんですが、最後の一枚になると誰も受け取ってくれなくて……」

×　×　×(和泉の新規回想・夜)

暗い夜道で、サンドイッチマン和泉がチラシ一枚を差し出し、通行人に必死に渡そうとする。

和泉「お願いします!!　どうか、お願いします!!」

通行人、怖くて和泉を避けていく。

×　×　×

春田「いいんすよ、全部配らなくて……今日、部長が家政夫さんとして来るの最後なんで、俺、帰りますね!」

と、帰ろうとする春田。

和泉「あ……黒澤さん、ついさっきお会いしました」

春田「えーっ!?」

和泉「ちょうどお仕事帰り、だったみたいです」

×　×　×（和泉の新規回想・夜）

チラシ一枚を持って、呆然と立っているサンドイッチマン和泉。

和泉「（呆然）……」

そこに、自転車で黒澤がやってきて。

黒澤「こんな夜遅くまで、お疲れ様です」

和泉「あ、黒澤さん」

黒澤「……最後の一枚、いただけますか」

和泉「は、はい」

と、チラシを渡す和泉。

黒澤はその物件チラシを見ながら……。

黒澤「和泉さん、今度お願いしたいことがありまして」

和泉「……はい」

×　×　×

春田「……お願い？」

和泉「私も詳しいことは分かりませんでした。今度、聞いておきます」

春田「（なんだろう、と）……」

30　春田宅・キッチン（夜）

春田と牧がキッチンに立ち、春田は味噌汁を味見している。その様子を見ている牧。

牧「……」

春田「(ほっこり)うま……！　ほんと牧って、何作ってもうまいよな」

牧「(苦笑)その味噌汁、部長に習いました」

春田「あ、そうなんだ！　今日最後、挨拶できなかったわー」

牧「なんか思ったより元気そうでしたよ。むしろ、いつもより熱いっていうか」

春田「そっか……それならいいけど」

牧「ホントに体調悪いんですかね。また大袈裟に言って、春田さんの気を引こうとしてんじゃないすか(苦笑)」

春田「……え？」

牧「なんか、騙してるのかもなって(苦笑)」

春田「騙すってさ……そんなこと言うなよ」

牧「なんか、あまりに元気だったから……すみません」

春田「病気が間違いならそれでいいよ。騙されてんだったらそれでいい、むしろ嬉しい、俺は」

牧「……」

春田「それより、部長にもし何かあったら、どうしようって……いなくなったらどうしようって、ずっとそればっかり考えて俺、めちゃくちゃ怖くて……(と、涙が溢れてきて)」

牧「……春田さん」

春田「(牧の腕を掴んで)牧もさ……いなくなったりしないよな？　牧にもし、先に死なれたら、俺……生きていけない……(と、泣いている)」

牧　「(春田の背中をさすりながら)大丈夫大丈夫、俺はまだ死にませんから……大丈夫大丈夫」

31　和泉宅・キッチン(夜)

和泉は一人で、ホームパーティに差し入れのための丸いおむすびを沢山作っている。
トッピングのチーズを手に取って。

和泉　「……」

×　×　×(和泉の新規回想1)

喪服姿で墓地に来ている和泉と菊之助。

和泉　「(目を閉じて耐えている)……」

菊之助「(そっと背中に手を添えている)……」

×　×　×(和泉の新規回想2)

夜の坂道を歩いている和泉と菊之助。

和泉　「もういいよ、菊……見つからないよ」

菊之助「(地面を見ながら)諦めるの早いですよ。こう見えて俺、落とし物を探すのは得意なんで」

和泉　「……」

菊之助「……あ!」

と、菊之助は側溝に駆け寄って、しゃがみこむ。

和泉　「!?」

菊之助「……（微笑み）ほらね」
と、拾ったペンダントを掲げる菊之助。

和泉「……菊」

×　×　×（和泉の回想3）

菊之助「こうやって片手で厚みを作って、片手で山を作る。転がして山。転がして山」
和泉「チーズ……入れてもいい？」
菊之助「は？」

×　×　×

やはり、握ったおむすびは丸い。

和泉「……三角になんか、なんねえよ」

32　黒澤宅・表（日替わり・朝）

33　同・リビング

和泉がチェックシートを片手に物件を査定している。

黒澤「まあ、この物件は全然安くてもいいんです。なるべく早めに処分しておきたくて……どうですか」
和泉「そうですね……査定にはあまり自信がないんですが……五億……」
黒澤「いや、それは高すぎるよ」

和泉「すみません……会社に一度、相談します」
黒澤「お願いします」
和泉「ちなみに、次のお引越し先などは、お決まりでしょうか」
黒澤「いや……それは、考えなくていいんです」
和泉「(不思議だなと思い)そう、ですか」
黒澤「じゃ、そろそろ行きましょうか、ホームパーティ」
和泉「はい」
黒澤はお重とDVDを大きな紙袋に入れる。
黒澤「……」

34　春田宅・寝室～リビング

寝起きの春田、心配そうな顔で。
春田「(溜め息)……」
牧「そんな顔してたら、部長元気になんないすよ!」
春田「……だな!　……よし!」
と、気持ちを切り替えて起きあがる春田。
×　×　×
春田、掃除機をかけている。
春田「ふっふふんふん～～♪」

一方、牧はキッチンでサラダを作っている。

春田「あ、掃除終わったら、お皿とか出してください」

牧「おっけー！」

と、テキパキと動く春田。

その時、ピンポンとチャイムが鳴る。

春田「あ、来た！」

×　×　×（以下、点描風に）

武川がおはぎを持って入ってくる。

武川「おはぎ作ったぞ」

×　×　×

栗林と蝶子がカゴに果物を入れて持ってくる。

栗林「パーティ、フォー!!」

蝶子「ちょっと、はしゃがないで（笑）」

×　×　×

ちずが日本酒の一升瓶を持って現れる。

ちず「やっほー、今日は飲むよー」

×　×　×

和泉がバスケットにおむすびを持ってやってくる。

和泉「お邪魔しまーす」

×　×　×

そして、満を持してやってきたのは、重箱を抱えた黒澤である。

黒澤「おまた〜〜！」

35　同・リビング

テーブルには、皆が持ち寄った一品が並んでいる。

春田、牧、武川、栗林、蝶子、ちず、和泉、黒澤が料理や酒を囲んでいる。

一同「かんぱーい!!」

黒澤「急にホームパーティだなんて、またなんで?」

一同「(一瞬言葉に詰まる)……」

ちず「あ、なんというか、新居のお祝いに?」

黒澤「あ、あ、そうかそうか」

春田「そうそう」

牧「賃貸ですけどね(苦笑)」

武川「さあ、食べようか」

栗林「そっすねー」

ちず「そのお重が気になる〜!」

黒澤「あ、さっそく開けちゃう?　じゃーん!」

と、重箱を開けると、豪華なおかずの数々。

そして春田と牧の顔。春田の顔だけ大きいキャラ弁風のご飯。

一同「おおおお〜〜……!!」
栗林「これ春田さんと牧さんじゃないっすか!?」
春田「うわ、すっげえ！　これ部長が一人で作ったんすか!?」
黒澤「ええ、皆で一品持ち寄ると聞いたので、昨日の夜……頑張ったんだ村！」
ちず「すっご……全部美味しそう！」
黒澤「ささ、皆さんどうぞどうぞ」
皆が食べる中、春田も唐揚げを一口食べて。
春田「んん——!!　うっま!!」
黒澤「星いくつ!?」
春田「3つです、いや、5つでふ!!」
黒澤「やったぁあぁ!!」
一同、笑っている。
牧「……(苦笑)」

36　同・リビング〜キッチン

最新版の人生ゲームに熱狂している黒澤、牧、栗林、和泉、武川。
武川『展望台からのバンジーに挑戦』なんでだ！」
牧「ははは、絶対やらなそう」
栗林「はい、お金くださーい(笑)」

黒澤が(ルーレットを回して)コマを進める。

黒澤「おおっ『シニアスポーツの大会で優勝』やったあ!」

一同「おおおおっ!!」

和泉「賞金5000ドルですね、黒澤さん」

はしゃぐ黒澤の様子を、キッチンでスイーツを準備している春田、ちず、蝶子が見ている。

ちず「思ったより、お元気そうですね、部長」

春田「ホント良かった……心配した」

蝶子「……」

37 同・表(時間経過)

ちず、栗林、蝶子、和泉、黒澤、武川が帰ろうとしている。

黒澤「散らかしたままで申し訳ない」

春田「いや、いいんです。またやりましょうね!」

黒澤は春田の前で改まって。

黒澤「……それじゃ、元気でな。春田」

春田「何言ってんすか、またすぐ会いましょ」

黒澤「……」

和泉「……」

蝶子「……」
牧「皆さん、忘れ物ないですか？」
栗林「大丈夫っす！　じゃあまた来週、会社で！」
ちず「ありがとうね、春田、牧くん」
春田「こちらこそ。また来てねー！」
牧「気をつけて！」
と、送り出す春田と牧。
帰っていく一同。
春田「……」
牧「……さて、片付けますか！」
春田「おう！」

38　和泉宅・表

和泉が自宅前に歩いてくると、ちょうど菊之助がやってきて。
和泉「……おお（軽い驚きで）」
菊之助「すみません……ホームパーティ、間に合いませんでした（苦笑）」
和泉「お疲れ……久しぶりに、飲まないか？」
菊之助「……え？」
和泉は構わず先に家の中に入っていく。

菊之助「（溜め息）ふぅ……」
　と、その後に続いていく菊之助。

39　路上

　栗林と蝶子が歩いている。
栗林「夕飯の買い物するっしょ？　……でもまだ腹いっぱいで何も考えらんないよね……（蝶子見て）蝶子？」
蝶子「……」
　蝶子、ウッと泣き出して栗林の腕に顔を埋める。
栗林「!?」
蝶子「（涙が止まらない）ぅうっ……」
栗林「えっ……なに（察して）……部長のこと？」
蝶子「（泣いている）ぅうぅ……」
栗林「（肩を抱いて）……大丈夫、大丈夫だよ、蝶子」

40　別の路上

　黒澤が一人、歩いている。
黒澤「（ぐっと何かに耐える表情で）……」

41　春田宅・リビング〜キッチン

食器などをキッチンに運んだり、ゴミをまとめている春田と牧。
すると、紙袋の中にＤＶＤが一枚残されていることに気づいて。

春田「!?　……なんだろ。部長の忘れ物かな?」
ＤＶＤのケースには『はるたんへ』と付箋が貼ってある。

牧「……ん、結婚式の映像じゃないすか?」
春田「ああ、そっか!」
と、春田はそれを持ってＤＶＤプレーヤーのほうへ。

牧「ちょっ、片付けが先!(苦笑)」
春田「ちょっとだけ!!」
牧「もーー!」
牧は片付けでリビングを離れ、春田は一人でＤＶＤを再生する。

春田「……」
やがて、画面に黒澤が映る。

黒澤「……はーい、武蔵だお!　映ってるかな?」
春田「……え?」
黒澤「(カメラを調整して)あ、あ、あ、よし。(真面目モードになり)はるたん……今日はホームパーティに招いてくれてありがとう。直接話す勇気がなくて、ここにメッセージを残しますことを、どうかお許しください」

春田「……部長?」

黒澤「今年の桜が咲く頃には、私はもう、おそらくこの世にいません」

春田「……え?」

黒澤「病院でそう、診断されました。でも、心配しないでください。案外気持ちはすっきりしていて、今までやりたくてもやれなかったことを、毎日ちょっとずつ叶えています」

春田「……部長……」

黒澤「はるたんに出会えて、私の人生は本当に彩り豊かで楽しいものになりました。はるたんは太陽みたいな人だから、いつもまぶしくて、あったかくて……最後の最後まで優しかったね……そんなはるたんが大好きでした。うん、やっぱり僕は君のことが好きでした。でも、この想いは墓場まで持っていくことにします(笑)」

春田「(泣いている)……」

黒澤「はるたんはもうすぐ40になるんだから、健康に気をつかって、牧の言うことをちゃんと聞いて、だらしない生活はもう卒業するんだぞ。俺のところにすぐに来たら、許さないからな」

春田「(泣いている)……」

黒澤「(笑顔で)それでは、本日の担当は黒澤武蔵でした……さようなら、はるたん」

春田「……」

春田、立ちあがるとリビングを飛び出していく。

42　同・玄関～表（夕）

春田、勢いよく走り出す。
その後、玄関の扉を開けて顔を出す牧。

牧「……春田さん!?」

43　とある路上（夕）

全力で走っていく春田。

春田「（息を切らせて）……部長!!」

×　×　×（春田の回想フラッシュ）

黒澤との思い出が甦る。
黒澤の笑顔、笑顔、笑顔……。

×　×　×

春田「……部長！　……なんで！　……部長!!!」

44　春田宅・リビング

牧は、テレビの前にやってきて。

牧「……」

　ＤＶＤを再生すると、黒澤が話し始める。

黒澤「(悪魔のような声で)まぁあきいぃ―――……」

牧「……は!?」

黒澤「(元に戻って)牧……今まで、本当にありがとう」

45　海の見える橋(夕)

　一人、遠くを見つめている黒澤。

黒澤「……」

　そこに走ってくる春田。

春田「部長……!!　部長!!!」

黒澤「(振り返って)はるたん……」

春田「(息を切らせて)……」

　無言で駆け寄り、黒澤に強く抱きつく春田。

黒澤「ちょっ……はるたんどうした」

春田「部長……(涙が溢れてくる)部長!!!!」

黒澤「(背中をぽんぽんしながら)もー、見るの、早いよぉ」

春田「なんで……なんで、言ってくれなかったんすか」

黒澤「……直接言ったら、きっと、泣いてしまうから……」

春田「ねえ部長、明日病院行きましょ?　何かの間違いかもしれないし、俺一緒について行

黒澤　きますから。ね!?」

春田　「はるたん」

黒澤　「部長、だって元気じゃないですか、嘘ですよそんなの！」

春田　「はるたん！」

黒澤　「俺、そんな……部長がいなくなったらどうしたらいいんすか！」

春田　「君には、牧がいるじゃないか」

　　　「牧とケンカしたら、誰が止めてくれるんですか。俺が迷ったら、誰が導いてくれるんすか！　俺には、俺の人生には、部長が必要なんですよ。ずっとずっと、一緒にいたいんですよ！」

黒澤　「(涙溢れて)そんな……そんなわがまま、言うんじゃないよ」

春田　「いやです！　……部長がいなくなるのは、絶対いやだ！」

　　　と、春田は抱きつこうとするが、押し返す黒澤。

黒澤　「俺だってさあ！　……俺だって……もっと生きたいよ！　はるたんと……はるたんと牧の、幸せをもっともっと、そばで見ていたかったよ！　ううあああああ…!!!」

　　　と、号泣しながらゆっくりと崩れ落ちる黒澤。

春田　「(号泣して)……」

黒澤　「でも……それは……叶わないんだよ……ごめん、はるたん……!!」

春田　「……部長……部長!!」

　　　泣きながら、黒澤の背中を抱く、春田。

46　春田宅・リビング

DVDで黒澤が話している。

黒澤「牧とは数え切れないほどの思い出があるね。何度掴み合ったか分からないけど、本気で気持ちをぶつけ合うことの素晴らしさを、君から教えてもらったような気がします。ごめんね、本当は君に敵わないってことは分かってた。どう考えても春田を幸せにできるのは、世界でただ一人、君しかいない。だから、よろしく頼むな」

牧「……」

黒澤「牧と最後に味噌汁を作れて、楽しかった。もう戦えなくなると思うと寂しいけど、二人の幸せをずっと、見守ってるからな……さようなら、そしてありがとう。わが永遠のライバル、牧凌太」

牧「……部長!!」

と、泣き崩れる牧。やがて映像は黒みに落ちる。

そして牧の慟哭(どうこく)が、リビングに響き渡る。

47　東京・外景(朝)

澄み渡る青い空。

T※『一か月後――』

※T…テロップ

48　春田宅・リビング（朝）

春田と牧が起きてくる。
春田、カーテンを開けて朝の光を取り入れる。

春田「（まぶしい）……」

49　黒澤宅・寝室（朝）

机にはホームパーティの写真が飾られていて、真ん中で笑っている黒澤がいる。
真っ白な部屋で、パチッと目を覚ます黒澤。

黒澤「……ん」

50　同・キッチン

黒澤は、コップ一杯の青汁を一気に飲み干す。

黒澤「（プハァ）……」

51　同・リビング

窓際に立ち、朝日のまぶしさに思わず目を細めて。

黒澤　「……なぜだ。なぜ俺はこんなに、元気なんだ」

最終話へ続く

#9

WE ARE FAMILY!!

前話ダイジェスト

1　黒澤宅・リビング（朝）

窓際に立ち、朝日のまぶしさに思わず目を細めて。

黒澤「……なぜだ。なぜ俺はこんなに、元気なんだ」

×　×　×

体操して身体を動かす黒澤。

黒澤「これは決してカラ元気なんかじゃない。むしろ身体の奥底から生きる活力が湧き上がってくる……なぜだ！」

その時、スマホに電話着信がある。

黒澤がディスプレイを見ると『はるたんこと春田創一様』とある。

しばし、呼び出し画面を見つめる黒澤。

黒澤「はるたん……はうっ！（出られない）」

2　春田宅・リビング（朝）

春田は諦めてスマホを置くと、ソファをコロコロし始める。

一方、牧はキッチンで食器を洗っている。

春田「牧ぃ。今度の休みさあ、部長の家行ってみない？」

牧「……ああ」
春田「最近、電話かけても全然出ないからさ、家で倒れてないか心配だなーと思って」
牧「分かりました。俺もじゃあ仕事、調整しときますね」
春田「（心配な表情でコロコロ）……」

3 和泉宅・リビング（朝）

ワイシャツ姿の和泉は、荷物を段ボールに詰めて引越しの準備を始めている。
和泉は、菊之助&秋斗と写っている写真を手に取り。
和泉「……」

4 同・表～リビング（和泉の回想）

和泉宅の表で会う和泉と菊之助（8話S38）。
和泉「お疲れ……久しぶりに、飲まないか？」
菊之助「……え？」
×　×　×（以下、新規回想）
焼酎を飲んでいる和泉と菊之助（二人はまだほとんど酔っていない）。
和泉「もう、ここに戻って来るつもりはないのかよ」

菊之助「ええ……次の任務、ここから遠いんですよ」
和泉「……じゃあ、俺もついて行こうかな」
菊之助「何なんですか(苦笑)」
和泉「(苦笑)菊のことはずっと、弟みたいなヤツだと思ってた……でも、家族じゃないんだよな。他人の俺は、病院の見舞いすら許されなかった」

×　×　×(和泉の回想フラッシュ1)

和泉「あんたに、俺と菊の何が分かるんだよ!!」
和泉は無理やり突破しようとするが、男性職員が数人やってきて止められる。

×　×　×(和泉の回想フラッシュ2)

菊之助はそっと、和泉にキスをする。
菊之助「……すみません、ずっと好きでした」

×　×　×

和泉「あれからずっと、俺たちの関係は何なんだろうって考えてる」
菊之助「……公安の元バディですよ、ただの」
和泉「お前がいないと、この家広いんだよ……空っぽに感じる」
菊之助「……甘えですね。俺がいなくなったって、しばらくしたらすぐに慣れますよ」
和泉「……菊」
菊之助「俺はもう、そんな曖昧な関係で傷つきたくないんです」
和泉「……」

5　同・同（回想明け）

和泉「……」
　思いに耽っていた和泉、ふと時計を見る。
和泉「（ハッとして）……遅刻」

6　カフェ・店内（日中）

　黒澤と蝶子が話している。
蝶子「（小声で）余命一か月!?　……そんな診断されてたの？」
黒澤「今まで、黙っててすまない」
蝶子「え、でもさ……一か月、とっくに過ぎてない？」
黒澤「そうなんだよ。しかも日に日に身体の調子が良くなってきて……不思議なんだ」
蝶子「結局、どこが悪かったの？」
黒澤「それがあの時、ショックで診察室を出てしまって、詳しく聞いてないんだ」
蝶子「ええっ……余命一か月って聞き間違いなんじゃないの？」
黒澤「いやいや（苦笑）　そんなの、どう聞き間違えるんだ」
蝶子「ねえ、もう一回、徹底的に検査してみたら？」
黒澤「えええ……」

7　天空不動産第二営業所・フロア（日中）

春田がＰＣで作業していると、和泉がゆったりと出社してくる。

春田「あ、和泉さん」
和泉「おはようございます」
春田「前に、黒澤さんのお宅に伺ったたって言ってましたよね？」
和泉「はい、自宅の査定してほしいとのことで」
春田「住所って分かります？　ちょっと様子を見に行きたくて」
和泉「あ、でも……」
春田「なんすか？」
和泉「先ほど伺ったらご不在で、ご近所の方によるとどうも、病院にいるらしいと……」
春田「えっ!?　え、え、それマジですか!?」

と、スマホを持って立ちあがる春田。

春田「（電話で）もしもし、牧？」

と、言いながらフロアを出ていく。

8　天空不動産本社・一角

春田と電話している牧。

牧「……分かりました。じゃあ、俺もすぐ病院に向かいます」

牧　　電話を切る牧。
　　「(いよいよなのか、と)……」

9　東京第三警察病院・表(日中)

10　同・病室

　　ベッドに寝ている黒澤。バイタル装置がピッピ……と正常に動いている。
　　黒澤、蝶子、堂前医師がベッドの傍で話している。
堂前「(検査結果を見ながら)えー特に結果は異常ありませんでした。からだ年齢、35歳です」
黒澤「いや待って先生。以前、私に余命一か月だとおっしゃいましたよね!?」
堂前「え?」
黒澤「余命一か月だと」
堂前「言ってないですよ」
黒澤「いや、言いましたよ、はっきりと!」
堂前「え?」
黒澤「ええっ!?」
堂前「……嫁の話ではなく?」
黒澤「嫁?」
堂前「イカゲーム」

黒澤　「……イカゲーム!?」

×　　×　　×（黒澤の新規回想）

堂前の診察を受けている黒澤。

堂前　「（カルテを書きながら）ストレスですかね……何か、発散できるものがあるといいんですが」

黒澤　「（思い詰めて）……」

堂前　「（黒澤を見て）あ、嫁がイカゲームっつーのにハマってましてね……韓国ドラマの。ご存じですか？」

黒澤　「（愕然として）……」

×　　×　　×

黒澤　「嫁がイカゲームっつーの……余命イッカゲームー……余命イッカゲッツー……余命一か月!!」

蝶子　「全然違うじゃん!!」

黒澤　「うっはぁあああっ!!　聞き間違いかぁあ!!!　はぁあ、なんてこった!!」

堂前　「それでは」

黒澤　「ちょちょちょちょ、待って、待って先生!!」

と、堂前の腕を捕まえる黒澤。

黒澤　「で、でも、吐血したのは本当なんです！」

×　　×　　×（黒澤の回想）

結婚式の食事会場のトイレにて。

ごほっと激しく咳き込む黒澤。
手の平を見ると、深紅に染まっている。

黒澤「(厳しい表情で)……」

×　×　×

堂前「それ本当に……血だったんですか?」
黒澤「ええっ、そこ疑います!?　本当も何も……ハッ!」

×　×　×(黒澤の新規回想)

ミートソースと赤ワインを楽しむ黒澤。

黒澤「(微笑み)……」

×　×　×

黒澤「(頭を抱えて)はぁああ……!!(力なく崩れ落ちながら)ただの赤い食べ物が、気管に入っただけでございます……!!」
蝶子「えええっ!?　そうなの!?」

黒澤はスマホに入ってくるメッセージを見て。

黒澤「どうしよう蝶子さん!!　もうすぐみんなが見舞いに来ると言ってる!　お別れビデオまで作ってさよならしたのに、今さら間違いだったなんて言えない!」
蝶子「もー、この機会にちゃんと正直に言ったほうがいいって」
黒澤「先生、これ(バイタル装置)はちょっと大袈裟でしょ、外してもいいですよね?」
堂前「いや、バイタルデータを取りたいので、しばらくこのままでお願いします」
と、一礼して去っていく堂前。

黒澤「（どうしよう）……!!」

11　同・同（以下、点描風に）

和泉が黒澤と話している。

和泉「（神妙に）黒澤さんのご自宅なんですが、無事、売却の手続きに入りました」
黒澤「売却……（独り言で）そうか、売っちゃったのかぁあああ……」
和泉「どうか後のことは安心して、我々にお任せください」
黒澤「あ、あの。もう皆さんのお見舞いは結構だと伝えてもらえませんか」
和泉「あ、既に皆さんこちらに向かっています」
黒澤「ええええっ……じゃあ、公安の力で何とか、私の存在を消してもらうことはできないでしょうか!!」
和泉「いや、無理ですよ」
黒澤「そこをなんとか!!　ひと思いに!!」
と、和泉にすがる黒澤。
和泉「ちょちょっ、何を言ってるんですか！」
黒澤「消して!!　ボディを透明にして!!」

12　同・同（日中　時間経過）

武川と舞香が花束を持って見舞いに訪れている。
あえて明るく装っている武川。

武川「黒澤さん。あいの里という番組をご存じですか」
黒澤「いや……申し訳ない」
武川「35歳以上の参加者が古民家で共同生活を送るという番組なんですが、二期のオーディションに合格しました」
舞香「あら、すごい！(拍手する)」
黒澤「おお、良かったじゃないか」
武川「でも実は今、新しいパートナーができそうで(うふっ)、ちょっと参加を迷っています」
舞香「黒澤元部長、ウチの子たち、こんなに成長いたしました」
と、楓香と銀平が写った家族写真を見せる舞香。
黒澤「可愛いね……」
舞香「元部長の分まで、私たち、うっ……あああ‼」
と、号泣し出す舞香。
黒澤、もう嘘をつくのは限界だと感じて。
黒澤「実はね、武川くん、荒井くん……‼」
と、ベッドから起き上がろうとした弾みで、バイタル装置の腕につけているコードが外れて、バイタル装置の脈が止まって『ピ―――ッ』とアラートが病室内に響き渡る。
武川・舞香「⁉」
武川「部長‼　黒澤部長‼　部長、戻って来い‼」

舞香「黒澤部長〜〜!!(号泣)」
と、起きている黒澤に抱きつく武川と舞香。
黒澤「いやいや、生きてるでしょ、どう考えても！　ホントはこの通り、元気なんだよ!!!」

13 同・同(時間経過)

ベッドに正座して反省している黒澤。
一通り事情を聞いた春田と牧。
黒澤「お騒がせして、大変申し訳ございませんでした」
と、土下座する黒澤。
春田「ぶちょぶちょ、顔を上げてください！」
牧「嘘でしょ……」
黒澤「まさか『嫁がイカゲームっつーの』と『余命一か月』を聞き間違えるとは思わず……」
春田「ほんとに何もないんですよね……！(抱きつき)」
黒澤「(抱きついて)そうなんだ、はるたんごめん!!」
牧「いやいや(二人を引き剥がし)俺、めちゃくちゃ泣いたんすよ!?　涙返してくださいよ！」
と、黒澤に掴み掛かろうとする牧。
春田「まあまあ、牧牧牧！(と、牧を引き剥がす)」
黒澤「お詫びに、イカゲームに出て参ります」

春田　と、ベッドを降りようとする黒澤。
「部長部長!!（と、引き留めて）いいんすよ、部長！」
と、泣きながら黒澤の背中を抱きしめる春田。

黒澤　「ああはあぁああんん（涙）ごめえええん……!!」

春田　「良かった良かった……ホントに良かった!!（涙）」

牧　「（呆れつつ、春田の背中に手を添える）……」

メインタイトル

『おっさんずラブ リターンズ　最終話　WE ARE FAMILY!!』

14　病院の帰り道（夜）

春田と牧が話しながら歩いている。

春田　「（考えている）……」

牧　「どうしたんですか？」

春田　「んー、なんか今回のことで色々考えさせられたなーと思ってさ……」

牧　「……何を？」

春田　「俺も牧も、お互いの親も、この先ずーっと元気でいられる保証なんてないわけじゃん？
突然、何かあるかもしれないし」

牧　「……そうですね」

春田「俺、もうすぐ40になるのにさあ、こんなんでいいのかなあとか」
牧「え、今さら?」
春田「明日死んでも後悔しないぐらい、一生懸命生きてっかなあ……と思って」
牧「なに……(苦笑) 春田さんらしくないっすね」
春田「俺だってさぁ、真面目に考えたりすることあんだよ」
牧「(苦笑)ふふ……」
春田「笑うとこじゃねえから(苦笑)」

15 天空不動産第二営業所・フロア(日替わり・日中)
春田「お疲れっす、おつぁーっす、つぁっす!」
と、フロアに戻ってくる春田。
すると舞香がやってきて。
舞香「春田くん、移転先の新しい名刺ができました」
春田「あ、もうできたんすね、あざっす」
と、名刺(ケースに入った束)を受け取る春田。
春田、自分のデスクにやってきて、名刺の束を見る。
そこには『天空不動産　東京第一営業所　営業部　係長補佐　春田創一』とある。
春田「係長補佐……(溜め息で、ふうと息をつく)……」
いつの間にか武川が傍に来ていて。

武川「悔しいと思わないか」
春田「！　あ、武川さん。何がですか？」
武川「第一営業所とは対等な統合だと聞いていたのに、第二の名前が消えている。これじゃ一方的に吸収されたようなものじゃないか」
春田「あ、そう、ですね……」
武川「ところで春田、本社までお遣いを頼みたいのだが」
春田「はい、大丈夫です。あ、和泉さんは……」
武川「まだ来てないな」
春田「相変わらずマイペース！」
武川「ったく、いきなり退職すると言い出すし、一体誰が採用したんだよ……俺か！」
春田「そうっすよ（苦笑）じゃあ俺、行ってきます！」

16　路上（日中）

和泉がチラシの束を抱えて歩いてくると、少し離れたところにキッチンカーが停まっている。

おむすびを客に売っている菊之助が見える。

和泉「……」

そして菊之助は、離れた場所にいる和泉に気づく。

菊之助「……」

和泉、踵を返して歩いていく。

17 天空不動産本社・廊下

『現地販売会』の幟(のぼり)を持って、本社の廊下にやってくる春田。

春田「(息を切らせて)……」

するとと、栗林が待っていて。

栗林「おおお、春田さん早い、あざっす!!」

春田「おめーが取りに来いよ」

と、幟を手渡す春田。

栗林「そうっすよね(笑)何気に俺、上下関係重んじるタイプなんで」

春田「だったら俺が上だろーがよ!」

栗林「ナイスツッコミ! 牧さんに会っていきます?」

春田「……いやいいわ、公私混同って怒られっから」

栗林「なになにぃ~(肩を組んで)成長したじゃないっすか、はるたさーん!」

春田「おい! 先輩だぞ!? たたた、お腹痛い……」

栗林「? 大丈夫すか?」

春田「うん……本社来ると緊張して腹痛くなるんだよ、じゃ!」

と、トイレに走っていく春田。

18　同・トイレ・個室

　春田、個室で一息ついている。

春田「(ふう、と)……」

　すると、個室の外から男性社員二人組の声が聞こえてくる。

社員A「え、牧課長って結婚してんだ?」

社員B「してるしてる。相手もウチの会社にいるらしいよ」

社員A「へえ、そうなんだ!?　でもさ、めちゃくちゃデキる人じゃないと牧課長に釣り合わなくね?」

春田「……」

社員B「だよな。ラガーフェルドクラス?」

社員A「えええ、いるかぁ?　ウチの会社に(笑)」

春田「(頭を抱えて)……」

19　商店街〜路上(夜)

　買い物袋を提げて歩いている春田。

　すると、ちずも買い物袋を提げて歩いてくる。

ちず「あ、春田じゃん!」

春田「(気づいて)お、おお!」

×　×　×

春田宅近くを歩いている春田とちず。

ちず「まー、春田の言うことは分かるよ。私も前は40までに起業したいって思ってたし」

春田「今は？」

ちず「今は吾郎がいるし、この先どんな働き方がベストかは、まだ模索中」

春田「俺はさぁ、こんな40でいいのかなーとか、やっぱラガーフェルドクラスを目指さないと、牧とかみんなを幸せにできないのかなーとか」

ちず「バカじゃないの？」

春田「割と本気」

ちず「春田はそういう安直なところは死ぬ気で変わったほうがいいと思うし、ありのままでいいよとかは毛頭思わないけどさ、中途半端に変な気を起こして、空回りして、牧くんに迷惑かけるのだけはやめてほしいんだよね」

春田「おま、誰だよ……そこまで言うことないじゃん……」

ちず「ごめん、言いすぎた。でも、もうすぐ40ってことは不惑でしょ？　惑ってる場合じゃなくない？」

春田「……はぁい」

20　春田宅・リビング（夜）

唐揚げがテーブルに用意されていて、牧はリビングで中国語の勉強をしている。

春田　そこに、疲れた様子で帰ってくる春田。
「ただいまー……」
牧　「お帰りなさい。(勉強の手を止めて)ご飯先、食べます?」
春田　「ああ、いいや……明日の朝、食べようかな」
牧　「え、今日唐揚げですよ」
春田　「ごめん、なんかあんま食欲なくてさ……はい、キッチンペーパー」
牧　「あ、ありがとうございます」
　と、買い物袋を受け取る牧。
春田　「風呂入ってくんね~……」
　と、力なく浴室のほうへ歩いていく春田。
牧　「(どうした?)……」

21　同・浴室

　熱いシャワーを浴びながら、悶絶している春田。
春田　「(悶絶)ぬぁああっ……!!」

22　天空不動産第二営業所・フロア(日替わり・日中)

　移転に向けて、慌ただしく(本棚などの)資料を整理している社員たち。

春田も自分のデスク周りを片付けていると和泉がやってきて。

和泉「春田さん」

春田「はい、はい」

和泉「私がこれまで作った資料を、春田さんに引き継ぐようにと言われたんですが」

春田「はい、俺のフォルダに入れてくれたら」

和泉「でも、さっきから画面が青空のようになっていて」

春田が和泉の画面を覗くと、ブルースクリーンになっている。

春田「うわうわ、これダメになっちゃったかな……」

和泉「今まで作った資料が……」

春田「あ、でもデータは全部クラウドに入ってると思うんで、パソコンを替えたら大丈夫ですよ」

和泉「クラウド……?」

春田「はい、そこに全部残ってると思います」

和泉はふと、窓の外の空を見上げる。

和泉「(空を見て)……」

春田「あ、いやいや、クラウドっていうのは、その雲じゃないです!」

春田のスマホに電話の着信がある。

春田、電話に出て。

春田「はい、天空不動産の春田ですが……少々お待ちください。(和泉に)クラウドの説明はまたしますね! とりあえず舞香さんにパソコンのこと、お願いしてください!」

　　　と、去っていく春田。

和泉「……」

23　本社近くの路上（日中）

　　　牧、栗林、ちずがキッチンカーに並んでいる。
　　　キッチンカーの前には『閉店売り尽くしセール』の幟が立っている。

牧「部長の一件があってから、春田さん全然元気ないんすよ」

ちず「まあ……引きずる気持ちは分かるけどね。私も吾郎に何かあったらって考えたら怖くなったもん」

牧「でもさすがに唐揚げが喉通らないって、ヤバくないすか」

ちず「あ、そこまで？　なんかね、私と会った時はもうすぐ40だから、ラガーフェルドクラスを目指すって、わけ分かんないこと言ってた」

牧「も――……」

ちず「自分が成長することで、みんなを幸せにできるって思ってるみたい」

牧「そんなこと考えなくていいのに……」

ちず「それも言ったんだけどね」

栗林「じゃあ俺、まずいことしちゃったかも！」

牧「え、なに？」

栗林「春田さん、今ヘッドハンティングされてんすよ」

牧・ちず「えっ!?」

24 カフェ・店内(日中)

春田と、Natflax不動産の鋼沢入鹿(はがねざわいるか)(29)が話している。

入鹿「私、Natflax不動産の採用担当をしております、鋼沢入鹿と申します。(名刺渡して)実は、栗林歌麻呂くんと小学校から大学まで同級生でして」

春田「あ、そうなんですか」

入鹿「今、弊社は事業拡大に向けて即戦力となる人材を探しているんですが、先日たまたま歌麻呂くんと飲んでいる時に春田さんの話になりまして。一度お会いしてみたいなと」

春田「いやいや、そんな俺はただの営業マンです」

入鹿「この街にすごく愛されてる方だと聞きました。いや、春田さん自身がもう、街のようだと」

春田「はぁ……でもNatflaxさんって外資系……ですよね?」

入鹿「ええ、本社はアメリカなんですが、春に新設する東京営業所はここから歩いてすぐのところにありまして」

春田「あ、ご近所さんなんすね!」

入鹿「ええ、ちなみに、我々が今求めているポジションは、セクションヘッドです」

春田「セクションヘッド?」

入鹿「日本企業で言うところの課長さん、でしょうか」

春田「えええっ、課長!?」

25　本社近くの路上

牧、栗林、ちずがキッチンカーに並んでいる。

菊之助「お待たせしました。今日で最後になります」
ちず「え、閉めちゃうんですか？」
菊之助「ええ、おむすびの販売は継続するんですが、拠点を郊外に移すことになりまして」
牧「次のミッションというか、任務の関係ですか？」
菊之助「(微笑み)なんの話ですか？」
牧「あ、いや、すいません」
栗林「次はおかか以外も売ったほうがいいすよ。そんなコストかかんないっしょ」
菊之助「ご意見ありがとうございます。ちょうど今、新メニューを検討しているところです」
栗林「明太子とか、昆布とか、梅とか？」
ちず「どんな新メニューなんですか？」
菊之助「(微笑み)ソルトです」
栗林「ソルト！」

26　天空不動産第二営業所・フロア

春田がPCで『Natflax不動産』のWEBページを開いている。
黒タートル外国人社長(40)の挨拶文が全て英語である。

春田「……」

春田M「え、俺がNatflax不動産!? しかもセクションヘッドって、どゆこと!? セクションヘッドに、春田ヘッドハンティング!? つーか、全然英語分かんねえ!!」
いつの間にか、和泉が印刷した資料の束を持って立っている。

和泉「すみません、春田さん」

春田「はい、はい(WEBページを閉じて)なんすか?」

和泉「PCを替えて無事、資料を印刷できましたので、確認をお願いします」

春田「はい、分かりました」
と、受け取った資料の束は、すべて印刷範囲がうまく指定されておらず、一つの表が複数枚にわたって印刷されているなどして、超絶見にくい。

春田「(絶句)……えっと」

和泉「おかしいとは、薄々、気づいています」

春田「一緒に、やり直しましょうか」

和泉「(微笑み)はい」

宮島「春田さん、お客様がいらっしゃってます」

春田「(時計見て)あ、アポがあったんだ。和泉さん、とりあえず印刷範囲を指定しましょう!」

和泉「印刷範囲、はい」

× × ×(時間経過)

営業所内の商談スペースで、顧客と土地売買契約の話をしている春田。

顧客「(感激して)あんたみたいに正直な不動産屋さんは初めてだよ！」

春田「実は私、嘘がつけないので……」

顧客「気に入った！　是非おたくと契約させてほしい」

春田「ありがとうございます!!」

×　×　×(時間経過)

印刷機から正しく印刷範囲が指定された資料が次々とプリントアウトされてくる。

春田「どう?」

和泉「……完璧です！」

春田「いえぇえい!!!」

と、ハイタッチする春田と和泉。

×　×　×

春田が休憩中に英会話の本を読んでいる。

春田「Hello, how do you do?　It's a pleasure to see you.」

サンドイッチマン武川がやってきて。

武川「行こうか、春田」

春田「えっ、えええっ、はい！」

と、フロアを出ていく春田と武川。

その後ろ姿を見ている和泉。

和泉「(尊敬の眼差しで)……」

27　路上（夜）

サンドイッチマンになっている春田と武川が、行き交う人たちにチラシを配っている。

武川「今週末の新築マンションフェア、是非お越しくださいー！」

春田「（チラシを渡しながら）ありがとうございまーす！」

武川「（息が切れている）……」

疲れて動けなくなっている武川。

春田「あ、あと、俺一人でやりますよ！」

と、チラシをもらおうと手を出す春田。

だが、武川は拒否して。

武川「やめろ、信玄！」

春田「え、信玄……？」

武川「（照れてメガネクイッ）間違えた。それより、黒澤部長から受け継いだバトンなのに……このまま不甲斐なく、第二営業所を消滅させるわけにはいかないんだ！」

春田「武川さん……」

武川「最後に一矢報いたいんだよ」

そして、武川は再びチラシを配り始める。

武川「あなたの空はどこですか？　天空不動産です！　どうぞ、新築フェアです、ありがとうございます！」

春田「(その頑張りに心を打たれて)……新築フェア、よろしくお願いします!!」

28　春田宅・リビング

牧「ただいまー……」

と、帰宅してくる牧。

春田は疲れ果てて、こたつで眠っている。

春田「(眠っている)……」

牧はカバンを置いて、春田の傍にやってきて。

牧「風邪ひきますよ。ほら、起きて」

春田「(眠くて反応できず)……ん」

こたつの上には『ビジネス英語入門』の本が置かれている。

牧「(無理してるやん、と)……」

29　春田の夢

天空不動産第二営業所に出社してくる春田。

春田「おっざまー――す!!　おっざ……」

だが、フロアはガランとして誰もいない。

春田「えっ!?　あれ、定休日?　じゃないよな。武川さん!?　舞香さん!?　……和泉さん!?」

×　×　×

春田が路上に出てくると、自転車で去っていく黒澤らしき人物の後ろ姿。

春田「部長!!」

と、追いかけて角を曲がると、一台のキッチンカーが停まっている(黒澤らしき人物は既に見えない)。

春田「(息を切らせて)……」

春田はキッチンカーに近寄っていくが、誰もいない。

春田「菊之助さん……菊様!?　えええっ!?」

見渡す限り、その広場には誰もいない。

30　春田宅・寝室(夜中)

目を覚まし、ガバッと起きる春田。

春田「(ハァ、ハァ)……んだよ」

ふと隣を見ると、牧の姿がない。

春田「……牧!?」

31　同・リビング(夜中)

慌ててリビングにやってくる春田。

春田「牧!?　……えええ、牧!?」
だが、リビングにも牧はいない。
すると、牧がリビングにやってきて。
牧「?　どうしたんですか?」
春田「うおお、牧!!　どこにいたんだよ!?」
牧「……え、トイレ」
春田「あ、トイレ……そっか……」
牧「はい……」
春田「……牧……」
不安な気持ちから、牧に抱きつく春田。
牧「(様子が変だなと思い)……どうしたんですか」
春田「……みんないなくなる夢、見た」
牧「……(とんとんと背中を叩く)そっかそっか」
ぐう、とお腹が鳴る春田。
×　×　×(時間経過)
鶏雑炊を食べている春田と牧。
牧「ヘッドハンティングされたんでしょ」
春田「……うん」
牧「でもNatflaxって、不動産投資の会社ですよ」
春田「あ、そうなんだ……」

牧　「今の仕事とはずいぶん違いますよね、きっと」

春田　「……」

牧　「春田さん、無理してません？」

春田　「俺さ……牧のことも、天空不動産の人たちも、部長も蝶子さんも和泉さんも菊之助さんもみーんな家族みたいに大事にしたくてさ、でも自分が成長しないと幸せになんかできないよなって……口だけじゃんって思って……」

牧　「……今のままで十分幸せですよ、俺は」

春田　「……ほんとにぃ？　それって今だけじゃない？」

牧　「めんどくせ(苦笑)……春田さん」

春田　「ん」

牧　「しんどいなら、会社休んだほうがいいですよ」

春田　「大丈夫大丈夫……明日で和泉さん最後だし」

牧　「ほんとに俺がやばいって判断したら、強制的にストップかけますからね」

春田　「うん……従う」

牧　「よし……お替わりは？」

春田　「する」

牧　「するんかい」

と、茶碗を持ってキッチンのほうへ向かう牧。

心配そうに春田を見て。

牧　「……」

32　路上（日替わり・朝）

自転車を漕いで仕事先に向かっている黒澤。

黒澤「（オリジナル社歌で）♪馬　馬馬　ユニコーン　お掃除洗濯いたします〜　馬　馬馬　ユニコーン　あなたのお宅に翔んでいきます〜」

そんな黒澤に電話着信がある。

自転車を停めて、電話に出る黒澤。

黒澤「（電話で）はい、ばしゃうまクリーンサービス黒澤でございます」

33　天空不動産本社・廊下

廊下の片隅で電話している牧。

以下、路上の黒澤と適宜カットバックで。

牧「牧です……」

黒澤「……あ、お世話になっております。その節は大変ご心配とご迷惑をおかけしました」

牧「今日、ちょっと昼休みにお時間いただけませんか」

黒澤「新規ご契約のご相談ですね。かしこまりました」

牧「あ、いや、ちょっ……（切れる）」

34　住宅街（日中・点描風）

マンションの表やロビーで、オーナーに挨拶回りをしている春田と和泉。
オーナーの堀川（70）が対応している。

春田「和泉が今日で最後なので、ご挨拶に」
和泉「短い間でしたが、お世話になりました」
堀川「寂しいねえ、こないだ入ったばかりじゃないの」
春田「引き続き、私が担当しますので……」
和泉「（何かに気づいて）あ、すみません、春田さん」
と、カバンなどの荷物を春田に渡して、走り出していく和泉。
春田「え、え、ちょっ、和泉さん!?」
和泉はマンションに侵入しようとする不審な男を追いかけ、華麗に捕まえる。
不審な男「うわっ、なんだクソッ!!　放せこの野郎!!」
和泉「（華麗に技を決めて）——警察、行きましょうか」
と、男をがっちりとホールドする和泉。
それを離れた所で見ている春田と堀川。
堀川「……!」
春田「……すげえ」

35　レトロな喫茶店・店内（日中）

牧　ナポリタンを食べている黒澤。
　　牧は頼んだコーヒーに手をつけていない。
黒澤「春田さん……みんなを幸せにするために成長しなきゃって、自分を追い込んじゃってるんです。このままじゃ身体を壊すんじゃないかって心配で……どうしたらいいと思います?」
牧「(ナプキンで口をぬぐい)実に、はるたんらしい(笑)」
黒澤「笑いごとじゃないです。ってか元はと言えば、部長が余命だのお別れだの騒ぐからですよ」
牧「私が伺わなくなってしばらく経ちますが、春田さんは黒澤ロスに陥っているんじゃないでしょうか」
黒澤「いや、そうじゃなくて」
牧「この度、住み込み家政夫のケンタウロスプランというのが新しくできまして――」
黒澤「もういいです」
　　と、席を立とうとする牧。
牧「ちょちょ、冗談です冗談!　冗談だから!」
黒澤「こっちは真剣なんですよ……!」
　　座り直す牧。
牧「まあ、頑張っているはるたんを無理に止めるのも、私は違う気がします」
黒澤「……でも」
牧「はるたんは今、牧やみんなの幸せを考えて頑張ろうとしてるんですよね」

牧　「そうですね」
黒澤　「じゃあ今牧ができることは、はるたんの幸せが何か、考えてあげることじゃないですか？」
牧　「春田さんにとっての幸せ……ですか？」
黒澤　「（時計を見て）おっと、次の仕事がございますので、ご馳走様でした」
　と、席を立ち去っていく黒澤。
牧　「（考えて）……」

36　路上（日中）

　春田と和泉が各処に挨拶回りをしている。
　途中、横断歩道を小学生たちが歩いている。
和泉　「お気をつけて、お帰りくださいませー」
小学生たち　「いずぽや、ばいばーい！」
　と、去っていく小学生たち。
春田　「和泉さんすごい。みんなに覚えられてるじゃないすか」
和泉　「チラシを配っているうちに、はい」
春田　「……辞めちゃうのもったいないなぁ……」
和泉　「……春田さんは、どうするんですか？」
春田　「えっ？」
和泉　「転職で……悩んでるんですよね」

春田「え、えっ、なんで知ってんすか!?」
和泉「デスクが隣なので、情報は筒抜けです」
春田「さすが元公安……はい、今、めちゃくちゃ悩んでます。どーしよっかなあって」
和泉「私は……春田さんと周りの人たちが、ぽかぽかになれる場所が一番だと思います」
春田「……え?(苦笑)」
和泉「長年凍っていた私の心は、日だまりのような春田さんに溶かしてもらいました。なので、春田さんには一緒に働く仲間やお客様をぽかぽか温めてほしいなって……」
春田「……ぽかぽか」

37　橋(夜)

会社帰りの牧、立ち止まって夜景を眺めている。
牧「(考えている)……」

38　春田宅・リビング(夜)

帰宅する春田。

スマホにメールの着信があって。

春田「(見る)……」

『Natflax不動産の鋼沢です。お時間のある時に、ご連絡いただければ幸いです』

春田「(ふう、と何かを決断)……」

39　同・寝室(日替わり・日中)

目が覚める春田、時計を見ると昼過ぎている。

春田「……!?」

隣を見るが、牧はいない。

40　同・リビング

寝癖満開でリビングにやってくる春田。

春田「(寝ぼけながら)牧ぃ〜、今日はスクランブルエッグがいい……牧!?　え、牧!?」

リビングに牧の姿はない。

テーブルには『わんだほうに来てください』とメモが置いてある。

春田「……わんだほう?」

41　わんだほう・店内(日中)

春田が店内に入ってくると、桜の装飾がある。

その中で牧が一人待っている。

牧　「……起きるの遅っ」

春田　「さっき起きたわ……ってか、桜咲いてんじゃん！　すげえ！」

牧　「たまにはこうやって、春田さんと休日にだらだら飲むのもいいなーと思って」

春田　「あ、そういうの好きだわー。牧くんそういうのいいわー！」

牧　「でしょ？」

春田　「あ、牧……俺、牧に言わなきゃいけないことがあって」

牧　「……Natflax不動産の話？」

春田　「そそ、お断りしようと思って会って来たんだけどさ」

×　×　×（春田の新規回想）

春田と鋼沢がカフェで話している。

春田　「採用の件なんですが……その、やっぱり自分の足で街を歩いて、街の人たちと触れ合って、街の人の笑顔を見ることが僕の幸せなのかなぁと思いまして。これからも今の会社で頑張っていきます！」

鋼沢　「いいと思います！」

春田　「ええっ!?」

鋼沢　「春田さんのおかげで、弊社もいい人材が見つかりました」

春田　「えっ!?　はい？」

鋼沢　「春田さんのように街を愛して、街に愛される人を採用できたんです。貴重なお話、ありがとうございました！」

春田　「……え、えええっ!?」

春田「ホントに一回俺に会ってみたかっただけで、別にヘッドハンティングされてなかったわ」
牧「なんやそれ(苦笑)……でも春田さんらしい決断で、俺はホッとしました」
春田「……ありがとね、牧」
牧「じゃあ、乾杯します？」
春田「うん」
春田・牧「かんぱーい！」
と、その瞬間、照明が落ちて店内が真っ暗になる。
春田「!?　え、何!?　停電!?　牧!?」
そして次の瞬間、照明が再び点くと、壁には花などの装飾が追加され、牧、黒澤、和泉、菊之助、ちず、武川、舞香、鉄平、栗林、蝶子が春田を囲んでいて。
一同「わんだほ―――う！(一斉にクラッカーを鳴らす)」
春田「(驚いて)えっ、何、ええっ!?　みんなどうした!?」
栗林「天空不動産、残留おめでとうフォー!!」
ちず「春田いつもありがと―――！」
黒澤「ありがとうはるたん！」
武川「ありがとう！　これからもよろしくな！」
春田「えっ、なんで知ってたの!?　ってか、これは何の会？」
牧「まー、簡単に言えば、春田さんを幸せにする会ですね」
春田「ええっ、何それ!?」

牧「春田さんは人の幸せばっかり考えて、わーってなってたでしょ。だから逆に俺たちは何をしたら春田さんは幸せなのかなあと思って」

×　　×　　×(牧の回想フラッシュ)

春田「大好きな牧と、幸せな家族に、なれますように――!!」

神社で叫んでいる春田。

×　　×　　×(牧の回想フラッシュ)

春田「牧の家族は、俺の家族でもあるからさ。楽しい時も大変な時も、分かち合いたいって思ってる」

芳郎を介護している春田。

×　　×　　×(牧の回想フラッシュ)

春田「全然変じゃないよ。部長も家族みたいなもんじゃん?」

黒澤の死を覚悟して泣いている春田。

×　　×　　×(牧の回想フラッシュ)

春田「みんな家族になって、仲良くおむつパートナーになってさ、おむつ同盟結んだらいいじゃん」

結婚式で仲間に囲まれて幸せそうな春田。

×　　×　　×

牧「春田さんはきっと、大好きなみんなに囲まれて、笑ってる時が一番幸せなんだろうなと思って、今日は集まってもらいました!」

春田「牧ぃ……(感激)!!」

以下、適宜過去回想を挟みながら。

菊之助「春田さんにはお世話になったのに、なかなかお礼を言える機会がなくて……秋斗のこと、和泉のこと、ありがとうございました」

ちず「私も倒れた時、吾郎をありがとうね」

舞香「私からもありがとう！」

春田「ううん、いいよそんなの」

鉄平「いつもウチのメシ、美味しく食べてくれてありがとうな」

蝶子「春田くん、私がお義母さんとモメてる時も、話聞いてくれて、ありがとうね」

栗林「意外に神なんすよね、春田さんって」

春田「なんだよ意外って！」

和泉「春田さんと出会っていなかったら、私はずっと、ぽやっとしていたと思います」

『いやいやいや！』『今もぽやっとしてるから！』『いずぽやだよ！』などと突っ込まれる和泉。

和泉「短い間でしたが春田さん、ありがとうございました」

拍手を浴びる和泉。

武川「えー、特に春田と牧には多大なる心配をかけてしまったが、俺はようやく、自分に合ったパートナーを見つけて今、穏やかな日常を取り戻している！」

『おおお!!』『誰誰!?』『ラガーフェルド？』『おめでとう!!』などと突っ込まれる武川。

春田「信玄さん!?」

武川「先に言うな！　是非、休みの日には君たちも、俺のパートナーに会いに来てほしい。

紹介しよう、信玄だ」
と、猫の写真を見せる武川。
『えええっ!?』『可愛い！』『おおお、おめでとう!!』『信玄!!』『おめでとう武川さん!!』と、祝福される武川。
にやけが止まらない武川。

蝶子 「信玄くんが新しい家族かぁ、ありだね」

栗林 「見てよあの顔！　絶対、信玄にゲロ甘っしょ」
そして、黒澤が立って。

黒澤 「えー、はるたん、牧凌太とは奇しくも家政夫として再会して、二人の愛をそっと応援するつもりでしたが、ちょっぴり、かき回しちゃったね」
『ちょっぴりどころじゃねえ』『だいぶだよ！』『暴れ馬！』『全部おいしいとこ持ってった！』『確信犯！』などと突っ込まれる黒澤。

黒澤 「春田、牧……二人に出会えて黒澤武蔵は、本当に幸せです。ありがとう！」
拍手が巻き起こる。
最後、牧が何か一言言う流れになり。

武川 「さあ行け、牧凌太！」

牧 「えええ、こういうの一番嫌なんですよ……もー……(切り替えて)えー、春田さんがいないと、俺の幸せはないんで、いつも笑ってくれて、笑わせてくれて、ありがとうございます…………そんな春田さんが、好きです」

春田 「……牧ぃいいい!!!」

と、牧に抱きつく春田。

黒澤「はるたぁ——ん!!」

と、便乗して春田に抱きつく黒澤。

牧「ちょちょちょ、やめろ!」

武川「牧———!!!」

と、なぜか武川も便乗して、ケンカではなく、もみくちゃになりながら抱き合う春田たち。

栗林「ちょっと!!　目的見失ってるから!」

× × ×(時間経過)

武川が着物姿で尺八を披露している。

× × ×

和泉と蝶子が話している。

和泉「ようやくキャベツを切る手が、止まったようです」

蝶子「え、何の話?　あ、ようやく絶望から抜けた!?」

和泉「……はい」

蝶子「良かったじゃない。じゃあ、今は幸せ?」

和泉「ん……幸せって、何でしょうね」

蝶子「そうだね……私がキャベツを切らなくなったのは、麻呂がぜーんぶ包み込んでくれたからなんだけどさ、そういう存在に気づけるかどうか、なのかな」

和泉「はぁ……」

蝶子「ほら、幸せの中にいると、自分が幸せだってことに気づきにくいじゃない?」
和泉「……幸せの、中」
舞香が官能小説風の朗読をしている。
× × ×(時間経過)
舞香「そのなまめかしく熟れた果実に、まるで獲物を狙う蛇のようにゆっくりと、ねっとり指を這わせながら――」
× × ×
春田と武川が話している。
武川「見ろ、また名刺を新しく刷り直すことになったんだ」
と、新しい名刺を見せる武川。
見ると『天空不動産東京第一・第二営業所』とある。
春田「え、え、あれ? ちゃんと第一・第二営業所になってるじゃないすか! なんで!?」
武川「この前、和泉が捕まえた空き巣がいただろう」
春田「あ、はい堀川マンションの」
武川「その堀川さんが感激して、駅前の新築物件をまとめて買ってくれることになってな……今度の決算、ギリギリで第一を逆転したんだよ」
春田「うぇええ、そうなんすね!!」
武川「だから、何とか第二の名前を残してくれと、上に掛け合ってな」
春田「……さすがっすね、武川さん」
武川「武川部長な」

春田「ってか和泉さん、最後にすげえ！」
和泉は（酔い覚ましで）店を出ていく。
その姿を見ている菊之助。
菊之助「……」

42　公園

和泉がベンチに一人座って休んでいる。
そこに菊之助がやってきて、隣に座る。
菊之助「……ペンダント、外したんですか」
和泉「ああ……ん……肩凝るから……」
菊之助「（微笑み）……なにそれ」
和泉「あの家、出ることにした」
菊之助「一人だと広すぎますもんね」
和泉「……菊はどこに住むんだよ」
菊之助「和泉さんに関係ないでしょ」
和泉「あるよ」
菊之助「……なんで」
和泉「あ？　だからぁ……お前がいないと、落ち着かねえんだよ、クソ！」
菊之助「（エッとなる）!?」

和泉「……なんだよ」
菊之助「それ……俺が好きって……こと、ですか？」
和泉「……」
菊之助「……」
和泉「……あ？」

43　わんだほう・店内

鉄平がギターを弾き『ラライ』だけで歌っている。
再び、春田、牧、黒澤が話している。
黒澤「この俺たちの関係に名前を付けるとしたら、何なのだろうな。ライバルでもないし、嫁姑でもない」
春田「え、なんだろう、友達、じゃないし」
黒澤「顧問？　最高顧問？　スーパーバイザー？」
そこに舞香が通りかかって。
舞香「無理やり何かに当てはめなくても、名前のない関係があったっていいんじゃないかしら！」
と、通り過ぎる舞香。
牧「……なにそれ（笑）」
春田「どゆこと（笑）」
黒澤「名も無き、関係……」

ちず　「はーい、じゃあ皆さん写真撮りますよー！」

と、ちずが号令をかけて集合する面々。

ちずがタイマーでスマホをどこかに設置して。

ちず　「はい、わんだほう!!」

パシャッと、全員の写真を撮る。

ポスタービジュアルと同じ位置とポーズである。

×　×　×

春田たちは、撮った写真を見て。

春田　「おお……!!　すげえいい写真……」

牧　「いい写真っすね……」

春田　「なんかこれ……あれじゃない？」

牧　「あれって？」

春田　「家族写真みたいじゃない？」

牧　「(微笑み)……ですね」

44　桜の木の下(日中)

春田と牧が桜の木の下へ歩いてくる。そこから、街並みが見渡せる。

春田　「ぽかぽかだな～……」

牧　「またこの季節がやってきましたね……。春田さん、今日って、なんの日か覚えてます？」
春田　「えっ、なに？　なんだっけ!?」
牧　「え、ホントに覚えてないんですか？」
春田　「えーなに、誕生日じゃねえし、えっと……」
牧　「(微笑み)……俺たちが最初に出会った日です」
春田　「え、あっ……えええ、そうなの!?　あ、そっか！」
牧　「この先、色々あるかもしれないし、大ゲンカしてもうお互い嫌ってなっても……出会った時のこと、思い出せたらいいですね」
春田　「そーだねえ……あれからちょっとはさ、家族らしくなったのかな、俺たち」
牧　「そうですね……どうなったら、家族って言えるんだろ」
春田　「法律で証明されるとか、結婚式するとか、長い間一緒に暮らすとか、色々あるけど……」
牧　「でも、離れて暮らしてても仲の良い家族もいるし、近くにいても、別れて家族じゃなくなる人もいるし」
春田　「まー、いろんな形があって、いろんな正解があんだよな……」
牧　「だって麻呂んちも、ちずさんちも、和泉さんちも、武川さんと信玄も……みんな形は違うけど、いい家族ですもんね」
春田　「なー。俺たちはどうなるんだろ」
牧　「一緒にいろんなことぶつかって、乗り越えて、俺たちだけの家族になっていくんでしょうね……」
春田　「俺さあ、どういう時が一番幸せかなーって考えたんだけどさ、発表していい？」

牧　「……どうぞ？」

春田　「こうやって牧と一緒に、空を見上げるみたいな、何気ない時間なのかなって……」

牧　「（頷いて）……俺も今、幸せです」

春田　「（涙が溢れてくる）……」

牧　「何泣いてんすか（笑）」

と、言いつつ、牧も涙が溢れてくる。
お互いに不思議な涙が出て、笑ってしまう。
やがて、見つめ合う二人。

春田　「……凌太」

牧　「……何、創一」

春田　「……」

牧　「……」

やがて、桜舞い散る木の下で、二人はキスをした。

45　ライブ会場近くの路上（日替わり・エンディング点描）

４チミンのライブ会場に向かう栗林、蝶子、市。
栗林はＦの推しうちわを持っている。

栗林　「いや、Ｆのラップマジでヤバいから！」

蝶子　「Ｆもいいけど、ハオくんはとにかく顔面が天才なの！」

栗林「ちょっと何それー、じゃあ俺は何なの?」
蝶子「比べないで、おこがましい!」
市「ごちゃごちゃうるさいな、トゥアンしか勝たん!」

46 公園(日替わり・日中)

ベンチに座っている武川。傍にはベビーカーに乗った信玄がいる。

武川「(電話で)大変申し訳ございません、今回は参加を辞退させていただきます……はい、失礼します」

電話を切り、『あいの里　第二期オーディション合格のお知らせ』の紙を折り畳むとポケットにしまう。

そして、晴れやかな表情で、信玄を見つめる武川。

武川「じゃあ行こうか、信玄」

と、立ちあがる武川。

47 わんだほう・店内(日替わり・夜)

たこ焼きパーティをしている、ちず、舞香、鉄平、楓香、銀平、吾郎。

舞香「フウフウ、銀平、吾郎、こら! ちゃんと座って!」
鉄平「それでは聴いてください、オクトーバー、オクトパス」

ちず　「いらないから。ほら、焼けたよー！　……はい、じゃあみんな、いただきまーす！」

48　港・車内（日替わり・夜）

港近くに停車中の車内。

黒スーツ姿の菊之助が、助手席から遠くを監視している。

すると、運転席のドアが開いて乗り込んでくるオールバックの男——公安警察に復帰した和泉である。

和泉　「ほらよ」

と、あんパンと牛乳の入った袋を菊之助の膝の上に乗せる。

菊之助「あんパン（苦笑）……変わったんすね」

と、あんパンを一口食べる菊之助。

菊之助「命令が出たら俺が撃ちますよ。和泉さん腕、なまってるでしょ」

和泉　「（舌打ちして）……生意気な唇だな」

と、突然菊之助の胸倉を掴む和泉。

そして、菊之助の唇をグッと引き寄せる。

菊之助「……！」

菊之助、思わず目をつぶって構えてしまう。

和泉　「……（ふっと笑う）」

菊之助「（目を開けて）え？」

和泉「もう、弟じゃねえんだろ?」
菊之助「……」
和泉、果たしてその生意気な唇を、どうしようというのか。

49　春田宅・キッチン〜リビング(日替わり・日中)

リビングの棚には仲間たちで撮った『家族写真』が飾られている。
穴のないオムライスを作れるようになった春田。
春田「(自慢気に見せる)どや!」
牧「すげえ……成長じゃん!」
と、大型犬の頭を撫でるように春田を褒める牧。
春田「(嬉しい)……!!」
その時、ピンポンと玄関のチャイムが鳴る。

50　同・玄関(日中)

玄関に出る春田と牧。
牧「……はい」
玄関先に立っていたのは黒澤である。
黒澤「この度、お隣に引っ越して参りました。となりのムサシです」

牧　「チェンジで」

と、ドアを閉める牧。

黒澤「ちょちょちょ、わたしは元気!!」

牧　「知ってるわ！　帰れ！」

黒澤「まっくろくろさわムサシです!!」

牧　「もう、いいから帰って!!」

黒澤「引越しのご挨拶だろ、ご挨拶！（と、粗品を渡そうとする）WE ARE FAMILY!!」

と、玄関外でわちゃわちゃしている三人。

でも皆、どこか幸せそうで。

春田「ちょっ!!　二人とも!!　家の前でケンカするのはやめてくださ――――い!!!!」

愛すべきおっさんたちよ、永遠に……。

終わりだお

配信オリジナルドラマ

「春田と牧の新婚初夜」

おっさんずラブ Returns リターンズ

1　春田宅近くの路上（夕・第一話の振り返り）

辺りを見ながら走ってくる春田。

春田「（息を切らせて）……」

すると視線の先に、スマホを片手に周りを見ている男性がいる。

春田「……牧？　牧――――!?」

振り返ると、それは牧である。

牧「（あっ、と春田を見る）……」

春田「牧ぃい……！　お帰りぃいい！」

と、両手を広げながら近づいていく春田。

牧「ただいま……」

と、照れながら春田に近づいていくと、ガバッと抱き寄せられる。

牧「ちょっ、痛い痛い痛い……！」

春田「牧ぃいいい!!!」

春田N「こうして、3年半ぶりに日本へ戻ってきた牧と、念願の新婚生活が始まった」

メインタイトル

『おっさんずラブ リターンズ　春田と牧の新婚初夜』

2　春田宅・玄関～リビング

牧　春田と牧が玄関に入ってくる。
「お邪魔しまーす……ってのも変ですね」

春田「ただいまっしょ」

牧「ただいまー……」

と、リビングに入ってきた春田と牧。

牧の段ボールはリビングの片隅に積み上がり、シンクには洗い物が溜まり、食べ終わったお菓子の袋などがこたつ周りに散乱していて、汚い部屋である。

牧「うわ、汚ったね！」

春田「そ？　まだ牧の荷物はそこに積んだまんま」

牧「ああ、休みの日に少しずつ開けていきます」

春田「疲れたっしょ。なんか飲む？　ビールとか」

牧「あ、はい……掃除してぇ」

×　　×　　×（時間経過）

普段着に着替えている二人。

ビールを持ってこたつにやってくる春田。

牧「やっぱ一軒家って寒いっすね」

春田「ああ、ちゃんちゃんこ着る？」

と、牧に着せようとする春田。

牧「いやいいっす。なんでマンションにしなかったんすか？」

春田「俺ずっと一軒家で育ったからさあ、マンションよりやっぱこーゆーのが落ち着くなー

牧　と思って。でも、ウチの会社にいい物件がなくてさ」
春田「あ、他の業者で探したんすね」
牧「そう。本社と営業所のどっちにも行きやすい場所で、一軒家で、築浅でって探してたら、ここは早く決めないと埋まっちゃいますよって言われて、焦って決めた～」
春田「なんで春田さんが常套手段に引っかかってんすか」
牧「はいはい、もういいから飲も飲も！」
春田「(受け取って)じゃあ、ただいま、カンパーイ」
牧「お帰り、カンパーイ！」
と、ビールを飲む二人。
牧「あ、お土産あります」
春田「おーー、食べる食べる！」
牧「まだ食べ物って言ってないっすけど(笑)」
春田「え、違うの？」
牧「食べ物ですけど」
牧はスーツケース(もしくは旅行カバン)を開いて、お土産を取り出し始める。
春田「結局、俺、一回も行けなかったからなぁ、シンガポール」
牧「コロナ禍でしたもんね、ちょうど」
春田「リモート飲みも結構やったよなー」
牧「一人でベロベロになってましたね(笑)」
春田「あ、マーライオン見た？」

牧　「もちろん。あ、知ってました？　マーライオンって何体もあるんすよ」
春田　「え、そうなの!?」
牧　「はい、まずは定番のマーライオンクッキー」
と、クッキーの箱を取り出す牧。
春田　「おお～、食べる食べる」
牧　「あと、インスタントラクサ」
と、インスタントラクサ（袋麺）を取り出す牧。
春田　「何か分かんねえけど、おお～！」
牧　「あ……！」
春田　「……何？」
牧　「家事の分担を決めようと思って、飛行機の中で当番表を作ったんです」
と、当番表を取り出す牧。
春田　「えええ、すげえ、何これ！」
牧　「たとえばこの日は『ゴミ出し』と『食器洗い』と『洗濯』は春田さん。『料理』と『掃除』と『買い物』は俺っていう風に、日替わりで回していくと、分かりやすいでしょ」
と、当番表を回して見せる牧。
春田　「やべえ、学校の給食当番みたい！（うきうき）」
牧　「一緒に生活するってなったら、家事分担以外にも決めなきゃいけないこと沢山ありますね」
春田　「え、そう？」

牧　「たとえば、財布はどうするとか……」

春田「財布？」

牧　「家計です。俺は別々にしたほうがいいと思うんですよね」

春田「お、おう、別にいいけどさ、食費とか光熱費はどうすんの？」

牧　「月末に計算して、折半すればいいかなと」

春田「えええ……なんかめんどくさいし、他人みたいじゃね。一つの財布でよくない？」

牧　「一つの財布じゃ、春田さん無限に使うでしょ」

春田「いやいや、そんなガキじゃねえんだから！（笑）」

牧　「その紙袋はなんすか？　さっきから気になってんすけど」

と、牧は部屋にある大きな紙袋に注目している。

春田「ああ、これは……（紙袋から箱を取り出して）じゃーん、ゾイド～～!!」

牧　「……」

春田「……自分へのご褒美～！」

牧　「財布は別々で」

春田「ちょっ、えええ～っ……!!」

牧　「それか、春田さんのお給料は俺が管理して、お小遣い制にしましょうか」

春田「おお、それでもいいけど……お小遣いって、いくらもらえるの？」

牧　「（真顔で）そうっすね、５０００――」

春田「高校生か！」

牧　「（笑）ははは、細かいことはあとで決めましょう。じゃあ、お金はそういうことで」

春田「まあ、そういうのはおいおいでいいから」
牧「(スマホのメモを見て)あのー、あとは俺からの希望なんですけど……」
春田「何、メモってんの?」
牧「基本的には、この家に他人を入れないでほしいんですよね」
春田「え、え、たとえば知り合いと飲んでてさ、帰れなくなったから、ウチおいでよとか」
牧「それ、最悪です(笑)」
春田「マジかー、なんか休みの日は友達呼んでホームパーティとかやりたかったんだけど」
牧「いや〜〜俺は静かに過ごしたいですね」
春田「あ、はい、じゃあ俺の希望!」
牧「はい、どうぞ」
春田「えっと、毎週金曜日は、唐揚げ」
牧「多いわ」
春田「そんで、月に一回は、デートする」
牧「多くないっすか(笑)」
春田「ケンカしても、その日のうちに仲直りする」
牧「春田さん次第ですね」
春田「待って待って、俺の希望全然聞いてくんないじゃん!」
牧「(ふっと笑い)……」
春田「え、なに」
牧「なんかこの感じ、春田さんだなーと思って」

春田「なんだそれ(と、言いながら幸せそう)」
牧「じゃ、ちょっと部屋とか見ていいすか」
春田「おう、じゃあ案内するぜ」
と、立ちあがる二人。
×　×　×
洗面所などにやってくる二人。
春田「ここが洗面所〜」
牧「はいはい」
×　×　×
どこかにやってくる二人。
春田「ここが×××〜」
牧「お、意外に広いっすね」
×　×　×
二階にやってくる二人。
牧「こっちが寝室?」
と、扉を開けるが、荷物の置いてある部屋で。
牧「あ、違うか」
と、扉を閉めて振り返ると、やってきた春田と衝突しそうになる。
春田「!」
牧「!」

不意に見つめ合う二人。

春田「……」

牧「……」

その瞬間『お風呂が沸きました』のチャイムが鳴る。

春田「……」

牧「……風呂、入ってきます」

春田「んなの、後でいいだろ」

春田は牧を扉に押し当て、キスをしようとして――ブラックアウト。

終わり

配信オリジナルドラマ

「禁断のグータンヌーボ」

1　春田宅・表（日中・前編）

休日で寝ている春田と牧。

2　同・寝室

牧、目を覚ましている。

牧「そろそろ起きますか……」

春田「（眠っている）……」

牧は春田の寝顔を覗き込み、その無防備な顔にいたずら心が芽生えて、鼻をつまむ。

牧「（微笑み）……」

春田「……」

牧「……」

春田「……（振り払って）いや、死ぬわ！」

牧「（笑）映画でも見に行きますか」

春田「映画デート……？　いいじゃん。すみっコぐらし？」

牧「単館でやってるフランス映画なんですけど、ちょっと観たいのがあって」

春田「お、おう……でも難しいの俺分かんねえよ？」

牧「じゃあ……準備しますか」

と、起きたところで春田のスマホに着信がある。

ディスプレイには『武川さん』の文字。

春田「……武川さんだ。（電話に出て）お疲れ様です」

3　天空不動産第二営業所・フロア

武川がデスクで電話をしている。横には申し訳なさそうに和泉が立っている。
以下、春田宅と適宜カットバックで。

武川「（電話で）休日に申し訳ない。新築フェアのチラシにミスがあって、どうしても明日までに修正したいんだ。手伝ってもらえないか」
春田「えー、はいはい、行きます行きます！」
武川「もちろん休日出勤扱いにする。他にも応援を呼ぶつもりだ」
牧「……なんて？」
春田「牧も……行く？」
牧「え？」

メインタイトル
『おっさんずラブ リターンズ　禁断のグータンヌーボ　前編』

4　天空不動産第二営業所・フロア（日中〜夜）

春田と牧がスーツ姿でやってくると、既に武川、和泉、栗林がテーブルを囲んで作業を始めている。

春田「おつぁーっす!! つぁーっす！」

牧「お疲れ様でーす」

栗林「おおーー春田さんに牧さーん！」

春田「おー、麻呂。営業所に来んの久しぶりじゃね？」

栗林「てか、新しくなってから初めてっすね！」

武川「お休みのところ、本当に申し訳ない」

和泉「（沈痛な面持ち）……」

春田「いやいや、トラブルはみんなで乗り越えないと！」

牧「全然、手伝いますよ。どうしました？」

武川はチラシを一部手に取り。

武川「さっそくなんだが、まず新築フェアの地図が『武蔵小金井』じゃなくて『武蔵小杉』になってるんだ。ここはシールを貼って対応する」

牧「はい」

和泉「『むさこ』と言われて、てっきり武蔵小杉だと思い込んでしまって。申し訳ございません」

武川「明らかに営業エリアじゃないだろう」

春田「あー俺がちゃんと確認しなかったのが悪いんで、すいません」

栗林「前も、地図間違えたことあるんでドンマイです。あれも確か、春田さんのせいでしたよね」

春田「え、えええっ、そ、そうだったぁ!?」

牧はテーブルに置かれた修正ペンを手に取って。

牧「この修正ペンは……?」

武川「ああ、それは(チラシを見せて)『駅から徒歩100分』になってるから、ゼロを一つ潰してほしい」

和泉「大変申し訳ございません」

牧「全然全然」

春田「とりあえず、塗り潰していけばいいんすよね。じゃあ、やりましょう!」

牧「よしっ!」

×　　×　　×(僅かな時間経過)

修正ペンでゼロを塗り潰す作業に勤しむ面々。

栗林「今日はお二人、デートとかじゃなかったんすか?」

春田「ああ、なんか映画行こうかーみたいな話はしてたけど」

牧「さっきまでダラダラしてた」

栗林「最近、いつデートしました?」

春田「最近……?　いつだろ?」

牧「ああ、春田さんのお義母さんたちとWデートしましたね」

春田「そうそう、かーちゃんとATARUくんっていう彼氏と、ウチらで」

栗林「へえ、ATARUくんってどんな感じなんすか」

春田「俺も初めて会ったけど、めちゃくちゃいい人」

牧　「ワイルドボーイでしたね」

栗林「髭とかあるんすか？」

牧　「そうそう。昔はモデルとかやってたらしいんだけど、今は映画撮ったりしてるんだって」

栗林「へえ～」

春田「写真も趣味って言ってた」

栗林「あー、なんか想像つきました、そっち系っすね」

武川「そのWデートは楽しかったのか？」

春田「まあ、楽しいっていうかなんっていうか……」

5　自由が丘っぽいオシャレ街（春田の回想）

ベンチで休憩している春田と牧。

買い物した後の紙袋などが置いてあり、メロンソーダなどを飲んでいる。

春田「それちょーだい」

牧　「えー、全部飲まないでね（と、渡す）」

春田「（飲みながら）次、どこ行くのかな？」

牧　「なんかATARUくん、今、地中海料理にハマってるらしくて、スーパーで食材買いたいって言ってました」

春田「へえ、料理すんだ。つーか、あの二人クレープ買いにどこまで行ったんだろ」

牧　「ちょっと遅いっすよね」

と、その時、春田のスマホに母からメッセージが入ってくる。
『このまま私たち、ドロンします！』

春田「うわ、ドロンだって。古」

牧「なんか俺たち、失礼なことしちゃいましたかね？」

春田「いや、二人になりたかっただけじゃん？　ほら、ATARUくん、束縛したい人だし」

牧「そっか、それならいいんすけど」

春田「俺も束縛すっから」

牧「は？」

春田「(ついて来い、という感じで)ほら、行くぞぉ～」

と、歩いていく春田。
牧、あえて無視して動かない。

春田「(振り返って)いや、来いよ！」

牧「(笑)」

と、歩き出す牧。

6　天空不動産第二営業所・フロア(回想明け)

牧「まあ、Wデートだったのは一瞬ですけど、新鮮で楽しかったっすよね」

春田「うん。麻呂んとこは？　蝶子さんと最近デートした？」

栗林「それがですねー、お二人の結婚式の次の日に、ちょっと世界最高のバレンタインデー

牧　　トをしちゃいまして」
栗林「ええ何それ、聞きたい」
春田「いやぁ、控えめに言って最高ｏｆ最高でしたね……」

7　本社近くの路上（栗林の回想・夜）

会社帰りの栗林が、本社近くを歩いている。
すると、蝶子が待っているのが見えて。
栗林「？　……え、蝶子？」
栗林が蝶子の後ろに回って、両手で目隠しをする。
栗林「だーれだ！」
蝶子「わっ!!（と、びっくりするが麻呂だと察して）えーと、ちょっと甘えん坊な、私の王子様！」
栗林「（目隠しの手を外して）あたりー！って、何してんのこんなとこで」
蝶子「え、麻呂を待ってたんだよ」
栗林「いや寒いじゃん。風邪ひいたらどうすんの、なんで!?」
蝶子「ちょっといい？（と、手招きして）」
栗林「ん？（と、耳を蝶子のほうに近づける）」
蝶子は、栗林の頬にキスをして。
栗林「おわぅはっ……！」

蝶子「(耳元で)バレンタインデートしよ」
栗林「ええええっ、今から!?」
蝶子「来て！」
と、栗林の手を引っ張って歩いていく蝶子。
栗林「ちょちょ、蝶子ぉ！(と、言いながら嬉しそう)」

8 夜景の空撮(夜)

東京の夜景、ヘリの音。
栗林の声「なんだろうと思ったら、サプライズデートが、ヘリのナイトクルーズだったんすよ」

9 天空不動産第二営業所・フロア(回想明け)

春田「へえええ~!! ロマンチックぅ~！」
牧「蝶子さんやるなぁ」
栗林「いやー、バブル世代の実力をまざまざと見せつけられましたね」
武川「王子様のくだりはいらないだろ」
栗林「以上、蝶子プレゼンツ世界最高のデートでした」
春田「えー、牧ぃ~俺も空から夜景見たい~」
牧「はいはい、手動かして」

武川「(ウッと何かを思い出し)ナイトクルーズ……!」
和泉「?　武川さん、どうしましたか?」
武川「いや……バチェラーの二日目に予定されていたツーショットデートが、ヘリのナイトクルーズだったんだ」
牧「へえ……」
春田「あっ……そうなんすね」
武川「まあ、初回で落ちた俺には関係なかったけどな、あははは……!!」
栗林「いやー、一回もローズもらえなくてクソ笑いましたよ!!!」
武川「ははは、笑ってくれ!」
和泉「あれは最高のエンターテインメントでした」
武川「くっくっく……(笑っているのか、泣いているのか)」
一同「(気まずい)……」
『チラシ取って』とか『修正ペン新しいのある?』など、変な沈黙にならないように気をつかっている春田たち。
和泉も、なんとか間を埋めようと話題を探して。
和泉「あの、武川部長は、その……」
『おい!』『やめろやめろ!』『そこは触れるな!』という目配せをする春田たち。
だが、和泉はその合図に気づかず。
和泉「最近デートとか、しました?」
『うわー』『もー、そこ言うなって……』という表情の春田たち。

武川「したよ」

一同「(エッ!?と見る)」

春田「えっ、そうなんすか?」

武川「友人の紹介で知り合ってな。君たちと比べるのは申し訳ないが、俺たちのラブラブ指数は、もはや危険水域に達している」

牧「へえ、そんなに……(特に興味はないが)デート、どこ行ったんすか」

武川「気になるか」

牧「いや、別に……」

武川「八景島だよ」

牧「へえ……」

武川「楽しかったなぁ……信玄のやつ(ふっと笑い)どうしようもなくワガママでさ!」

春田「……ワガママ」

武川「でもこの年になると、多少のワガママは可愛いと思えるから不思議だよな。昔はそんな余裕なかった」

×　　×　　×(武川の新規回想)

どこかで猫の信玄と戯れている武川。

武川「食べるか、信玄」

信玄、そっけない(もしくは無反応)。

武川「(笑顔で)自由だなぁ、信玄は」

×　　×　　×

牧「（話題を変えようとして）和泉さんは……」
武川「牧、嫉妬してるのか」
牧「いや、全然してないです。あ、どうぞ」
武川「幸せいっぱいですまない。以上だ」
牧「……和泉さんは最近、いつデートしたんですか？」
和泉「私はもう、全然ですね。秋斗と付き合ってた頃まで遡ります」
栗林「秋斗？」
春田「あ、俺に顔がそっくりなんです、和泉さんの元彼」
栗林「ええ、ドッペルゲンガーってやつですか？」
春田「そうそう、同じ職場だったんですよね？」
栗林「え、聞きたい聞きたい、どうやって付き合ったんすか？」
和泉「……馴れ初め、ですか……」

10 人の行き交うデートスポット的なところ（和泉の回想・日中）

平和感漂う、休日の家族連れで賑わう広場。
爆発物の受け渡し現場を押さえる任務中。
ベンチに一人、黒スーツの和泉が無線で状況に耳を傾けている。

和泉「……」
無線の声「駐車場に不審車両。黒のセダン世田谷お３１４１　所有者照会中。Ｂ２、Ｃ４その

和泉　まま待機」
和泉　「了解」
　そこに、イチゴたっぷりのクレープを二つ持ってやってくる黒スーツの秋斗。
　秋斗、そのましれっと和泉の隣に座る。
和泉　「おい、持ち場を離れるな」
秋斗　「和泉さん……そんな怖い顔してたらバレバレですよ」
和泉　「あ?」
秋斗　「ほら、クレープ持って、笑って」
　と、秋斗が和泉にクレープを持たせる。
和泉　「なんのつもりだ」
秋斗　「俺たちどう見えるんすかね、サボってるリーマン?　動画でも仲良く見ます?」
　と、スマホを一緒に見るために肩を寄せる秋斗。
和泉　「(チッ)離れろ」
　秋斗は無視して、和泉の耳元で囁くように。
秋斗　「あの柱の陰に立ってる赤い上着の男……分かりますか」
和泉　「(視線をそちらに移して)……ああ」
秋斗　「あいつはホシの仲間で、監視役です」
和泉　「……え?」
秋斗　「去年の地下鉄テロの時も、乗客に紛れてました」
和泉　「……その時の顔を、覚えてたのか?」

秋斗「(自分の頭を指して)天才なんで」
和泉「……」
秋斗「ほら、食べて。美味しそうに」
と、クレープを半ば無理やり食べさせる秋斗。
和泉「(渋々食べて)……」
秋斗「(食べて)……」
和泉「……」
秋斗「好きな人いないんすか」
和泉「……それ今、関係ないだろ」
秋斗「カムフラージュでしゃべってんだよバカ」
和泉「……いねえよ」
秋斗「休みの日何してんすか……趣味とかあるんすか」
和泉「取調べかよ」
秋斗「早く答えろよクソジジイ」
和泉「……弓道」
秋斗「渋ッ、え、渋ッ」
和泉「(チッ)るせえな……」
秋斗がふと和泉を見ると、口の周りにクリームがついているのが見える。
秋斗「(にやっと満足げに)和泉さんて周りは見えてても、自分のことは何も見えてないですよね」

和泉「（意味が分かって、口元をぬぐい）見えてるよ」
だが、和泉は口の反対側を拭いたので、クリームは取れていない。
秋斗「（フッと笑って）か〜わい。和泉さんはそれでいいです」
和泉「……あ？」
秋斗「じゃあ交代。今度は俺が何でも答えますよ」
和泉「……」
秋斗「……」
和泉「……お前、なんで公安を希望した？」
秋斗「……」
和泉「答えろよクソガキ」
秋斗「俺……警察学校の時から、この手で逮捕するって決めてたんですよ」
和泉「……誰を」
秋斗は、和泉の顔を見て。
秋斗「あんただよ」

11　天空不動産第二営業所・フロア（回想明け）

春田「な――んすかそれ!!　あまずっぱ!!」
和泉「っていう感じでまあ、逮捕、されました」
栗林「え、公安ってなんすか？　そういうプレイすか？」

春田「いやぁ……秋斗ってほんと小悪魔っつーかなんつーか」
武川「話を聞いた限りでは、春田とそこまで似てるとは思えないけどな」
春田「キャラが違うんすよ、キャラが」
牧「それで、秋斗さんと付き合うことになったんですか」
和泉「まあ、そうですね……」
武川「その頃の凜々しさは一体どこにいったんだ。なんで今、君はそんなにぽやっとしてるんだ」
春田「ままま、武川さん。きっと和泉さんもその後、色々あったんで」
栗林「その秋斗さんとは、今もラブラブなんすか？」
春田「麻呂麻呂麻呂、その話はもうやめとこうか」
栗林「(別れたと察して)あ、そういうことすか。すいません」
和泉「殉職しまして」
春田「いいですいいです、その話は、重くなるんで！」
武川「よし、じゃあ牧。こいつのコピー頼んでもいいか」
牧「はい、分かりました」
と、資料をいくつか渡された牧は、その足でコピー機のもとへ。
そんな後ろ姿を見ている春田。
春田「……」

12 同・コピー機がある場所

牧がコピー機の前に立って作業していると、春田がやってきて牧の背後にぴとん、と密着してくる。

春田「牧ぃ～～」

牧「いや、何。邪魔」

春田「なんかこれ終わったら、みんな飲みに行こうって言ってるけど」

牧「ああ、いいっすね。行きましょ」

春田「あ、でも今日わんだほう休みだわ」

牧「……」

春田「……」

牧「じゃあウチで、飲みます？」

春田「え、いいの？」

牧「別に、他の飲み屋でもいいですけど」

春田「いや、ウチでいいよウチで。みんなに言っとくわ」

牧「うん、分かったから離れて。人来るから」

春田「なんかさぁー、みんな俺たちよりもラブラブだとか言ってさぁ、どうなのよ牧くん」

牧「(苦笑)別に対抗しなくていいじゃないすか」

牧は無視して、コピー機のフタを開けて資料を入れ替えようとする。

春田「こっち見ろよ、牧」

次の瞬間、春田は牧の体を自分のほうに回転させる。

牧「ちょっ……！」

牧は思わずバランスを崩し、コピー機の読み取り部分にバンッと手の平をつく。
春田と牧は正対して。

春田「（雄み）……俺たちが一番やべぇだろ」

牧「……!?」

そして春田は、牧の唇を奪おうとする……。
だが、そのキスの瞬間は見ることができない。
コピー機の排紙トレーには、牧がついた手の平のシルエットが次々と印刷されていく……。

前編おわり

13　春田宅・表（後編・夜）

14　同・キッチン

春田と牧が協力して、鍋料理の準備をしている。
牧は一品料理でフライド長芋を作っている。

春田「ご飯いるかな～。炊く？」

牧「どうでしょうね、みんな飲みますよね」

春田「冷凍ごはんあるし、とりあえずいっか」

牧「はい、これに片栗粉まぶして」

と、スティック状に切った長芋をボウルに入れて、春田に渡す。

春田「これは何?」

牧「フライド長芋。寄せ鍋だけじゃ、子どもはグズって暴れるでしょ?」

春田「え、吾郎たちも来んの?」

牧「春田さんのことです」

春田「いや、暴れねえわ！　鍋を美味しくいただくわ！」

牧「結局、何人来るんでしたっけ」

春田「和泉さんでしょ、武川さん、麻呂の三人」

牧「じゃあ五人分だから、こんなもんか、よし！」

その時、ピンポンとチャイムが鳴る。

春田「あ、来た来た来た来た！」

15　同・リビング

春田が私服姿の栗林、和泉、武川(和服)を招き入れる。

春田「どぞどぞ〜」

栗林「お邪魔しまーす。おー、めっちゃいい匂いするー！」

武川「ずいぶん、綺麗にしてるじゃないか」

春田「あ、部長がいつも綺麗に掃除してくれてるので」

武川「さすがユニコーン家政夫……仕事が完璧だな」

栗林はアイランドキッチンの落書き『すぺしゃるウンコ』を見て。

栗林「うわー、これは敷金戻ってこないパターンっすね……！」

春田「いいのいいの、勲章だと思ってっから」

和泉「あ、春田さん。一人一品、持ち寄ろうということだったので、これを……」

春田「あ、あざあああっす！　なんすかなんすか？」

と、買い物袋を受け取る春田。

覗き込むと、大きなキャベツが一玉。

春田「え、キャベツ……？」

和泉「今、家にたくさんありまして……嬬恋産(つまごい)です」

春田「は、はい。（キッチンに向かって）牧〜、キャベツもらったけど、どうしよう」

牧「あ〜、鍋に入れちゃいましょう！」

春田「オッケー。じゃあ、みんなとりあえず、座っちゃってください」

栗林「ホームパーティ、フォ――――!!!」

メインタイトル

『おっさんずラブ リターンズ　禁断のグータンヌーボ　後編』

16　春田宅・リビング（夜）

こたつで鍋を囲んでいる春田、牧、和泉、武川、栗林。

ぐつぐつと鍋が煮えている。

×　×　×

乾杯し、談笑している一同。

×　×　×

結婚式の写真をまわしながら見ている一同。

春田「牧、これもう食べられる?」

牧「まだ火通ってない」

春田「これは?」

牧「それはOK」

栗林「(写真見ながら)あー、いい結婚式でしたねえ」

春田「でもさあ、鉄平兄の出番が長すぎて、余興の時間が減っちゃったんだよね」

牧「歌が、十三章までありましたからね」

武川「そう、だから俺のスピーチも途中で切らされて」

×　×　×(牧の回想)

武川が挨拶をしているが、既に感極まっている。

武川「えー、結婚生活には大切にしなくてはいけない、8つの袋があります!」

『多いぞ!』『多い多い!』と、栗林や菊之助がヤジを飛ばしている。

武川「まず一つ目は……(号泣し始める)涙袋! お前たちの涙袋は、感動の涙を溜めるためにある! いいか春田、牧を泣かせたら、ただじゃおかな……ぐぁあはああ!!」

と、泣き崩れる武川。

そんな武川に、爆笑する参列者たち。
春田と牧は、微笑ましく見ている。

× × ×

春田「あれって、残りの袋は何だったんすか？」
牧「あ、それ聞きたい！」
栗林「俺もそれずっと気になってました」
武川「まあ、二つ目は池袋だ」
和泉「（ほぼ同時に）えええっ!?」
栗林「（ほぼ同時に）えええっ!?」
春田「いや、なんなんすかそれ（笑）」
武川「埼玉出身の俺からすると、池袋っていうのは埼玉が誇る最大の都市と言っても過言じゃない」
春田「いや、池袋は東京ですけどね」
栗林「つーか武川さん、埼玉出身だったんすね」
武川「ふうふゲンカでカッとなった時、池袋の街を歩いて頭を冷やすなり、うまいものを食うなり、そうやって心を落ち着けろと。池袋という名の袋は、いつでもお前たちを優しく包み込んでくれるぞと、そう伝えたかった」
春田「へえ……」
牧「二つ目でもう、結構苦しいっすね……」
武川「そんなことはない。ちゃんと自分なりに大切な袋を再定義したつもりだ」

春田「……（鍋の具材を指して）これは食べられる？」
牧「うん、大丈夫」
春田「俺、いつになったら、火が通ったか分かるようになるんだろ？」
牧「一生分からないいんじゃないですか（苦笑）」
春田「えええっ……」
和泉「じゃあ三つ目の袋、お願いします」
武川「三つ目は……布袋寅泰だ」
春田「いやもう、袋じゃないし」
牧「人名だし」
和泉「布袋……（漢字をイメージして）あぁ」
栗林「武川さんが布袋さん聴くイメージなかったっすね、正直」
春田「あ、分かる」
武川「（頭から腰を指して）俺のここからここまではJ-POP、ここから下は布袋寅泰ででできてる」
栗林「（鍋を見て）……肉、入れます？」
春田「入れて入れて」
牧「火、強めよっか」
武川「まだ話は終わってないんだが！」
春田「あ、そうだ和泉さん」
和泉「はい」

春田「和泉さんの余興って、何をするつもりだったんですか?」
和泉「私は秋斗のモノマネをやろうかと思ったんですが、誰も正解を知らないので、直前で却下しました」
牧「それは、英断だと思います」
春田「俺……ずっと気になってたことがあって」
和泉「はい、なんでしょうか」
春田「前に、秋斗さんと間違えて俺に『うるせえ唇』って言ったじゃないすか」
和泉「まあ、記憶にはないんですが、はい」
春田「ってことは、秋斗さんが元々うるせえ唇だったってことですよね?」
和泉「そう、なりますね」
春田「なんか、どういうエピソードがあったのかなって……」
和泉「……気になりますか」
春田「はい。同じ、うるせえ唇として」
和泉「……あれはバディを組んですぐの頃だったので、まだ付き合ってなかったんですが——」

17 ビルの隙間、路地裏のようなところ(日中)

ビルの隙間の路地裏に走り込んでくる黒スーツの和泉と秋斗。
和泉は上を見上げて……。
和泉「お前はここで待機。ホシが窓から逃げてきたら捕まえろ」

秋斗「なんで俺が裏なんすか。俺に行かせてくださいよ」
和泉「黙れ、ガキ」
秋斗「……そうやって何でもハイハイ従わせたいなら、バディは俺じゃないほうがいいんじゃないですか?」
和泉「確かに……六道みたいにクソがつくほど真面目なヤツのほうがいいかもな」
秋斗「……は?」
和泉「?」
秋斗「全然分かってないですね。菊はあんたが思ってるほど、いい子じゃないっすよ」
その時、ビルの窓が開き、男が拳銃を下に向ける。
和泉「(気づいて)クソッ、伏せろ!」
秋斗「あっ?」
和泉は、咄嗟に秋斗を庇う。そして、響く銃声。

18 春田宅・リビング(夜)

いきなり箸を持つ手を止める和泉。
和泉「(固まる)……」
一同「!?」
春田「和泉さん?」
栗林「え、その続き、どうなったんですか?」

和泉「鶏肉が、生でした」
春田「え、ちょっ、大丈夫すか？」
牧「ダメダメ、食べたら！」
和泉「あ、はい」
と、後ろを向いて、手元の椀に鶏肉を戻す和泉。
武川「早く、続きを頼む」
和泉「は、はい……」

19　ちょっと移動した先(日中)

血塗れの和泉は、秋斗に抱えられて敵から逃れ、そして、倒れ込むように座る二人。
和泉「(息が荒く)ハァ、ハァ……!!」
ネクタイで止血しようとするが、焦ってうまくいかない秋斗。
秋斗「(焦って)クソッ……あああ、クソッ!!」
和泉「(痛みに顔を歪めて)ぐぁああっ……!!」
血が止まらず、焦る秋斗。
秋斗「(半狂乱で)はぁ!?　クソ、和泉さん!!　しっかりしろ、和泉さん！」
和泉「(息が荒く)落ち着けよ……大丈夫だから」
と、頭をポンポンとなでる和泉、だがやがて意識は朦朧とする。
秋斗「……和泉さん!!　和泉さん……!!!」

その時、秋斗の背後に敵の気配が迫る。
和泉はそのことに気づいて。

和泉「……」
秋斗「和泉さん!!　和泉さぁあああん!!!!」
和泉「(舌打ちして)……」
和泉は力を振り絞り、秋斗をグッと引き寄せる。
秋斗「!?」
和泉「……うるせえ唇だな」
と、和泉は秋斗の唇を塞ぐ。

20　春田宅・リビング(回想明け)

春田「ちょちょちょ和泉さぁああん!!!」
栗林「ちょおっとー、18禁じゃないすか!!」
和泉「以上……うるせえ唇でした」
牧「なんか、映像が浮かんだね」
栗林「いやホント。和泉さんのトークスキルが半端ねえ」
和泉「恐縮です」
牧「秋斗さんと菊之助さんって、同期だったんですか?」
和泉「はい……私にとっては二人とも、警察学校の教え子でした」

栗林「……どうでもいいすけど、菊之助さんっていっつもパーカー着てますよね。他に私服ないんすか？」

和泉「ああ……そういえば、ないかも、ですね」

栗林「え、ないんすか⁉」

牧「それって和泉さんが、パーカー似合うねとか、無責任に言っちゃったんじゃないですか？」

和泉「……あ」

牧「え、当たりですか？」

和泉「……昔、言ったこと、ありますね」

春田・牧「えええええっ……⁉」

栗林「それ、菊之助さん健気すぎでしょ！」

牧「従順……」

武川「そりゃあ、好きな人にそのパーカーいいねなんて言われたら、パーカー記念日になるだろうよ！（なぜか激高）」

和泉「ええっ……どういうことですか？」

武川「そういうことだよ！」

栗林「あのね和泉さん……恋の矢印に無自覚な男子は、りぼんとなかよしだけにしてもらっていいすか？」

和泉「えええっ……」

春田「なんか責められる気持ち、分かります」

栗林「……で、結局公安ってなんなんすか？　ネタっすか？」

春田「麻呂、麻呂、いいのいいのそれは！」
牧「ええええっと、何の話でしたっけ!?」
春田「披露宴でやれなかった出し物の話、じゃなかった？」
牧「あ、そうそう！」
春田「麻呂はさ、披露宴で何やってくれる予定だった？」
栗林「そうそう、俺ホントはテーブルクロス引きをやる予定だったんすよ、あれガチで心残りっつーか、結構練習したんすよねー」
春田「ええ、見たかったなぁ」
武川「それは見たいな」
栗林「……ちょ、やってみていいすか？」
牧「え、今？　ウチで？」

×　　×　　×（僅かな時間経過）

ダイニングテーブルの上には、色々な物が載せられている。
栗林「（集中して）……」
春田「いやこれムズいっしょ」
牧「ホントにできんの？」
栗林「じゃあ行きます！」
栗林、集中してテーブルクロスを引いた！
満を持して失敗し、リアクションをする一同。

×　　×　　×

鍋をつつきながら、和気藹々と飲んでいる一同。

× × ×

コートを着るなど、帰り支度をしている一同。

武川「散らかしっぱなしで悪いな、楽しかった」

春田「いえいえ、こちらこそ、めちゃくちゃ楽しかったです」

牧「また来てください」

栗林「愛の巣って感じでいいっすね、また遊びに来ます」

和泉「ご馳走様でした」

栗林「つーか、春田さんと牧さんって、どっちが先に好きになったんすか?」

武川「……」

牧「……」

春田「まあ……なんか覚えてないけど、俺? かなあ?」

武川「だろうな!」

栗林「え、牧さんのどーゆーとこがいいなって思ったんすか?」

牧「いいじゃん、麻呂」

春田「なんだろ、年下のくせにしっかりしてるとことか? 分かんねーけど!」

栗林「牧さんは?」

牧「いや特にないから、はいはい、早く帰って」

と、栗林をリビングから追い出そうとする牧。

栗林「いや、今さら何照れてんすか(笑)」

牧　「おやすみなさーい」

春田　「おやすみなさい」

武川　「じゃあまた」

和泉　「失礼します」

と、頭を下げて去っていく和泉。

牧　「……さて、片付けますか」

春田　「あ、その前に俺もテーブルクロス、一回やってみていい？」

牧　「ダメ」

21　春田宅・表（日替わり・日中）

22　同・寝室

春田が目を覚ます。

春田　「やべっ、遅刻……!!!」

と、起き上がって隣を見ると、牧は中国語の本を読んでいる。

牧　「お休みですよ、今日」

春田　「あ、そっか……あーびっくりした」

牧　「（本を読んでいる）……」

春田　「うぇぇ――い」

と、牧が読んでいる本に手をのせたりして邪魔をする春田。

牧「うざいって、もー」

と、牧は本を閉じ、目を閉じて二度寝しようとする。

春田「(寝顔を見つめる)……」

牧「……」

春田、仕返しで牧の鼻をつまむ。

春田「……」

牧「……(振り払い)やめろ、創一！」

と、牧は起き上がり、春田の上に覆い被さる。

春田「ちょっ!!　ええっ!?」

牧「……」

見つめ合う、春田と牧。

牧「……昨日、どっちが先に好きになったかって話になったじゃないですか」

春田「お、おう……」

牧「……」

春田「……」

牧「……俺からですよ」

と、牧は春田の唇を奪おうとするが——　えええっ!?　まさかのブラックアウトぉお!!?

後編おわり

脚本家による『おっさんずラブ-リターンズ-』各話コメンタリーだお♥

【#1　I'll be back!】

今回の『おっさんずラブ-リターンズ-』は、各話を書く前に個別のテーマを設定しているという点において、これまでのシリーズと少し違いがあります。第一話は「結婚とは何か」という主題で、新たな生活に戸惑いながらも一歩目を踏み出す二人を描いています。黒澤武蔵がどのように物語に絡んでくるのか、ということが『リターンズ』を作るにあたっての大きな課題でしたが、春田と牧の家に家政夫としてやってくるという設定は、企画段階で既に生まれていたアイデアのように記憶しています。個人的な見どころとしては、黒澤武蔵が夜の商店街で葛藤しながら、ポリバケツに想いを吐き出すシーン。「王様の耳はロバの耳」のように、秘めた想いを洞穴に叫ぶような場所はないかと相談していたところ、三輪エグゼクティブPの「ポリバケツはどう?」というアイデアで、あのシーンが生まれました。想いを閉じ込めたフタをもう一度開けたのは吉田鋼太郎さんのアドリブだと聞いています。ちなみに、春田がスマホで自分たちの写真を撮るのは瑠東監督の演出です。以前まではカメラを小気味よく回して(仲間内ではヒュンヒュンと呼んでいます)シーンを切り替えていらっしゃいましたが、今回は写真を撮るという自然体の芝居を通じてリズムをつけていく新たな手法に感銘を受けました。台本に始めからあったことにしたい! こうしてさまざまなアイデアが組み合わさって、新たな『おっさんずラブ』が幕を開けました。

【#2 渡る世間に武蔵あり】

本来、台本はキャストとスタッフが読むものなので、ト書きはできるだけシンプルに書いていたのですが、『リターンズ』では一般の方も読まれるシナリオブックを意識して、ト書きを少し多めに書きました。Ｓ３（シーン）にあるような「さながらでっかいピカチュウである」とか、なくてもいいけどあったら楽しめるようなト書きを増やしているので探してみてください。第二話のテーマは「嫁姑問題」。「母ちゃんの言う和食なんて、焼きそばとかうどんとかだから」という春田に対して、「基本、息子の意見はトラップだと思ってるんで」と答える牧。僕はどちらの立場も分かるなぁと共感しながら書いていました。神馬Ｐのアイデアであるゴミ捨て問題、ペットボトル問題などは、どの家庭にも起きうるケンカとして、リアリティをもたらしてくれました。姑覚醒した黒澤が、牧と本格的なバトルを繰り広げるところも見どころです。台本上は叩いたりしていないのですが、叩くだろうなと思いながら書いていました。殴り合うと書いてしまうと、殺し合いに発展しかねないので台本は控えめにしておくのがポイントです。「牧の作った小鉢が義母にきちんと食べられたという描写をしたい」と素敵なアイデアをくれたのは山本監督です。さりげない小道具から温かい心情を紡ぐ監督の手腕を、映像と台本からぜひ、感じてみてください。

【#3 昼顔の二人】

Ｗ昼顔（不倫）と勘違いした黒澤が、心を痛めながら真相を追い求める回。黒澤の想いを知って春田と牧の絆が深まる回でもあります。今回、武川の自宅が初めて出てきます。和風というリクエストはしましたが、庭に鹿威し（ししおど）まであるなんて！　かつて牧と交際していた頃の初デートは八景島シーパラダイスだったという事実が明かされますが、２０１８年版の第五話でちずによって語られた「春田が高校時代に水族館でアシカに襲われた話」も、「黒澤が天空不動産を早期退職して、ペンギンの飼育員をやっていた話」も、実は全て八景島シーパラダイスだったりして……。仕事も充実しているはずの武川にふりかかる「漠然とした不安」は、中高年あるあるかもしれません。拗らせながらも、武川の思う、武川なりの幸せを見つけてほしいと願いながら書いています。わたあめは「もやもやする気持ち」の暗喩ですが、それが最後溶け合うという甘い結末はこの回の見どころかと思います。長回しで春田と牧の空気をまるごと収める、エモーショナルYuki監督の映像と併せてお楽しみください。

【#4　お尻を拭くまで帰れま10】

第四話のテーマは「介護（入門編）」です。この話を書く前に介護に関する本をたくさん読み、いろんな話を聞きました。介護というものは突然やってくるし、介護する側はできるだけ仕事を辞めないほうがいいし、プロをうまく活用したほうがいい、などさまざまな意見に触れました。今回はそのずっと手前の入門編ということで、「義父のお尻を拭くことができるか」ということに目標を絞りました。春田と牧がこれを機に将来を考え、家族というものを見つめるきっかけになればと思いながら書きました。「牧の家族は俺の家族」「部長も家族」と言い切る春田が、今後どのような行動でその家族像を実現していくのか、その始まりが第四話です。この回はそれ以外にも、和泉と秋斗の公安ずラブ、武川とラガーフェルドのバチェラー、Earth&Mixさんとのコラボと盛りだくさん。公安時代のシーンは、若き和泉を演じる井浦さん、秋斗（本家うるせえ唇）を演じる田中さんの演技力が惜しみなく発揮されていますので、そのキャラクターの違いにもぜひ、着目してみてください。

【#5　私を熱海につれてって】

第五話は「新婚旅行」回。舞台は仮想熱海ということで、さまざまな場所が出てきますが、こういったロケの多い回は台本を書いている段階では人物の距離感やそこにある物が分かりにくいので、ふわふわとしたシナリオにならないように注意を払いました。旅館の食事会場でバトルになるシーンは、当初は客室の設定でした。そこでなぜか春田と牧の客室に布団が三組敷かれた状態で、枕を投げ合ったり、ガラスの灰皿で攻撃しようとしたり……というシナリオでしたが、どうしても客室が狭くて撮れなそうだということになり、食事会場になりました。こういった場所の変更で台本を書き直すことも稀にあるのですが、気持ちを切り替えて新しく書くようにしています。春田と牧が折り重なって陶芸をするシーンは映画『ゴースト／ニューヨークの幻』のオマージュです。僕自身はこの名シーンを知らなかったのですが、松野Pに「陶芸やるならあれでしょ」と教えていただきました。あんなアダルティなシーンを地上波で流していいんでしょうか！　そこで牧が指輪をなくすという意外なエピソードが（本来は春田のほうがなくしそう）、物語をぐっと新しい方向に導いた気がします。

【#6　深紅のバレンタイン・ウェディング】

第六話は「バレンタイン・ウェディング」回です。第一話の冒頭でも春田の初夢として結婚式のシーンがありますが、あの短いシーンのために主要キャストを全員集めているということは、どこかで本物の結婚式シーンもあるはず（一緒に撮っているはず）……と、勘のいい視聴者は想像していたかもしれません。ただ、結婚式＝お話のゴール、という印象になるのを避けたくて、最終回で結婚式をするのではなく、バレンタイン・ウェディングの回となりました。式の準備を進める中で「春田がマリッジブルーになっていく」というのは、脚本打ち合わせをする中で生まれたアイデアのように記憶しています。価値観の違う者同士が、結婚することによってさらに歩み寄っていく……そんな予感のする第六話です。春田が秋斗の真似をして和泉の夢枕に立つというアクロバティックなシーンがありますが、まだ映像を見ていないので、楽しみにしているシーンの一つです。『おっさんずラブ』はコメディというくくりではありますが、笑える人には笑えるし、真顔で楽しんでいる人には真顔で楽しめるように設計されていると思います。皆さんはどちら派でしょうか。

【#7 君たちはどう生きるのかい】

第七話はちずの子どもを預かって、（一時的に）子どもと暮らすことになった春田と牧の奮闘を描きました。働きながら子どもを育てることの難しさはもちろん、家族や友人を含めた周囲の人たちの見守り方についても考えるきっかけになれたら、というのがテーマです。子どもがあまり好きではない牧が、吾郎と向き合う中で徐々に気持ちの交流が芽生えていく過程が見どころの一つだと思います。和泉と菊之助の「点滴キス」は貴島Ｐのただならぬ強い要望で実現したシーンですが、いまだに点滴のどの部分に萌え要素があるのかは分かっておりません。点滴するほど肉体が弱っているにもかかわらず、キスという積極的な姿勢を繰り出すギャップがいいのか、はたまた点滴スタンドそのものに色気があるのか、謎は深まるばかりです。Ｓ38、39あたりで蝶子が黒澤と結婚しようと思ったきっかけが描かれていますが、２０１８年版の第五話では、何度フッても諦めなかった黒澤の熱くて不器用なところを好きになったと、交際前の出来事を蝶子が回顧するシーンがあります。時系列を整理しますと、「蝶子が何度も黒澤を振る」→「諦めない黒澤」→「交際開始」→「ピーナツ喉詰まり事件」→「海が見えるところでプロポーズ」というふうになります。

【#8　余命一か月の家政夫】

大切な人の死を意識したとき、残された人には一体何ができるだろうか、と考えて行動する第八話です。僕自身も数年前に父を亡くしているのですが、話し合える時間もなく別れたので、残された身としては「あれをしてやれば良かった」「もっと話がしたかった」など、後悔のようなものが残っていて。この話のように向き合う時間がある場合は、本人とその周囲の人たちはどのような行動に出るのだろうかと、脚本打ち合わせでもたくさん話し合いました。犬猿の仲だった黒澤と牧が、味噌汁作りをしながら心を通わせるところは、のちのお別れDVDを見て涙する牧の心情に繋がるとても印象深いシーンです。『リターンズ』では牧の涙を見る機会はないかなと思っていたのですが、自分としても意外な展開でした。ちなみに、ホームパーティで使用している最新版の『人生ゲーム』は、手元にゲームがなかったため、台本を書くときには公式サイトに映っているゲーム盤を拡大しながら、ギリギリ読めるマスを採用しました。

【#9　WE ARE FAMILY!!】

自分たちにとって家族とはなんだろう、幸せとはなんだろう、というのが、『リターンズ』全体を通してのテーマなのですが、春田と牧がそれぞれお互いのことを思い合い、行動して、明日に向かっていく最終回です。日だまりのように優しい春田は、おバカなところはあるけれど、自分のことよりも周りの人に尽くしてきたキャラクター。そんな彼が40歳という節目を前にして迷いが出てきたときに、みんなに感謝され、元気づけられる展開はどうだろうかと、打ち合わせでアイデアを出し合いました。『リターンズ』においても先頭に立ってきた貴島Pは、この最後のサプライズパーティがある種のメタファーとして、座長である田中圭さんにみんなが感謝を伝えるような構図になってるといいなあと言っていて、僕としてもその考えはすごく共感できて、春田ありがとう、田中圭さんありがとう、という気持ちで書けた気がします。そして貴島P、ありがとう。

幸せや家族といった、人によって考え方の違うものを「これが正しい」と一つに決めることはできないけれど、春田と牧の未来に、ささやかな幸せを感じてもらえたらうれしく思います。

あとがき

徳尾浩司

この度は、シナリオブックを手に取ってくださり誠にありがとうございます。あとがきでは、脚本の制作過程について書いていきたいと思います。

数年前の夏の日。僕が新型コロナに罹患して、入院できる病院もなく自宅で生死をさまよっていたときに貴島Pから電話があり、「『おっさんずラブ』、またやるよ〜」と明るい声が聞こえてきました。「ごめん、今、死にそうなんだけど」と答えながら、ここで朽ち果てるわけにはいかぬ、しばらく頑張って生きねばと思っていました。それからさらに1年ぐらい経った初夏のある日、川沿いにあるカフェの片隅で、貴島Pとの脚本作りが始まりました。

「『リターンズ』では家族の話にしたい」と構想を聞かされ、そのときに黒澤も家政夫としてやってくることが既に決まっていました。正直、恋愛ドラマとして続けていくのは無理があると思っていたので、5年という時の経過をうまく利用して、「家族になるとはどういうことか?」というテーマなら、僕もたくさん書きたいことがあるぞ、とわくわくしたのでした。

打ち合わせを始めて最初の3か月ぐらいは台本を書かずに、毎週アイデアを持ち寄り、「どんな話があるだろう？」「結婚式は？」「新婚旅行は？」「新キャラはこんな感じ？」というふうに、互いに議論を深めていきました。白熱してくると僕はついつい声が大きくなってしまうので、せめて周りのお客さんに迷惑がかからないように「H（春田）が――M（牧）が――」などと名前をぼかすようにしていました。Mは武蔵も麻呂も舞香もいるのでややこしいのですが。

あえなくボツになったアイデア（設定）もたくさんあります。ノートに残された試行錯誤の跡を見てみると、「菊之助がパン屋さん」「菊之助が黒澤の後輩家政夫」「天童菊之助」「菊之助が料理教室の先生」「菊之助がお花屋さん」……というふうに、まずは菊之助の設定を決めかねる様子が窺えて、他にも「雪合戦にて、黒澤が巨大な雪の球を高いところから転がして牧を攻撃する（インディ・ジョーンズ）」「春田のゾイドが勝手に捨てられる」「春田家・大節分大会」「武川の危険な恋人・浅見」「もう恋なんてしないなんて言わないよ、絶対　ｂｙ武川」「元彼未練の会」「バスガス爆発テロ事件で、和泉と菊之助が出会う」「牧、バスを追いかける」「和泉はカメラが趣味」などなど、細かくボツになったものが無数にありました。これらはフラッシュアイデア（前後のつながりは考えていないもの）なので、本筋にそぐわないものは惜しくも弾かれていきました。

一番長く議論していたのは、春田と牧の結婚式を1話の冒頭でやることの是非でした。僕の意見としては、やるなら途中話のどこかで物語の山場になるようにしっかり描いたほうがいいし、そもそも令和の時代において結婚式はマストではないのだから、やらない選択があってもいいと思っていました。その後、議論は紆余曲折あって、最終的には3人の象徴的なシーンを冒頭で見たいということで意見が一致し、「春田の初夢ならばいいかも」と納得して現在の形になりました。

ちなみに、他のキャラクターの結婚式に対する考え方（裏設定）は以下のようなメモが残っています。

・麻呂&蝶子（結婚式はしない派。ハワイで写真のみ）
・舞香&鉄平（ゴンドラ、ド派手、ディズニーランド、ド王道）
・武川（結婚しない。だが愛はほしい）
・黒澤（式はやったほうがいい、言わずもがな）

黒澤に再婚の希望があるかと言われると、彼は春田に一途だと思うので、このメモはあくまで春田と牧の結婚式に対する意見かと思われます。

今回の『リターンズ』ではどういう結末を迎えるかと考えたときに、黒澤の死（大切な人との別れ）を意識した周りの人たちが、あらためて「家族とは」「幸せとは」何かを考える、ということがテーマになっていきました。春田は周りを幸せにするために自分の成長について悩みますし、牧はそんな〝人類愛〟の春田にとっての幸せはなんだろうと、考えていきます。

互いの幸せを想い合って行動する構図はオー・ヘンリーの『賢者の贈り物』のようですし、幸せの真っ只中にいる当人はその幸せに気づきにくい、というのは吉野弘の『虹の足』のようでもあります。僕や貴島Pをはじめとする P陣、そして監督たちがそれぞれに思う「幸せ」が詰まった最終話になりました。

今回は『リターンズ』ということですが、『あぶない刑事』のように「もっと」「またまた」「さらば」「フォーエヴァー」など、ずっと続いていくような気もしますし、もうこれで終わりのような気もします。これまでも毎回「もう終わり」というつもりで作ってきました。

この先の未来は誰にも分からないので、またいつかキャスト・スタッフがこの作品で集まれるときのために、できるだけ健康でいられるように努めたいと思います。

最後に、このシナリオブックの出版に際してご尽力いただいた一迅社の方々、関係者の方々、そして番組に携わる全キャスト・スタッフの方々、視聴してくださった皆様に、厚く御礼申し上げます。

おっさんずラブ-リターンズ-
シナリオブック

2024年3月20日 初版発行

徳尾浩司
（とくお・こうじ）

1979年生まれ。大阪府出身。劇団「とくお組」主宰。テレビドラマでの主な作品に『ミワさんなりすます』『unknown』『六本木クラス』『恋はDeepに』『私の家政夫ナギサさん』など。

著者
徳尾浩司

装丁・本文デザイン
宮下裕一［imagecabinet］

DTP
三協美術

編集
設楽菜月、近藤咲郷

校正
東京出版サービスセンター

協力
テレビ朝日

発行人　野内雅宏

編集人　藤原遼太郎

発行所　株式会社一迅社

〒160-0022
東京都新宿区新宿3-1-13　京王新宿追分ビル5F
03-5312-6132（編集部）
03-5312-6150（販売部）

発売元：株式会社講談社（講談社・一迅社）

印刷・製本　大日本印刷株式会社

Printed in JAPAN　ISBN 978-4-7580-1872-2